El placer de las curvas

y otros relatos pecaminosos

Ganadores del

Tercer Concurso Internacional de

Relatos Pecaminosos Contacto Latino 2015

El placer de las curvas y otros relatos pecaminosos
Todos los Derechos de Edición Reservados
©2015, Pukiyari Editores
©2015, de sus respectivos relatos:
Noa Xireau, Charlie Becerra, Miguel Escobar-Valdez,
Natalia Zito, Yonnier Torres Rodríguez, Lai-Sing Huxley,
Paul Hermann, Galena Poulos, Roberto Migoya, Marco Montiel,
Yovana Martínez Milián, Flor Canosa, Álvaro Morales,
Rosa María Guijarro Paredes, J.L. Muñoz de Baena Simón,
Mariana Rodríguez, Silvia Llanto, Frank Pelutti, Delicia M.,
Leonardo Mendoza, Rosario Acosta Nieva, Roberto Mansilla,
Yadiris Luis Fuentes, ReeSe von Herder, Juan Carlos Esquivel
Soto, Marina LS, José Rodríguez Menocal, Edwin Cuperes Vélez
Imagen de portada © 2015, Shutterstock

ISBN-10: 1630650447
ISBN-13: 978-1-63065-044-5

PUKIYARI EDITORES
www.pukiyari.com

«El placer da lo que la sabiduría promete».

—*Voltaire*

Índice

Delicia M.

Estados Unidos

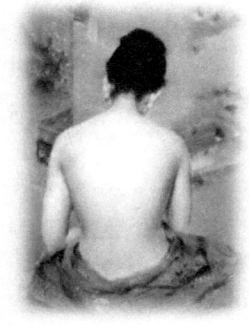

Nada más atractivo que ser un personaje ficticio escribiendo ficción. Tengo toda la libertad del mundo para decir lo que me plazca y hacer que "mis personajes" bailen al son de mi música.

Soy joven, siempre lo seré. Soy bella, pero no una muñequita, sino mujer esculpida para la sensualidad. El placer me aloca, mi cuerpo se enciende con solo imaginarlo, el éxtasis del deleite celestial me acompaña todos los días, y lo gozo con plenitud en cada milímetro de mi piel. Supongo que a ello se debe mi preferencia por la literatura erótica.

Tengo unas cuantas cositas publicadas, "Amarrada a tus deseos" y mi participación en "El cielo es un orgasmo y otros relatos pecaminosos" destacan. Vengo preparando una serie de novelas cortas que estarán bien pecaminosas... Ya les comenté que puedo decir y hacer lo que me plazca y complazca…

El placer de las curvas

Xavi se entretenía durante las largas horas de trabajo bajo el sol veraniego comparando las bellezas anatómicas de las mujeres que pasaban por su puesto con la fruta que vendía en este. Era algo que había aprendido a hacer desde chico, cuando acompañaba a su tío Abdiel, el electricista, el que le conversaba de lo lindas que son las mujeres y le iba descubriendo, a veces en metáforas y otras en palabras subidas de tono, cada una de las partes agraciadas del género femenino. El tío Abdiel disfrutaba por igual a todas las mujeres que cruzaban su camino cada día, y es que eran muchas y estaban todas tan guapas que había que piropearlas, decirles cosas lindas, buscarles la lengua, que según él era la entrada al resto de ese parque paradisiaco que son la mujeres. «Xavi», le decía cuando terminaban de hacer una reparación y salían contentos y bien servidos de algún apartamento en donde la doña se desvivió por hacerles sentir cómodos, «no hay mujer fea, sino hombre que no sabe encontrar sus atractivos. A veces están allí encimita», decía gesticulando con las manos, como si estuviese agarrando algo en el aire, «a veces, hay que buscarlos más adentrito», continuaba y se reía de sus propias palabras.

Desde atrás del carromato convertido en frutería ambulante, y camuflado por escalones de estantes abultados con frutas de la estación, Xavi se la pasaba mirando a las muchachas del pueblo yendo y viniendo por las calles aledañas. Admiraba sus redondeces, estratégicamente aupadas dentro de la ropa interior, que él imaginaba de encaje blanco, que las ajustaba y delineaba. Se veía pasando sus dedos cerca de sus culotes, dejando ir con calculada pericia el broche de sus sujetadores. Imaginaba su mano fragante de mandarina subiendo por entre las piernas torneadas de esas mujeres esculpidas por el recio trabajo en el puerto cercano. En su mente se veía cabalgando las trabajadas hendiduras de las hembras de pelo largo, grueso, oscuro como la noche, negro como sus intenciones, incursionando con el fruto de su musa paradisiaca, saciándolas con esa leche con sabor a piña que solo él podía ofrecer. Casi podía sentir el vaivén de sus curvas encima de su pecho, el regalo de ese olor a manzana verde, el sabor del mango en aquel delicioso monte y la pulposidad ilimitada del lulo bajo su lengua adicta.

Una tarde sudorosa, Xavi seguía con la mirada a una joven de proporciones esculturales mientras pelaba con nerviosismo una naranja jugosa. El olor cítrico se expandía sobre su puesto, refrescándolo de aquel infernal calentamiento de media tarde vacía de gente en las calles, cuando perdió de vista a la joven. Volvió a la piel que desvestía sobre sus manos y a la carne sabrosa que colocaba entre sus labios primero para chupar el zumo cuando se encontró con que la mujer, viendo cómo se puso al divisarla, había decidido cruzar la calle y darle el encuentro.

—Me llamo Maya… ¿y tú? —le dijo mientras tocaba la fruta.

Xavi quedó estupefacto. En su realidad las mujeres no le hablaban así como así. No atinó a responder. Lo único que hizo fue bajar la mirada y dejarla estancada en el ruedo del vestido veraniego de Maya.

—Recién nos mudamos para este pueblo y como siempre te veo en la esquina, me animé a pasar a saludar —confesó y lo miró con esa inocencia adorable de quien está irremediablemente perdida.

—Xavi… —murmuró con la vista todavía en el vestido.

De pronto el sol se movió en el cielo y ahora le pegaba por atrás a Maya, haciendo que su vestido se volviese transparente. Xavi sonrió al ver la braga de encaje blanco y el corpiño con broche delantero.

—Xavi… —repitió Maya mientras deslizaba sus manos por entre la fruta. A Xavi no le gustaba que le metiesen la mano a su fruta, pero en esa ocasión se imaginó que Maya lo tocaba a él—. No sé qué me provoca, Xavi, Xavi, Xavi…

Xavi sintió una punzada fortísima bajo el pantalón y luego la erección inevitable. Para tratar de distraer a su camarada de fantasías escogió las primeras dos frutas que encontró a la mano y se dispuso a explicarle a la joven todo lo que sabía acerca de ellas.

No dijo más que cuatro palabras cuando ella se acercó al tembloroso Xavi y haciéndole un mohín burlón se pasó los dedos por sus carnosos labios y luego los viajó hasta los de Xavi, quien solo atinaba a mirarla incrédulo, como si todo estuviera ocurriendo en cámara lenta y él estuviese viviendo una experiencia fuera de su cuerpo. Maya sonrió cuando colocó sus dedos húmedos sobre los labios de Xavi. Le excitaba buscar la reacción del muchacho.

Avanzó hasta que lo tuvo a la distancia ideal.

—¿Te gustan? —preguntó tocándose los redondos senos.

Xavi miró con discreción.

Maya tomó su mano sudorosa y la ubicó en el valle desde donde crecían esas fabulosas cumbres. Trémulo, Xavi no sabía qué hacer con ese permiso. Miró hacia las calles que cruzaban frente a su puesto.

—No hay nadie. Todos duermen —susurró Maya moviendo la mano de Xavi sobre sus pechos—. ¿Te gustan? —repitió casi socarrona.

Xavi hizo un gesto y cerrando los ojos se dejó llevar por el momento y la mano de Maya. Cuando se dispuso a besarla, ella se separó de él y sin decir nada se marchó.

***

A la siguiente tarde Maya regresó para encontrarse con un frutero arrebolado por la espera, la pasión que la muchacha le había despertado y el calor endemoniado. Esta vez estaba preparado. O eso fue lo que pensó.

Desde lejos la vio venir.

La valentía de macho encabritado se le fue desmoronando con cada paso que ella daba con sus rotundas piernas que acababan en un esférico trasero y el movimiento rítmico, casi hipnótico, de las curvas que se acentuaban en las amplias caderas para luego formar el intenso sendero que iba desde las entradas de su cintura hasta las cimas y los valles de sus pechos. En un momento, mientras cruzaba una avenida plena de tráfico, se detuvo y volteó para gritarle a un conductor que por distraído casi la atropella; fue entonces que Xavi pudo distinguir la "S" extrema que se formaba al terminar su espalda e iniciar su bello culo.

—¡Xavi! —llamó Maya terminando de cruzar hasta llegar a la medianera—. Espérame. No te muevas —continuó mientras caminaba a paso rápido hacia él.

Xavi la saludó. En lugar de esperarla en la parte de atrás de su puesto, escondido como siempre por los estantes de fruta, se había parado frente a este y la admiraba embelesado desde hacía rato. Cada paso de ella era como un tambor de llamado dentro de él a sus sensaciones más primitivas, cada movimiento de su cuerpo un estremecimiento del de él. Mientras más cerca se encontraba Maya a su destino, más le temblaban las piernas a Xavi, más le flaqueaban los brazos, más le hacía piruetas el corazón, más su mente aullaba con placer, más sus ojos se enfocaban con lujuria, más su boca salivaba con anticipación.

Escuchó la risa cristalina de Maya al llegar junto a él. Todo acerca de ella era tan refrescante como un jugo de piña en pleno verano. Deseaba probar su sabor, detectar el dulce y el ácido, y gustarlo por una eternidad en su paladar. Anhelaba pasearse por esa selva alegre que imaginaba su cuerpo y catar lo exótico en su pulpa tropical.

—¿Me extrañaste? —preguntó mientras pasaba su mano de mujer apetecida por encima de los plátanos que colgaban de la esquina del carromato, su cabello suelto ondeando libre.

—A ti te gusta encender el fuego pero no quieres quemarte, ¿no? —respondió serio y se acercó a ella.

—¿Cómo? —contestó inocente pero dejó que sus tibios dedos caminaran por los de la mano del frutero.

Xavi la envolvió con la mirada. Deseaba su olor forastero entre sus brazos, sus zumos bañándole el torso, las olas de su cuerpo meciéndose bajo el mástil de su barco. Ya no era el momento de quitarse la excitación partiendo un maracuyá para distraerse con la exhalación fragante de sus entrañas. Ni tendría el tiempo de irse al baño para follarse una papaya como hacía cuando las ganas por las mujeres que pasaban por su puesto lo dejaban al borde de la locura.

—Ven acá —le susurró al tiempo que lo empujaba hacia atrás y lo besaba en la boca.

Xavi se sintió transportado apenas sintió los labios gruesos de Maya sobre los suyos. Ella succionaba y tiraba de su lengua con gusto. De rato en rato pasaba su lengua por la parte de afuera de sus labios y luego recorría parte de su rostro, hasta llegar al lóbulo de la oreja e introducirla lentamente en ese espacio con la clara intención de estimular sus zonas erógenas.

En un momento en que los dos habían pausado para tomar aire, Maya preguntó qué había en el local detrás de ellos.

—Nada. Es un viejo almacén —contestó Xavi y se lanzó a mordisquearle la oreja y pasar sus manos por la nuca de la muchacha, haciéndola gemir quedito.

—¿Tienes la llave? —preguntó Maya.

—¿La llave? —jadeó Xavi, tratando de encontrar la mejor manera de pasar a tocarle ese trasero que lo tenía trastornado.

Maya empezó a temblar y le preguntó por la llave de nuevo. Una chispa de lucidez destelló en el cerebro de Xavi:

—Claro que tengo la llave. El dueño me deja guardar fruta adentro.

—Búscala y abre. Apúrate —suplicó Maya pegándose a él para que sintiese su cuerpo casi desnudo bajo esa fina telita de vestido de verano.

Luego de varios intentos para abrir, pues la mano le temblaba a Xavi de la antelación, los jóvenes ingresaron a un local oscuro. Xavi la abrazó con excitación y la extendió sobre una góndola refrigerada repleta de fruta. Una mezcla con los olores predilectos del muchacho surgió de entre esa masa de cuerpos y fruta en que se convirtió el estante inclinado, precisamente posicionado para hacer el amor. No tenía suficientes manos para tocar en un solo repase todos los atractivos de Maya, así que se conformó con avanzar de frontera a frontera, iniciando en el redondel del vestido y luego subiendo por todas las maravillas que Maya ofrecía y a las que se aprestó a visitar con curiosidad de niño en parque de atracciones.

Pronto los dos estaban ya perreando con gran energía encima de la fruta. Xavi se animó a voltearla y Maya se dejó. Él sonrió. Sería la primera vez que se enfrentaba a un verdadero culo de mujer. El muchacho tocó su espada, se aseguró que estaba en su punto y enfiló hacia la puerta redondita en medio de los dos balones paraditos. Maya se agarró de los lados de la góndola y respingó su cuerpo para recibir a Xavi.

¡ZAS! La pértiga le dio de una sola al objetivo y penetró con perfecta distinción. Xavi se felicitó mentalmente por la destreza casi profesional y arrancó a meter y sacar con fuerza. De pronto escuchó a Maya gritando: «Allí, Allí, Allí». Y él con más ganas le daba al sable, entrando y saliendo, saliendo y entrando, entrando y saliendo. Y Maya que gritaba más fuerte: «ALLÍ, ALLÍ ALLÍ». Y Xavi que con toda su fuerza la penetraba.

Hasta que un momento la muchacha se zafó y cayendo en el suelo, al tiempo que varias piñas caían a su costado, le dijo:

—¡Bruto! ¿No me escuchas diciendo: «Ay, Ay, Ay»?

—Pues yo pensé que decías: «Allí, Allí, Allí» —contestó abochornado y apresurado buscó su ropa para vestirse y salir del local lo más rápido posible.

Al verlo tan avergonzado, Maya se le acercó y sensualmente le quitó cada una de las prendas de sus manos y arrodillándose frente a él le pidió perdón y luego le dijo algo que a Xavi nunca se le olvidará:

—Enséñame cómo chupártela para excitarte al máximo.

***

Desde esa primera tarde, Xavi se convirtió en el maestro de Maya. Bueno, así le bautizó ella. Maya siempre le venía con las cosas más inusuales y le pedía que le enseñara cómo hacerlas. A veces Xavi tenía que buscar cómo instruirse en el tema y le aplazaba la clase hasta el día siguiente. Cada encuentro estrenaban algún nuevo movimiento, como la vez que Maya le pidió que se lo hiciera de cabeza y Xaxi no encontraba cómo agarrarla en posición para que no se le cayese y cogerla de una manera tan incómoda, tanto que la mitad de las veces el pobre se terminó follando a la mitad de las frutas, pero igual las lavó y las vendió. O aquel día en que Maya trajo un bolsón repleto de juguetes sexuales y le hizo probar todos y cada uno de ellos hasta que las baterías se murieron de un gran estertor mientras Maya chillaba del placer de los múltiples orgasmos logrados. Pero lo más extraño sucedió cuando Maya se apareció con una mujer mayor.

—¿Este es él? —preguntó la mujer sin siquiera saludarlo y empezó a medirlo con la mirada. Incomodándolo cuando se acercaba para verlo mejor, como si se tratase de un espécimen a la venta.

Xavi fue a preguntar qué estaba sucediendo pero Maya lo calló poniéndole el dedo en la boca. Ella parecía más interesada en ese momento en lo que la mujer tenía para decir.

Después de unas vueltas la mujer se detuvo y suspiró.

Maya se acercó y le preguntó en susurros:

—¿Y? ¿Qué te parece?

—No es lo mejor que he visto en mi vida, pero tendrá que ser... ¿Qué sabe hacer?

—De todo, casi. ¿Lo quieres probar?

La mujer suspiró de nuevo y asintió.

Maya se acercó a Xavi y lo acarició de arriba abajo. Él quiso renegar por lo que acababa de suceder y porque la mujer seguía parada mirándolos, pero Maya no se lo permitió, lo tomó entre sus manos y lo besó, dejándole gustar su lengua movediza por un largo rato.

Ya Maya lo tendía sobre una cama de suaves plátanos cuando Xavi sintió algo fuera de lugar, era la boca de aquella otra mujer. Xavi intentó quejarse pero solo un gemidito salió de su garganta. Trató también de retirarse pero aquellas caricias lo enloquecían. Era Maya tocándole por todo el cuerpo y esa extraña colocando su grueso falo en su boca diestra para mimarlo con la lengua y los labios, metiéndolo y sacándolo cada vez con mayor rapidez y mirándolo sensual mientras se lo hacía hasta que el muchacho no pudo más y explotó en la boca y la cara de esa mujer que parecía estar pasándola de lo más bien.

—No está mal... —dijo la mujer mientras se lamía los labios—. ¿Me parece o esto sabe a piña? Tendrá que revelar su secreto...

—Te dije... Ya viste... —dijo Maya entusiasmada.

Recuperando su aliento, pero todavía algo erecto, Xavi preguntó:

—¿Qué fue esto?

Las mujeres se miraron. La mayor sonrió e hizo un gesto, como dándole permiso a Maya para hablar.

—Esto podría ser tu vida, si te dejas, cariño.

—No entiendo. ¿Para hacerlo contigo, tengo que hacerlo con ella?

—¿Te gusto o no?

Xavi asintió.

—Entonces, no te hagas el mojigato.

—¿Podrías conseguir otros amigos para hacerlo?

—¿Más hombres? ¿Cuántos? ¿Cuántos hombres necesitan para satisfacerlas?

Maya y la mujer se echaron a reír.

—No para nosotras solitas, tontín. Esta es mi mamá. Se ha retirado de *madame* pero está aburrida. En los pueblos las mujeres andan aburridas sexualmente y por eso los hombres van a los burdeles... ¿Sí? ¿Qué tal si hacemos un lugar en donde las mujeres vengan a pasársela bien con otros hombres y a la vez a aprender cómo se hace un buen oral, un culeo, un beso francés...

Xavi la miraba sorprendido pero no podía dejar de pensar en lo rico que lo pasaba con Maya. Corrección: con Maya y su mamá... mamacita.

—¿Un burdel para mujeres?

—¡Ay Xavi, no te olvides que la cosa es educativa! Vamos a llamarlo Batidos del Paraíso. Tú alquila todo el local. Todito. Adelante va la frutería y el mostrador para hacer batidos. Y atrás, pasando la puerta del costado, ponemos el tallercito para que las mujeres de este lugar aprendan a sacarle lo máximo a su ejercicio sexual. ¿O eres un machista que piensa que las mujeres no deberían excitarse rico y pasarla de lo más bien en la cama?

Xavi negó con la cabeza:

—¿Creo en la igualdad de los sexos...?

—Eso, Xavi, eso. Ya verás que te cambiamos la vida, te la hacemos más divertida, más sexi, y encima te hacemos millonario.

—Eso me gustaría…

***

Y así comenzó el original Batidos del Paraíso. Ya llevan docenas de locales abiertos, sobre todo en las ciudades costeras; y aunque no son millonarios, viven bastante bien. Si algún día te cruzas con un local, anímate, entra y pregunta si allí dan clases de "batidos". Lo más probable es que la respuesta sea sí.

Noa Xireau

PRIMER PUESTO

España

Nacida en Alemania (Weissenburg, 1971), actualmente vivo en el maravilloso sur de España.

Lectora adicta, romántica empedernida y soñadora sin remedio, di mis primeros pasos como escritora en 2014. Escribo literatura erótica y romántica en cualquiera de sus vertientes, aunque disfruto especialmente con la paranormal.

Finalista y ganadora en varios premios, he participado en las antologías: *Te veré en el clímax y otros relatos pecaminosos* (Pukiyari Editores, 2014); *Un paraíso en el paraíso y otros relatos* (Editorial Reino de Cordelia, 2015). Durante 2015 he colaborado con el *Periódico Irreverentes* de Madrid y actualmente tengo suscrito un contrato con la Editorial americana Ellora's Cave, con la que está previsto que salgan dos de mis novelas antes de las navidades del 2015.

Más información: www.noaxireau.com

Secretos entre cortinas

A través de la pared de cristal, la ciudad se extiende ante mí en su más absoluta y vulgar cotidianidad. Ni siquiera la mágica belleza del alumbrado nocturno, que siempre me ha fascinado, es capaz de evitar la sensación de sentirme pequeña, casi nada, devorada por tanta inmensidad. Odio esa sensación, esa impresión de ser nadie, de que los ojos pasen a través de mí como si fuera aire o, como mucho, que se detengan en mis imperfecciones llenos de burla.

¡Mírame! ¡Mírame, mundo, porque quiero que me veas!

Dejo que el albornoz se deslice por mis hombros cayendo en un montón abandonado a mis pies. El aire frío sobre mi piel, aún húmeda de la ducha, me estremece y siento como mis pezones se fruncen, endureciéndose al contacto. Sigue sin fijarse nadie en mí, pero resulta liberador mostrarme al mundo tal cual. No soy perfecta, pero soy. Tampoco puedo presumir de ser *sexy*, aunque no por eso me siento menos mujer.

Por la calle pasa gente sin apenas detenerse, sin apreciar lo que tienen a su alrededor. Cada cual metido en su propio universo, en sus problemas. Algunos con tanta prisa que parece que estuvieran perdiendo el tren de su vida; otros, extraviados, como si buscaran una señal que les indique el camino a seguir. Nadie mira hacia arriba. Nadie me ve.

A pesar de las horas, aún están los que trabajan. El camarero de la hamburguesería limpia las últimas mesas, probablemente deseando largarse cuanto antes; el hombre de la limpieza, al que le han robado las noches para que los mismos ciudadanos que ensuciaron las calles se las encuentren limpias al amanecer, barre las aceras; también está la prostituta de la esquina, hoy algo escasa de clientes, que enfrenta con barbilla alta y hombros echados para atrás a la señora que pasa rápidamente, arrastrando tras de sí a un desconcertado perro. ¿Qué pensaría esa señora de mí si ahora alzara la vista?

Reviso las ventanas del bloque de apartamentos que hay frente a mí. Las escenas que encuentro son tan rutinarias que las conozco de memoria: La ama de casa del segundo fregando los platos de la cena; la pareja de gays sentados juntos ante el televisor con su copita de vino en la mano. Siempre me he preguntado de qué hablan cuando están así. ¿De cómo les ha ido el día? ¿De cuánto se quieren? ¿De qué harán cuando sean mayores? El calvo rellenito del primero está como de costumbre con su portátil, no sé si trabajando o enganchado a algún juego... ¡Y ahí está mi favorita! La chica que aprovecha el empleo nocturno de su madre para traerse al novio a casa. Nunca he sabido muy bien si sentirme fascinada o envidiosa de su pasión juvenil, de su incansable libido, de su bendita inconsciencia o simplemente de la libertad que les permite hacer el amor en cualquier parte de la casa sin preocuparse de si alguien los está observando a través de las cortinas abiertas.

Ahí están, besándose desesperados contra la pared del cuarto de baño, indiferentes a ojos como los míos espiándoles con secreta codicia. No hay perversión en ellos, solo deseo y urgente necesidad; quizás también amor, porque al fin y al cabo están en la edad para ello. Se les ve hermosos allí, en su perfecta juventud. Ella, con el cabello teñido de azul cayéndole hasta el trasero, sus pequeños y firmes pechos reluciendo tan blancos que casi parece una muñeca de porcelana; y él, con sus ya marcados músculos, moviéndose ansioso contra ella.

Intento imaginar lo que sería sentir los fríos azulejos del baño contra mi espalda, mis piernas rodeándole las caderas cuando me sujete por el trasero, a él llenándome una y otra vez... Podría odiarla por poseer lo que yo desearía para mí, por ser centro de atención y adoración, y también de envidia, porque no sólo es él, también soy yo quien está pendiente de ella.

Exhibirme en mi más absoluta desnudez ante el mundo ya no es suficiente. En mi interior se despierta el placer de sublevarme ante su indiferencia. La idea de lo prohibido y morboso me seduce. *¿Quieres ignorarme? ¡Inténtalo!*

Con la punta de mis dedos repaso el contorno de mis pechos, la piel estremecida, mis pezones duros que se levantan tan orgullosos como yo. Se siente bien, pero aún lo hace más el placer de lo proscrito. Necesito más. Uso mis palmas para cubrir mis pechos, tomar consciencia de su generoso peso, para amasarlos... Mis párpados se cierran con deleite al tiempo que el primer amago de calor se extiende por mi bajo vientre. ¿A quién pretendo engañar? Verlos haciendo el amor ya dejó huella entre mis muslos, aunque ahora se siente mejor. Mucho mejor.

Al abrir los párpados me encuentro con el adonis del piso de enfrente. Está allí en la ventana, igual que yo, quieto, observándome. Me hace dudar. Mi yo rebelde se resiste a parar. Recorro su musculoso torso desnudo con mis ojos. No es la primera vez que nos confrontamos. Él nunca fue tacaño con lo que me deja observar a través de sus cortinas, ni con las fantasías secretas que me regala para pasar mis noches solitarias. Chupo mis dedos para humedecerlos antes de regresar a mis pezones, demostrándole a mi apuesto *voyeur* cómo disfruto de esa pequeña dosis de dolor al pincharlos y estirarlos.

Me responde. ¡El hombre de mis fantasías me responde! Veo las masculinas manos abriendo con calma los botones del vaquero. Su atención permanece fija en mí, confirmándome que está allí conmigo, por mí. Devoro con la mirada cada centímetro de piel que va descubriendo y sigo cautivada por los hipnóticos movimientos de sus manos. Su exultante demostración de virilidad invoca mi más primitiva y básica feminidad, reclamándome que lo seduzca, que lo marque tan profundamente que jamás olvide a la mujer que esta noche le dio placer. No necesito plantearme cómo. Son mis manos, mis dedos, mi lengua, mi cuerpo entero quienes toman la iniciativa para seducirlo, para atraparlo en mi red y proporcionarme el placer que anhelo.

Me pierdo en el momento, entre mis sensaciones. Él me consiente con paciencia, esperándome, aunque su mandíbula está apretada y su cuerpo brilla con una fina capa de transpiración. Sé que me desea, pero sigo necesitando algo más. Mis ojos regresan por un instante a la calle. ¿Sigo siendo invisible?

El carrito de la limpieza está abandonado al lado del buzón. A solo unos metros, escondido en el portal, distingo el chaleco fosforescente del hombre que lo llevaba. Lo conozco. Trabaja en este barrio desde mucho antes de yo mudarme aquí. Es un hombre algo mayor que siempre me dedica un silencioso saludo al pasar. Apenas levanta su rostro y rara vez sonríe, aunque siempre responde con un amable cabeceo. Ahí está ahora, con la cabeza reclinada contra el umbral. Su mano ha desaparecido dentro del pantalón. Me mira. Me ve de verdad. Me estremece la morbosa idea de saber que mañana al cruzarnos me recordará desnuda y sensual, que me reconocerá como la mujer que le ha regalado este extraño instante de intimidad. Porque lo hará, ¿verdad? Mis dedos se deslizan dentro de mí, profundo. El placer me doblega hacia delante y suelto un jadeo. Él se pone rígido, despegando la cabeza de la pared. Soy el centro de su universo y está esperando que yo estalle para él, pero aún no, aún no es el momento.

Una repentina actividad en la hamburguesería llama mi atención. Alguien está abriendo la puerta trasera. Me tenso pensando en un ladrón; pero no, es sólo el camarero con ¿la prostituta? No entra, tampoco cierra la puerta; sólo la usa como escudo para cubrirse ante los cada vez más escasos transeúntes. Trago saliva cuando gira a la prostituta hacía mí y alzando sus ojos hasta donde estoy, comienza a tocarle los pechos de forma posesiva. Es algo rudo, pero me excita su urgencia, su deseo descarado.

La luz se enciende en uno de los ventanales. Me detengo. Es Isabel, quien entra en su apartamento, soltando de forma descuidada el abrigo de diseñador que ha debido costarle dos meses de sueldo sobre el sofá. A veces me pregunto cómo una simple peluquera puede permitirse esa clase de lujos pero, a decir verdad, en Isabel nada es sencillo. Ni lo es su llamativa cabellera cobriza, ni su alucinante figura de modelo, ni mucho menos su elegante indiferencia ante todo.

Isabel se acerca a su ventana. Doy un acelerado paso hacia atrás. Siento un nudo en la garganta y ganas de esconderme, pero es una de esas ocasiones en que cuanto más ansías huir más paralizada te quedas. Ella hace el amago de cerrar las cortinas, pero al verme se detiene. Las dos nos quedamos contemplándonos la una a la otra, evaluándonos. Ella abre las cortinas con un gesto decidido. En la forma en que me ojea hay un cierto reto. Al enarcar las cejas y fruncir los labios puedo imaginarme su pregunta:

—¿Qué? ¿Vas a atreverte conmigo?

Odio su forma de tratarme como si yo fuera poco más que un ratoncito de biblioteca. Alzo la barbilla y regreso al ventanal. Isabel permanece quieta, expectante. Nos mantenemos la mirada. Ella levanta los brazos, deshaciendo las tiras detrás de su cuello y deja que el largo vestido se deslice por su cuerpo hasta el suelo, quedándose ante mí con nada más que su atrevido liguero de medias negras, su diminuto parche de vello cobrizo y, cómo no, sus vertiginosos zapatos de tacón de aguja. Mi vientre se encoge y siento el calor derramarse entre mis piernas. Isabel es bella, casi perfecta en su altivez. La escena parece poco más que sacada de una película erótica de la época del blanco y negro.

Acepto su reto regresando a mis propias caricias. No sé muy bien si es a ella o a mí a quien quiero demostrar que mis curvas no tienen nada que envidiarle a sus elegantes líneas estilizadas, al mostrarle mis pechos llenos y sensibles. No por ser menos perfecta soy menos mujer. Mi curiosidad por ver cómo responde es más fuerte que mi vergüenza ante ella. Mueve los labios como si hablara en voz alta. ¿Qué dice? ¿Está hablando con otra persona? Mi mano se detiene. Tardo en descubrir… ¿un hombre moviéndose a cuatro patas hacia ella? Está desnudo, excepto por un collar y una máscara negra que le cubre toda la cabeza. ¿De dónde ha salido? Encuentro algo extrañamente familiar en él, pero no consigo adivinar qué es. Trae algo en la boca y se lo ofrece a Isabel. ¿Una fusta?

Mis dedos acaban por recorrer los escasos milímetros que les faltan para deslizarse dentro de mis resbaladizos pliegues. Un morboso estremecimiento me recorre al seguir la escena que se va desarrollando ante mí. Isabel usa la fusta para dibujar una parsimoniosa caricia sobre el cuerpo del hombre mientras pasea a su alrededor. Parece una gata jugando con su ratón. Por las ojeadas que me echa no estoy segura de si el ratón es él o yo. ¿Importa?

Me excita su atención en mí casi tanto como la pecaminosa escena que me ofrece. Le tira la cabeza hacia atrás y le obliga a mirarme. Ojalá pudiera ver su expresión, pero la máscara me lo impide. Tengo que conformarme con comprobar la reacción de su cuerpo expuesto ante mí, pero es suficiente. La diosa en mí se despierta. No me importa si lo que le ha puesto duro es verme desvestida o el que yo lo esté viendo en su más humillante desnudez.

Se gira cuando Isabel da otra orden. Con las rodillas abiertas y las manos a su espalda acaba con el rostro hundido entre las piernas de ella; pero no es eso lo que me llama la atención, sino el tatuaje que le asciende por el codo hasta el hombro. ¿No tiene mi jefe uno igual?

La curiosidad me embarga. ¿Qué otros secretos hay detrás de cada una de las cortinas? El último piso está a oscuras, a excepción de una diminuta luz rojiza que cada cinco segundos se mueve ligeramente, se para, se ilumina, y regresa a su lugar anterior. Es el piso de la escritora en silla de ruedas. Sé que vive allí más por el chismorreo de la gente que por otra cosa. Es una ermitaña que deambula en su propio mundo. Me molesta que se esconda ante mí. Sé que está observando y no aparto mis pupilas de su ventana. Abriéndome a ella, dejo que mis dedos jueguen con mi clítoris en rápidos círculos que me hacen gemir. *¿Quieres mirarme? ¿Verme? ¡Aquí me tienes!*

Una lamparita se enciende. Apenas puedo adivinar el rostro de la mujer madura que me observa tomando una profunda calada de su cigarrillo. Pero no importa. Ha tenido la deferencia de mostrarme que está ahí, de admitirlo. Me basta. Ella alarga la mano hacia la lámpara y yo escaneo el resto de las ventanas.

El piso del señor calvo ahora está a oscuras, aunque las cortinas entreabiertas se mueven sospechosamente. Me hace sonreír. También en el salón de la pareja gay se ha apagado la luz, sin embargo me basta la escasa iluminación del televisor para adivinar que aún siguen allí y que no es un documental lo que están viendo.

Una nueva ventana está iluminada. Es el piso de mi compañera de torturas, Carmen. Nos martirizamos practicando *spinning*, haciendo dietas y comparándonos con las demás. Los hombres pasan por su vida a la misma velocidad que un tren por una estación sin paradas. A ella parece no importarle que el desconocido que la embiste desde atrás la haya desnudado en nada y la haya inclinado contra la ventana. A mí desde luego que tampoco.

Ahora, al verla ahí, me planteo para qué nos sometemos ambas a tantos suplicios por gustar a los demás. Se la ve bellísima así, con sus ojos brillantes, las mejillas sonrosadas y los voluminosos rizos negros rebotando al mismo ritmo en que lo hacen sus exuberantes pechos. Es *sexy* en toda su generosa feminidad, en la forma en que se entrega al placer sin ocultar nada. Casi puedo oír sus gemidos al son en que su última cita se pierde en ella una y otra vez. Mis dedos copian sus movimientos, su velocidad. Los ojos de Carmen se encuentran con los míos. Nuestros deseos son los mismos, la necesidad la misma. Imagino ser ella. Sentir cómo me embisten desde atrás. Cómo me sujetan fuerte mientras buscan atravesarme y hacerme suya.

Mis ojos regresan al adonis que me ha esperado pacientemente. Veo sus labios moviéndose:

—¡Ahora! ¡Córrete para mí!

Me da igual si es él o mi imaginación la que me lo ordena. Mi cuerpo se convulsa dejándose arrastrar por la exquisita explosión. Con los dientes apretados y la cabeza echada hacia atrás mi adonis me acompaña en el trayecto, pintando con blancos chorros su cristalera. Mis ojos regresan a Isabel que chilla su éxtasis a los cielos empujando frenética sus caderas contra la boca del esclavo; al hombre de la limpieza, que inclinado hacia delante ha perdido la modestia y se desahoga con bruscos movimientos sin importarle quién pase delante del portal; al camarero, que ahora tiene a la prostituta arrodillada frente a él y la hace ganarse el dinero que cobra... La ama de casa ha desaparecido, sustituida por el marido que enfebrecido parece llevar a cabo un extraño baile detrás de la encimera; incluso la parejita de jovenzuelos está frente a la ventana compartiendo mi placer. Mi excitación crece con cada imagen, con cada mirada compartida, con cada pequeña explosión de placer que me lleva hacia el traqueteo final haciéndome jadear a gritos y sin control.

Dejo caer mi frente sobre el cristal, su frío me alivia. Mi corazón late con tanto vigor que siento palpitar mi cuerpo entero mientras mis piernas apenas me sostienen y las rodillas me flaquean. Casi me da miedo abrir los párpados, me asusta descubrir que lo que acaba de ocurrir es solo producto de mi imaginación.

Cuando por fin me atrevo a echar una ojeada, mi adonis está apoyado exhausto contra la pared. Me sonríe y me dirige un guiño de complicidad. Mis labios se curvan por su propia voluntad. Isabel se incorpora, me mira y cierra las cortinas con brusquedad. El hombre del portal ha regresado con su carrito de la limpieza. Me echa un último vistazo, asiente con la cabeza y se pone en marcha. El camarero ha arrancado su moto desapareciendo entre una nube de humo. La prostituta está apostada en su esquina como si nada hubiese pasado. En la última planta, la luz del cigarrillo se apaga al igual que las luces del resto de los apartamentos. Carmen es la única que sigue ahí, ahora sentada sobre su hombre de una sola noche. Supongo que cuando sabes que no van a durarte, quieres exprimir hasta la última gota de placer que puedan darte. Pero eso ya es algo entre ellos. Mis piernas están demasiado temblorosas para permanecer de espectadora. Prefiero mi cama.

Las sábanas frías me vuelven consciente de mi desnudez, haciéndome apretar los muslos aún empapados y correosos. Debería ir a limpiarme y ponerme un pijama, pero —¡¿qué demonios?!— me niego a hacerlo. Me siento *sexy*, ¡absolutamente *sexy*! ¡*Sexy* en toda mi maldita imperfección! No importan las miradas burlonas o las palabras hirientes que me esperen mañana al pasar por la calle. Sé que hay ojos que nunca me verán igual, la de aquellos que han aceptado mi regalo, la de aquellos que me han compartido. Estoy segura de que no me olvidarán, que me convertirán en parte de su fantasía. Mi mano se desliza entre mis piernas causando un repique de placenteros estremecimientos al apretar mi palma contra mi aún sensible feminidad. A lo lejos resuenan las sirenas y las bocinas de una ciudad apenas dormida. A mí aún me quedan horas para el amanecer y sé cómo quiero pasarlas.

Charlie Becerra

SEGUNDO PUESTO

Perú

Nació en Lima, Perú, en 1989. Pudo haberse convertido en una de las grandes mentes criminales de nuestro tiempo o en un *rankeado* narcotraficante. En cambio, se hizo publicista.

Abandonó la Pontificia Universidad Católica del Perú justo a tiempo. Hace cuatro años fundó Grace Navarra, su propia agencia de publicidad.

De niño fue un gran aficionado a las mentiras, hoy las escribe.

Vive en Trujillo con su esposa y sus dos hijas.

Buena, Javicho

Ahí estás otra vez, Javicho. Y sonabas tan convencido la última vez, hasta le hiciste creer a Nando que ahora sí cambiabas, que ahora eras otro, que no peloteabas. Pero mira dónde has venido a parar. Calato, tirado mirando el techo y oliendo el aroma a detergente barato de las sábanas del telo al que siempre regresas. Regresan.

Ahora pues, abrázala, dile amorcito, dile que no hay día que no pienses en ella y que si no llamabas era por el trabajo del demonio que no te deja ni respirar y la bruja esa que te abusa. Aunque achispado, el discurso te lo sabes al dedillo. Pero no pues, después del polvo la cosa cambia y esa sensualidad que te drenaba un torrente de sangre a la entrepierna, ahora solo consigue revolverte las vísceras y provocarte una náusea caleta. La regaste, Javicho. Estás de malas.

Quién se iba a imaginar que la chola se iba a cruzar justo por la fonda donde regabas la garganta con los muchachos. Llegó ligerita toda ella, y tú que no querías. Pero la chola te conoce, se esperó a que las cervecitas te pusieran contento, parlanchín, machito y caíste redondito. Y ahí estaban tus compadres que para alcahuetes no les gana nadie y se hicieron los sonsos, los que veían para otro lado cuando chapabas de lo lindo y te olvidabas de la hora, que te esperaban en tu casa. Justo la bruja de la que hablabas, que el primo se le casa y el terno ya te lo tenía listo, al mismo tiempo en el que la chola te estampaba el primer pico. Estás de malas, Javicho. Y pensar que hace tres horas eras un santo, eso creías.

Caballero, te bailaste el bolero y lo hecho está hecho. Cierras los ojos y por un segundo te gustaría retroceder el tiempo, pero eso solo te hace sentir más idiota. Mejor te vas vistiendo. Tanteas sobre la mesita de tu costado y sin querer tiras tu billetera al piso, derramando tus papeles y los residuos de tu quincena que se fue naufragando en un mar de cerveza. Sigues tanteando pues no das con tu reloj. Por fin lo encuentras debajo de un calzón que ya no tiene la misma gracia que hace un par de horas, cuando la chola lo llevaba puesto y te lo querías devorar. La hora te sienta de un brinco, deberías estar en tu casa hace ya un largo rato.

La chola está en un ronque bárbaro y te desesperas. Si en dos minutos no despierta la vas a agarrar a guantazos. La sacudes cada vez más fuerte, sientes cómo tus dedos se hunden en la carne, esa misma que te gustaría que fuera tan desechable como el jebe que acabas de usar. Cada segundo que pasa la aborreces más y te ves tentado a dejarla botada como un desperdicio por el cual no estás dispuesto a responder. Tranquilo, Javicho, ves cómo comienza a abrir los ojos, no estaba muerta, pero ojalá lo estuviera, ¿o no? Con tanta sacudida las has asustado, pero se le pasa rápido, ella conoce la rutina tan bien como tú.

Te has cambiado como bala y ruegas por que no estés olvidándote de nada, salvo tu dignidad hecha migajas en el miserable colchón de media plaza. Una vez más te trajeas con tu apariencia de marido ejemplar, pero tu miserable sustancia atufada te va a seguir por un par de noches más. Estás hecho.

En un pestañeo ya estás en el carro, loco por pisar el fierro a fondo y la chola que se demora horas. Ahí está por fin. Se ve distinta, ¿no, Javicho? Ya no se ve tan rica como antes, pero ya sabías que esto iba a pasar desde que entraron al cuarto, ya la veías venir. Te consuelas pensando que lo mismo le pasa a todos, pero lo único que sabes es que a ti te pasa todo el tiempo. Por lo visto ella tampoco se siente de lo mejor. De frente se subió al asiento trasero como quien toma un taxi cualquiera. Seguro tú también te ves distinto, compadre.

Finalmente saliste de la cochera, y te parece haber visto que el guardián te miraba y se reía. Qué vas a hacer, Javicho, lo quieras o no, es tu cómplice. Él es el que te dice pasa, amigo Javicho, pasa y trampea, la vas a pasar bonito, yo cierro la puerta y no te ve ni Dios, yo te cuido para que trampees tranquilo, hasta la cañita te la cuido, todo por un pesito, amigo Javicho. Sí pues, con todas las veces que has venido, bien podría ser el mejor de tus amigos.

Bajas la ventana para que entre el aire y ventile el interior de tu Volvo, disolviendo tu remordimiento o por lo menos enfriándolo. Ya estás a cuatro cuadras del telo. Volteas una esquina y ya no lo ves más. Hasta nunca, dices. Dices.

La regresada siempre es la misma, nunca se hablan y cada quien mira por su ventana, regalándose el uno al otro un silencio cínico y culpable a la vez. Ni siquiera es necesario que te diga dónde se quiere bajar, ya sabes que detrás del grifo, ese que jamás estará en ninguno de tus demás recorridos. Por ahí no pasa tu vida.

De rato en rato le echas una ojeada por el espejo retrovisor. Con el aspecto que tiene no se sabe si le han hecho el amor o le han pegado, igual el maltrato da para ambos. Ya ves, a los dos les gusta verse sufridos después de sentirse queridos. Sino para qué la molestia. La chola se nota medio mareada todavía, y ves que se pone a cabecear. Mejor aceleras, Javicho, que si se duerme en el carro va a ser otra jarana y esta vez sí la dejas tirada por donde caiga. Te cuadras como principiante y ni siquiera miras cuando la chola se baja y te azota la puerta, estás más preocupado por reconocer un rostro familiar, o peor aún, que ese rostro familiar te reconozca y tú no te des cuenta. Volteas y ya no está. Te basta con eso y sales embalado. Tranquilo, Javicho, casi te llevas al canillita encima del carro. Disculpa, chibolo. Lo entenderás cuando trampees.

No quieres ni mirar el reloj, no podrías estar más retrasado. Felizmente no hay mucho tráfico. ¿Felizmente? ¿De verdad quieres llegar a tu casa? El canillita te ha dado una idea. Fingir un accidente no parece muy complicado. Con tanta bestia al volante ya es cosa de todos los días, y no sería difícil encontrar uno que te haga el favorcito de cerrarte un cruce. O puedes darte un buen tope con un poste, igual no te vas a matar. Ves el alumbrado público con el mismo antojo que lleva un can con la vejiga llena. Este no, mejor el otro, mejor el que viene. ¡Guarda, Javicho! Por distraído casi te matas de verdad. Mejor te vas despabilando porque no te falta mucho para llegar.

Y como qué ya estás en tu cuadra. Desde lejos reconoces tu casa y estás justo a tiempo para ver salir al búfalo en el que se ha convertido la bruja, perdón, tu mujer. Apagas el carro y una vez que el motor se ha callado, los gritos que te lanza desde la puerta se oyen, ahora sí, claritos. No te imaginabas que estaba tan asada, ¿no, Javicho? Mal que bien, tiene razones para dispararte adjetivos e insultos en parejitas, como agarraditos de la mano: borracho-desconsiderado, lagarto-tardón, hombre-desgraciado tenías que ser. Pero si te estaba esperando horas, Javicho, y se puso toda guapita porque quería impresionar a la familia con su vestido nuevo, ya que su marido no es motivo de orgullo desde hace tiempo. Lo siento, mi vida. Me demoré con un papeleo. Pero ya llegué y me cambio rapidito. Me baño, me cambio y nos vamos, te apuesto que ni comienza. Pero qué linda que estás, mi... ¡Plaff! Te volteó la cara. Con el primer tortazo basta. La Lupita te conoce, o crees que los insultos te los dice por decir. Todos los calificativos que oyes cada vez que le haces este tipo de perradas son el producto de un sesudo análisis previo, de una ponderación marcial que recoge todos aquellos defectos que tu condición de cónyuge ofrece. Así que la primera bofetada siempre es para hacerte recordar que ninguna de tus palabras le llegan tan fuertes y claras como el tufo pestilente que te precede. Cuando por fin reaccionas, la Lupita te está esperando en el carro. Apúrate, Javicho, te han dado cuatro minutos más de vida. A la ducha, compadre.

Mientras te bañas, y una vez que sabes que lo peor ya pasó, te dejas llevar por la sensación de relajo que siempre te produce el agua fría después de una bomba. Por el lado bueno está que por el apuro Lupita piensa que lo de esta noche es solo una de las borracheras de toda la vida, y lo único que en realidad quiere es llegar cuanto antes a la ceremonia. Ver cómo tu lengua desesperada se traba y tropieza dentro de tu boca por hilvanar excusas que ni un niño creería, la tiene sin cuidado. Por segunda vez en lo que va de la noche te has cambiado como bala. Parece que alguien no soportara ver tu desnudez mediocre; muy a diferencia tuya, que te gusta modelarla por hostales y bulines. ¿De verdad te quieres, Javicho? ¿O simplemente te usas a ti mismo? A lo más te entretienes y ahí nomás. Suficiente. Tampoco eres muy exigente.

Baja, Javicho, baja. Baja las escaleras rapidito. Ahora que ya estás limpiecito y bien perfumado. Ya quieres llegar a la fiesta. Quieres que Lupita con la emoción del momento se olvide la cólera; y si ella se olvida, tú por qué no. Parece que una vez más la hiciste suavecita y te saliste con la tuya, jugador. Ese es mi Javicho. Ese eres tú. Subes al auto, giras la llave, prendes la radio y te fuiste. Lupita aún no te habla pero por lo menos la frente ya no la tiene arrugada. Cambias la emisora para escuchar una buena salsita, como a ella le gusta. Cada detalle cuenta y mejor ir asegurándose para que cuando lleguen a la iglesia, entren de la mano, como salieron la última vez. Claro que jamás tan felices.

Sigues conduciendo y te sobresaltas al ver que casi no te queda gasolina. En cualquier momento te quedas varado y ahí sí que todo se va al diablo. Tan bien que ibas. Le comunicas a Lupita que van a tener que hacer una parada en el grifo para echar un poco de combustible, y era fácil prever cómo iba a reaccionar. Ves cómo la furia nuevamente comienza a enrojecer las orejas de Lupita. ¡Animal! ¡Pero si serás bestia! Cómo se te ocurre andar con un sol de gasolina. Claro, te olvidas de echarle su gasolina al carro, pero de llenarte la guata de cerveza hasta el tope no te olvidas. Tan bien que ibas, compadrito. A pesar de lo aturdido que te sientes por la nueva camada de insultos que Lupita te acaba de aplicar en el tímpano, consigues llegar al grifo. Por lo visto hay cosas que te persiguen en este día. ¿Acaso no dejaste a la chola en un grifo hace un rato? Ves, ya la estás recordando.

Te bajas para abrir con tu llave el tanque de combustible, sintiendo cómo la mirada de tu mujer te va horadando la nuca. Ya es hora de ir renovando modelo, Javicho. Introduces la llave y apenas has abierto la tapa cuando tu mirada se ha detenido a ver un par de pasajeros que no sabías que llevabas a bordo: justo bajo tu asiento asoman un par de zapatos de tacón alto. Estás congelado y unas gruesas gotas de sudor han comenzado a perlar tu frente. Justo cuando tus piernas están a punto de desvanecerse, reaccionas y pides tanque lleno, ante lo cual la réplica de Lupita no se hace esperar. ¿Cómo que tanque lleno? ¿No te das cuenta de la hora? Pero mi amor, entiende. Es mejor tenerlo lleno de una vez... Ya no te esfuerces más, Javicho. Ya ni siquiera te está mirando. Bueno, es hora de desempolvar tus dotes histriónicas y poner en marcha una maniobra descabellada. Abres la puerta trasera, muy cerca de los zapatos, y te sientas. Según tú, a esperar a que llenen el tanque. Uf, que cansado estar parado y esto tiene para rato. Aún no puedes creer que hayas sido tan despistado de no revisar bien el auto en busca de huellas que te incriminen. Claro, pues, la chola esa estaba más volada que tú, que hasta de sus zapatos se ha olvidado. Chola desgraciada, vas a ver ahora sí como no te llamo, te dices. El enojo de Lupita, una vez más, no te defrauda y no se digna a mirarte. Mientras tanto, muy lentamente, estiras tu mano para tomar suavemente los indeseados polizontes. Una vez que los tienes pendiendo de las yemas de tus dedos, y con la precisión propia de un cirujano, consigues situarlos en tierra firme. Ahora sí, hasta nunca. Es la última vez que te vas al telo con todo y caña. Perdón, es la última vez y punto.

Vuelves a subir al auto como si nada, pagas y arrancas a toda velocidad. Antes que el encargado se dé cuenta de que has olvidado algo. Pero antes de alejarte más, recuerda bien este grifo, para que nunca más vuelvas a pasar por aquí. No vaya a ser que te guarden los benditos zapatos para dártelos la próxima vez que vengas. Para que veas que no siempre la atención y el buen servicio le hacen bien a uno. Los siguientes cinco minutos miras de reojo a Lupita sin parar. Tratando de atisbar algún indicio de sospecha en su actitud. Al parecer no se ha ganado con nada y solo sigue enfadada porque cree que van a llegar precisos para tirar arroz a la salida. Justo cuando están a punto de llegar, compruebas con alivio que tu ritmo cardiaco ya no parece el de un equino.

Tranquilo, Javicho. Ves que no pasó nada. Solo que para la próxima debes tener más cuidado. Sí, ya, ya, para la próxima será.

A una cuadra ya puedes ver que la fila de autos es enorme. Parece que la fiesta va a estar buena y que el primo tenía su guardadito para haberse animado a invitar a tanta gente. Te estacionas al último de la fila, aguzas el oído y al parecer la ceremonia aún no ha comenzado. Ya ves, amorcito. Y tú que te desesperabas por llegar, todavía no comienza. Te dije, Lupita. Se te dibuja una sonrisa al ver que ella se sonroja. Ya sabes como soy, pues, sonso. No me gusta llegar tarde. Y como si la paz y el amor irradiaran alrededor de la casa de Dios, todo parece arreglado. Bajas del auto y te regalas un buen suspiro de aire fresco. Ya te sientes listo para entrar a la iglesia, con tu conciencia tranquila, ya que tu mujer no ha de sufrir hoy por descubrir tus infidelidades. Le estás ahorrando un tremendo dolor a tu Lupita. Eres un santo, compadre.

Te extrañas al darte cuenta que Lupita no ha bajado aún del auto. Te asomas a la cabina y la encuentras con la mitad del cuerpo en la parte trasera del auto. Al parecer está buscando algo. Instintivamente, tus sentidos se ponen en alerta. ¿Qué haces, amorcito? ¿Qué sucede? Ella voltea y te mira preocupada. Le devuelves la mirada con una expresión aún más grave. ¿Qué pasa, Lupita? Dime. Aún sigue callada por un instante antes de traducir su angustia en palabras: «No encuentro mis zapatos».

Te quedaste frío. Te lo dije. Estás de malas, Javicho.

Miguel Escobar-Valdez

TERCER PUESTO

México

Nació en Guaymas, Sonora, México. Estudió en la Universidad de Sonora y el Instituto Tecnológico y de Estudios Superiores de Monterrey. Es escritor, catedrático de Literatura Castellana, de Problemas Económicos, Políticos y Sociales de México, docente universitario de Relaciones Internacionales. Consejero de Prensa, Agregado Cultural y Cónsul titular (en retiro) en el Servicio Exterior Mexicano durante 27 años; conferencista y articulista en periódicos de México y Estados Unidos.

Sus libros incluyen: "El muro de la vergüenza" (Random House Mondadori), "Últimos ritos" (Editorial Diana), "Tiempo de morir" (Editorial Diana), "El predestinado" (Gobierno de Sonora), "Desafíos de la migración (colectivo con Editorial Planeta), "Historias cortas" (Gobierno de Sonora), "Mundo poético" (colectivo poemas y relatos con Editorial Nuevo Ser, Argentina).

Ha ganado certámenes literarios en Ciudad del Carmen, Campeche; Tepic, Nayarit; la Ciudad de México y el Estado de Sonora.

Ha recibido reconocimientos como ciudadano distinguido en Douglas y Yuma, Arizona, y en Agua Prieta y Guaymas, Sonora.

Clic

El más vívido recuerdo de mi tormentosa relación con Juanita Z. Murphy fue siempre el clic.

El clic que se escuchaba al desabrochar ella el cinturón de servicio, preludio del despojarse del uniforme. Y el clic al abrochárselo de nuevo, acabando de vestirse, con el que se ponía punto final a la sesión de sexo, sudor y broncas.

Ese clic que con su seco sonido metálico era una elegía, una oda, que digo, un concierto sinfónico al erotismo, al placer carnal en todas sus manifestaciones.

Juanita Zamora Murphy era una agente del Servicio de Aduanas y Protección Fronteriza de los Estados Unidos. De padre mexicano y madre salvadoreña, había nacido en Santa Ana, California. Con cuarenta y pico de años a cuestas —el pico nunca lo pude definir con exactitud—, de sus genes maternos derivaba seguramente ese aspecto sensualón de las mujeres del trópico. Morena de atractivas facciones entre las que sobresalían pronunciados pómulos, estatura media, *derrière* generoso y respingado y pectorales munificentes —era nalgona y chichona, pues—, destilaba el tipo de erotismo que muy frecuentemente se asocia con mujeres maduras de las que se piensa que están en la etapa del *last hurrah*, de la última carcajada de la cumbancha antes de que el climaterio las convierta en entes frígidos.

Se sabía buenota y deseada, tanto por sus compañeros de trabajo como por los varones con los que entraba en contacto en el curso de su trabajo en el puerto de entrada de Douglas, Arizona.

Enfundada en el uniforme de grueso paño azul de los oficiales del U.S. Customs and Border Protection, la abundante y ondulada melena de brillante pelo negro recogido y sujetado en todo lo alto por una gruesa pinza, la combinación de la vestimenta de servicio que incluía toscos botines negros, las insignias y la plaquita con su nombre sobre la bolsa derecha de la camisa, y a la cintura, el cinturón tipo militar con dos extremos metálicos que se acoplan —de ahí el "clic"—, del que penden la Beretta calibre .40, además de los dos cargadores, el radio, las esposas metálicas, un cartucho de *spray* de polvo de pimienta y la lámpara de baterías; todo ello contribuía a despertar las ganas —a propósito de reflejos freudianos— por la aún muy potable cuarentaitantona.

Yo soy Jairo Calixto Retano, narco de medio pelo. En el casi diario cruzar la frontera para checar el bisnes del lado gringo, entro en contacto con esa espléndida matrona que es Juanita Zamora. Frecuentemente me toca como la agente de turno en la garita en la que me piden mi documentación migratoria.

Y es en ese contexto como se inicia la relación.

La chica se inclinaba sobre la ventanilla del conductor y metía prácticamente la espectacular pechuga para pedirme la visa láser y preguntarme si traía algo de México.

—Sólo las ganas, oficial —llegué a responderle entre dientes.

—*Excuse me?* —contestaba reprimiendo una sonrisa.

Y de los recatados albures la cosa fue pasando a un flirteo descarado por ambas partes, y del coqueteo mutuo surge la familiaridad entre la fulana que se siente halagada por la evidente calentura que despierta en el aventado fulano, en este caso yo.

En su momento coincido con ella en algún establecimiento comercial del lado gringo y por primera vez la contemplo sin el uniforme. Se me desprende el maxilar inferior cuando la veo vestida, más bien semivestida, "de civil", en minúsculos *shorts* y una blusita de tirantes que deja descubierto un plano estómago y apenas encubierto el tetamen que se escapa como racimo de uvas. ¡Coño, qué monumento!

Me le arrimo, la saludo limpiándome con el dorso de la mano el hilillo de baba que me escurre por las comisuras de los labios, me reconoce y empiezan los escarceos y los nada sutiles *innuendos* de mi parte. ¡Si sólo me faltó proponerle follar ahí mismo, sobre el piso de la tienda! Total que me acepta una invitación a cenar, con la condición de que tiene que ser en una vecina población. ¡A las Islas Fiji hubiera ido ante la posibilidad de encamarla!

Cenamos por primera vez en un lugar de primera, discreta música de piano, intercambio de confidencias. Me entero de que se casó muy jovencita con un gabacho con el que procreó una hija. El divorcio fue inevitable habida cuenta de la incompatibilidad de caracteres. Ella era —y es—, un cautín de ardiente y él no tenía al sexo entre sus prioridades. Total que lo único que conserva Juanita del matrimonio es el apellido de casada, Murphy, y, el pánico a que la hija, quien acaba de desposarse, la convierta inexorablemente en abuela en el corto plazo.

En la primera cita me porté como lo que no soy, como un caballero. Salvo el intercambio de miradas lánguidas y algún melodramático suspiro, la velada transcurrió en un ámbito de decoro. Ya para abordar ella su automóvil, me despedí con un casto beso en su mejilla.

Para el siguiente encuentro, me porté como quien soy, como el cabrón que siempre he sido.

La llevé a cenar y a bailar y en ese *slow dancing* cachondo de perfecto acoplamiento entre concavidades y convexidades, qué pena, oiga, que me pongo tumefacto. Aparece, inevitable, la madre de todas las erecciones. Y qué decirle, con esa timidez que me caracteriza que me le repego más y que la hago sentir el rigor de la muerte. Me dije a mí mismo que pusqué, que de una buena vez habría que ver de qué color teñía el verde.

Y qué le cuento, tiñó de verde.

La chica no me abofeteó, ni me dejó parado en medio de la pista de baile y, vaya, aguantó a pie firme la muy advertible tumefacción. De hecho, se me pegó de tal manera que yo también sentí contra mi paralizado asunto esa delicada porción anatómica que suponía ya humedecida, y su respiración se hizo entrecortada.

¡Ya chingué!, pensé.

No paramos de bailar en toda la velada porque el baile nos permitía abrazarnos y sentirnos, y de hecho acercarnos lo más posible —¡vestidos y de pie!— al acto sexual. Mi calenturienta mente empezó a barajar opciones: ¿cruzar la cercana frontera hacia México para dirigirnos a mi departamento?, ni pensarlo, seguramente no aceptaría porque en ambos puertos de entrada, el gringo y el mexicano, todo mundo la conoce. ¿Y qué tal el motelito ese a la salida del pueblo? ¿Y si tampoco quiere? Como última opción está el asiento trasero de mi Lincoln Navigator, pero con mucho cuidado ¿eh?, no quiero manchar la tapicería.

Juanita me deja turulato al preguntarme, delicadamente y con voz entrecortada:

—*Are we going to fuck, or what?*

Ni siquiera respondo. La tomo del brazo y prácticamente la arrastro por la pista rumbo a la salida. Sin pronunciar palabra la conduzco hasta mi auto, lo abordamos y nos besamos salvajemente, como hotentotes. Paramos en el motel El Rancho, un motelito de paso a la salida de Bisbee, Arizona.

Ese fue el inicio de una bella, accidentada, sensual, insufrible relación que siempre tuvo como argamasa el sexo. Era el sexo, más bien los excesos del sexo, los que nos mantuvieron pegados, en el sentido literal del término, uno al otro, durante los meses que duró la tormentosa relación.

Juanita era inaguantable. Mujer que se había valido siempre por sí misma; de decisiones inapelables en el pequeño coto de poder que detentaba, en este caso la garita vehicular que se le asignaba en el puerto de entrada desde donde atemorizaba a los conductores con un cortante «abra la cajuela del auto»; que se regodeaba en el manejo de las calenturas que despertaba en el sexo opuesto, habituada a mandar en sus relaciones íntimas, se convertía en un auténtico dolor en el trasero.

¿Y cómo es que un malandro de mi categoría, acostumbrado a rifársela en todo momento con otros siniestros malvados en un negocio en el que se vive bien y se muere mal... y a temprana edad, aguantaba a una prepotente vieja, mandona y altanera como la tal Juanita?

Por el sexo, compadre.

El sexo con ella era increíble, un sexo excepcional, de paroxismos, de excesos, de extremos y de todo lo que tenga equis. Las encerronas, usualmente vespertinas, al término de su turno de servicio y a las que llegaba aún de uniforme, siempre en alejadas hospederías, podían definirse como una sucesión de frecuentes orgasmos, de quejidos, pujidos y chillidos, de palabrotas en inglés y en español, porque mi Dulcinea era escandalosa y soez en ambos idiomas durante el faje y sobre todo cuando se aproximaba al clímax.

Mrs. Murphy seguramente padecía de furor uterino y su insaciable curiosidad la orillaba a la experimentación —posturas acrobáticas, trucos variados, *voyeurism*, etc.—, eso sí, la jornada vespertina que abría con el primer clic un universo de placer, concluía irremediablemente, con el clic final al abrochar el cinturón, en bronca. Como que la Juana me quería cobrar ese maravilloso follar con gritos y sombrerazos.

Ese era el estado de cosas en que se daba la relación entre una atractiva mujer de fuerte carácter que usaba sus atributos físicos para dominar, y un narco al que le iba muy bien en el tráfico de enervantes pero que quería salirse del negocio antes de que su cabeza apareciese por ahí, violentamente desprendida de su cuerpo.

***

Por otra parte, el negocio marcha admirablemente. El cártel del que formo parte controla las rutas del trasiego de droga en este sector de la frontera. Los dos sinaloenses que arribaron por estos rumbos muy echados pa´delante queriendo delimitar territorio propio, desaparecieron súbitamente. El cadáver de uno de ellos fue descubierto flotando en el represo de un rancho y el otro perdió la cabeza —literalmente—; la maltratada testa apareció en una hielera. Aún no localizan su cuerpo.

Eso sí, cada día me pongo más nervioso al ingresar a territorio estadounidense. Nunca se sabe qué tipo de información poseen la DEA, el FBI, o la sección de inteligencia del Immigration and Customs Enforcement. Me queda muy claro que cada vez que me formo en la larga línea de vehículos, me estoy jugando de 15 a 20 años de cárcel en alguna prisión de alta seguridad. Mis documentos migratorios están en orden, respeto escrupulosamente la regla de oro de jamás llevar droga de tipo alguno, ni para distribución ni para uso personal, a bordo del auto que conduzco, y siempre voy desarmado, pero aún así, nunca se está a salvo de un "chivatazo".

Pinches gringos, después de que uno les satisface sus vicios.

Por eso es que ya me quiero ir de este bisnes. ¿Qué caso tiene seguir haciendo más dinero si el día de mañana me vacían un cargador de AK-47 en el cuerpo, o voy a parar a una cárcel en donde perderé hasta la virginidad que tanto he defendido?

Enfrento en este momento una duda existencial: ¿En mi proyecto de vida después de "jubilarme", tiene cabida Juanita? ¿O mi "retiro" abarca todos los aspectos, la amante incluida? La verdad es que Juanita simultáneamente me fascina y me encabrona. Tiene unos modos extremadamente irritantes pero por otra parte, reconozco que es el mejor sexo que he tenido en mi vida y la verdad, me pesa perderlo. ¿Entonces qué?, ¿le pido que deje atrás familia y carrera y que me acompañe? ¿O simplemente cabalgo rumbo al ocaso sin mirar hacia atrás?

Creo que me voy a decidir por cortar amarras de un solo tajo. Resígnate, Jairo Calixto, a no volver a experimentar la ninfomanía de Juanita Zamora Murphy.

Decidido lo emocional, falta ahora lo del negocio. Voy a armar el cruce de un último gran cargamento. De cocaína, nada de marihuana. Y como no quiero aumentar los riesgos de una salida del oficio no autorizada, tampoco pretendo transar a los "pesados" del cártel, por lo que les voy a hacer llegar la parte que les corresponde para que no me busquen, y sobre todo para que no me encuentren.

Después de la toma de decisiones me siento aliviado y más ligero.

Empiezo a preparar el terreno con mi amante. Con cierta aprensión, habida cuenta de su explosivo carácter, le hablo de que por razones de "negocios" por algún tiempo voy a permanecer fuera de la región. Al cabo de ese lapso, como dijo MacArthur, volveré, y de inmediato reanudaremos el romance y follaremos como poseídos.

Ultimé también los detalles de la última carga de droga que voy a cruzar, la tranza de mi despedida. Ya tengo el Jeep Cherokee en cuyo tanque de gasolina van a ir las cien libras de coca y también está lista la conductora, una estadounidense. Y sobre todo, está arreglado el agente del puerto de entrada con el que trabajamos para la introducción de ciertos cargamentos mediante el siempre efectivo soborno que funciona a uno y otro lado de la línea divisoria.

El sábado tengo mi cita con Juanita, la última, concertada telefónicamente. Qué curioso, me pidió que le definiera la hora de mi cruce lo más exactamente posible y que pasara a revisión en la garita en la que está asignada. Me conmovió mi amorcito. Seguramente que quiere rememorar cómo y dónde nos habíamos conocido.

¡Si serás pendejo, Jairo Calixto!

No hay plazo que no se cumpla ni deuda que no se pague, dicen mis paisanos y es así como se llega la fecha de emprender graciosa huida, el día en el que por última vez escalaré las cimas del placer sin límites —¡carajo!, qué poético— con Juanita Z. Murphy; el día en que también me corto la coleta de narco.

Me levanto a muy temprana hora del sábado. Afeitada, duchazo, desayuno ligero a base de jugo de naranja, fruta y cereal. En trusa y descalzo deambulo por el departamento que ha sido mi "leonera" durante un buen tiempo, detengo la vista en la monumental cama y no puedo evitar una sonrisa ante el recuerdo de la multitud de féminas que por ahí han desfilado. Y se me viene a la mente una profunda reflexión filosófica de mi autoría: "Copulo, luego existo".

Al filo del mediodía conduzco mi vehículo rumbo a la línea divisoria, me formo en la hilera que lleva hasta la garita en donde alcanzo a distinguir el generoso trasero, a la Jennifer López, de mi amada, y me relajo pensando en mi futura vida, la cual se iniciará en unas cuantas horas más.

Llego por fin con Juanita y cuando cumplo con el expediente de mostrarle mi visa láser le digo, galán como siempre:

—Hola mi amor, estás más hermosa que nunca. Tarde se me hace para que nos veamos y…

No me deja concluir la frase.

—Abra la cajuela, por favor —espeta con tono imperioso.

Me sorprende la orden, el timbre de voz y, sobre todo, el gesto ceñudo.

—¿Pasa algo mi amor? —pregunto en voz baja.

—Abra su cajuela y baje del auto —reitera con el mismo modo brusco, a la vez que parece rehuir mi mirada.

No sé si es mera casualidad, pero advierto que Juanita descansa la diestra en la cacha de la pistola enfundada. En ese momento las campanas de alarma empiezan a repiquetear en mi cabeza.

Desciendo del coche y abro la cajuela. El repicar de campanas se convierte en estruendo cuando veo que se acercan otros agentes más. Uno de ellos trae sujeto de una correa a un perro de los usados para la detección de droga. El pastor alemán husmea en torno al vehículo y de súbito se aloca, jala de la correa al agente y ladra desaforadamente.

Mi desconcierto se convierte en estupor cuando veo que Juanita desenfunda la automática y tomándola muy dramáticamente con ambas manos, me apunta, a la vez que con voz tronante ordena:

—Coloque las manos sobre el vehículo y no oponga resistencia.

Si parece una escena de una de tantas películas de acción de Hollywood.

El lugar está ya desbordado por uniformados de Customs and Border Protection, algunos con las pistolas empuñadas. Sin apresuramientos, dándoles a entender que me pelan... los dientes, apoyo las palmas de las manos sobre el automóvil y uno de los agentes con su pie me separa las piernas y me pasa las manos por los costados y la entrepierna, constatando que no porto arma alguna.

—Agasájate, maricón —le digo con voz bajita, para que sólo él escuche.

El uniformado, de tipo latino y seguramente hispanoparlante, como la mayoría de los agentes, nomás enrojece.

El auto, guiado por un uniformado, es conducido al área destinada a segunda revisión. Oficiales de CBP me conducen a las oficinas de Aduanas. Permanezco bajo vigilancia en un cuarto desprovisto de todo mobiliario. Me siento como velero sorprendido en alta mar y en pleno huracán, desarbolado y al garete.

Entiendo que estoy en grave aprieto, pero ignoro la profundidad del hoyo en el que sin duda alguna estoy cayendo. Y desconozco el porqué, el cómo, el cuándo y el quiénes.

Alcanzo a ver por una de las ventanas al carro estacionado y al pinche perro que frenético sigue dando vueltas en su derredor sin dejar de ladrar.

¡Y se hace la luz!

Un oficial se desliza bajo la camioneta y desprende en cuestión de segundos, aparentemente del chasis, un bulto asegurado con gruesa cinta aislante gris, el cual exhibe triunfalmente levantándolo por encima de su cabeza, como si se tratara de un trofeo.

Estoy perdido.

Entendí ya la puesta en escena. ¡Fui "cargado"! Cómo, dónde y por quién son cuestiones ya intrascendentes.

Me queda una duda: ¿Cómo supieron que me internaría precisamente hoy, y por la garita de la agente Murphy? Tuvo que ser Juanita. Poco a poco empiezan a acudir a mi mente detalles previos que en su momento se me hicieron inusuales. Sólo Juanita podía estar segura, conociendo mi calentura por ella, de que no faltaría a la cita concertada para esta tarde.

Si serás estúpido, Jairo Calixto Retano.

No puedo evitar una amarga sonrisa al pensar que mi amante me sacrificó fríamente, sin remordimientos. ¿A cambio de qué?, ¿de un ascenso en su carrera?

Pinche Juanita, pese a todo te voy a extrañar…

En ese momento entran en tropel los agentes, con otros bueyes vestidos de civil que seguramente son de la DEA o del FBI. Uno de ellos se me acerca y me notifica lo que ya sé, que estoy arrestado bajo los cargos de posesión y transportación de droga y, por conspiración. Y acto seguido saca del bolsillo de la camisa una cartulina con un texto escrito y me lee mis "Miranda rights".

A la recitación respondo con un desafiante:

—*Fuck you motherfucker!* —que como ustedes saben se traduce como: "No mames, cabrón".

Y en ese instante entra radiante y muy sonriente ante la expectación del respetable, la correteable, encamable, muy *sexy* reina del colchón Juanita Zamora Murphy, meneando los espléndidos glúteos de babor a estribor.

Se para a escasos centímetros de mí y alcanzo a aspirar su aroma que es un afrodisíaco y la deseo como nunca y ella lo sabe y se regodea con esa pasión que por los siglos de los siglos santos permanecerá, a partir de hoy, insatisfecha.

Me sonríe y un alocado pensamiento se me viene a la cabeza. ¿Qué pretende? ¿Plantarme un beso delante de todo mundo?

Con la sonrisa congelada en el atractivo rostro de pómulos salientes, me toma de los hombros y me voltea de espaldas a ella, sujeta mis muñecas y las une, coloca las esposas y las cierra.

En el silencio que se hizo desde su entrada triunfal, se escucha el final de esta historia.

Clic.

Natalia Zito

Argentina

Nació en Buenos Aires en septiembre de 1977. Es escritora, psicoanalista y periodista cultural. Licenciada en Psicología de la Universidad de Buenos Aires.

Autora de *Agua del mismo caño*, cuentos, Ed. Pánico el Pánico Argentina (2014); *La Frontera Durante*, co autora, Ed. Outsider Argentina (2014); *Cien Argentinos*, Antología Revista Luvina de Univ. de Guadalajara, en México (2014); *8choy8cho, Textos e Imágenes*, antologada Argentina (2014) http://8choyoch8.com/. Mención especial Concurso Itaú Digital 2012 e Integrante del comité de lectura Concurso Itaú Digital 2013. Primer premio Concurso Microrrelato 2011, Editorial Outsider. Publicó en las revistas *Anfibia, Casquivana, Lamujerdemivida, La Única*; en el diario *Plazademayo.com*. Escribe para *Escritores del Mundo* y *Espectáculos de acá*. Su blog: www.escribiroreventar.blogspot.com. Coordina el taller de lectura y escritura, *Escribir con otros* desde 2014. Estudió con Claudia Piñeiro, José María Brindisi, Graciela Iritano, Ariel Bermani y Hugo Correa Luna en diversos talleres y Casa de Letras en Buenos Aires.

Brown Sugar

La agarra por la cintura desde atrás y le mete una mano entre las piernas. La hace entrar a un consultorio. Quinto piso, el que casi no se usa, donde la Toledo esconde los descartables. Se apoya sobre la puerta ya cerrada, no la suelta, le mete las manos, ahora son las dos, entre las piernas, todavía por encima de la tela blanca del ambo. Ella se quiere dar vuelta pero no la deja. *Qué putita se pone, doctora Dubois, por qué tanto apuro*, le dice mientras le mira la lengua de los Stones que tiene tatuada en el cuello. El día que vio ese tatuaje por primera vez fue en el quirófano, despejado entre la cofia y el barbijo; se lo había quedado mirando con el bisturí en la mano. Cuando la cruzaba en el pase de guardia, en el *office* o los pasillos, no paraba de pensar en esa lengua debajo del pelo marrón rojizo, enrulado, oscuro, desobediente. La buscaba en las grietas del pelo sobre la piel o se imaginaba los rulos sueltos de ella entre sus dedos, tirándole la cabeza hacia atrás, para besarle todo el cuello, luego bajaba, con su lengua y sus labios gruesos, hasta esas tetas firmes que tiene la doctora. Se quedaba un rato con esa imagen y luego la cambiaba por otra en la que hacía que se arrodillara para chupársela. Era casi siempre la misma secuencia. *Dale, Rosenbrock, hagamos rápido que tengo que ir a ver a ese paciente que te conté*, se oye apenas de la doctora, que recuesta su cabeza hacia atrás. *Lo vamos a operar*, le dice él, con una mano le toca las tetas y con la otra le acaricia el cuello, luego la cara y luego la boca. Ella atrapa un dedo de él entre sus labios, él observa y acompaña moviéndolo adentro y afuera de la boca de ella. Su mujer no haría algo así o hace más de quince años que no se lo propondría. Baja con la otra mano sintiendo el cuerpo encendido de ella y la presiona aún más para que sienta que la tiene dura; se escucha su respiración, que se mezcla con ese olor a asepsia disimulada que tienen los hospitales privados. La agarra fuerte, le pasa la lengua por la piel cerca de la nuca, corriéndole la tela del ambo. *Le dije a la Toledo que prepare todo, en un rato lo operamos. Ese no es al que hay que operar, no estuvo medicado todavía. Ya sé, lo vamos a operar igual. ¿Estás seguro de que Toledo no tiene que venir a buscar nada? Si viene, la invitamos, hace rato que me tiene ganas. No seas hijo de puta, cuántos años tiene, cuando empecé la residencia la mina ya tenía veinte años acá. Cuando vos empezaste la residencia, todavía no te dejabas coger.* Ella se da vuelta de golpe, le muerde el labio y le dice: *¿Y ahora, jefe? Ahora te cojo cuando quiero, nena,* y le mete la mano dentro del pantalón del ambo. Ella intenta moverse hacia atrás. Él sigue mirándola a los ojos mientras le corre la bombacha con los dedos. Ella no puede mantener los ojos abiertos. *¿O tu marido te coge como yo? Sos vos el que no coge con tu mujer,* le dice ella con voz de perra, como la llama él y le apoya la palma entera sobre la piel caliente de la pija. La agarra por la nuca y le mete la lengua con bronca. Su mujer debe estar en lo de la madre, que ya casi no puede vestirse sola, a la que todavía no saben si la van a internar o se la van a llevar a vivir con ellos. Últimamente se la pasa con la madre y cuando llega, apenas si se ocupa de los chicos, que aprovechan para estar cada uno en la suya, está exhausta, deprimida o perpleja. Anoche, en la cama, luego de hablar de la vieja, ella se dio vuelta para dormir, él se acercó despacio, acariciándole la cadera por encima del camisón. Ella se quedó quieta y luego le sacó la mano. Él estuvo así, de costado, un buen rato, hasta que se quedó dormido. *Vamos a operar a éste y al de ayer también. ¿Qué decís?, el de ayer tuvo un sólo síncope y para mí que fue porque es adicto, estás loco, Rosenbrock.* Le tira la cabeza hacia atrás, ve cómo los rulos oscuros se sacuden desordenados en el aire y la suelta, le saca la parte de arriba del ambo, le baja el encaje del corpiño y se queda mirándole las tetas redondas y excitadas, rozándolas apenas. *No importa, los operamos igual.* Ella le rodea la cintura, desliza ambas palmas sobre el culo de él y continúa hacia abajo para desnudarlo. *Olvidate, ¿no te alcanza con lo de los marcapasos?* Él le busca las manos y vuelve a acomodarse el pantalón. Forcejean. Él le aprieta las muñecas y se las pone detrás de la espalda, subiéndolas hasta la línea del corpiño; mientras ella quiere soltarse, se lo desabrocha. Siente los rulos rozándole las manos. Deja caer el corpiño al piso y la empuja, haciendo que camine hacia atrás, hasta la camilla que está contra la pared, la levanta apenas para que se siente. Le saca lo que le queda del ambo y la bombacha, se acerca y las piernas de la doctora quedan abiertas. Se separa un poco, las recorre con las manos desde las rodillas, hacia el centro, la toca, deslizando su dedo, despacio, desde abajo hacia arriba, varias veces, observándola, mirando cómo a ella se le corta la respiración cada vez que él hunde un poco más su dedo. Ella le mete la mano dentro del pantalón. *Estuve todo el día imaginándome cómo me ibas a coger.* Se le pone aún más dura. *Te la voy a meter si haces lo que te digo, Dubois.* Vuelve a besarla, feroz, mientras ella con una mano le araña la espalda por debajo del ambo verde que él todavía tiene puesto. *Me mojé con tu mensaje, estaba atendiendo al paciente del síncope, me calentás, hijo de puta. Me gusta cuando te pones tan putita.* La acerca, ella queda sentada en el borde de la camilla, le acaricia el clítoris con la lengua. La doctora arquea la espalda y se apoya sobre sus palmas, abriendo bien las piernas. Él le hunde la lengua, una y otra vez. Se separa un poco, respira, pasea su dedo por la humedad de ella y luego lo acompaña con la lengua. Debajo de la camilla hay una pila de camisolines descartables. Hace poco discutió con la Toledo porque ella le aseguraba que no quedaban. Fue un día que tuvo que mandar a lavar los descartables para no tener que pedirles a los pacientes, las mujeres sobre todo, que se aparecieran en la camilla para ecocardiogramas, completamente en tetas. Apenas comenzaban con el estudio, igual tenían que abrírselos, pero todos coincidían en que era incómodo que las mujeres caminaran en tetas hasta la camilla. Sobre todo si eran grandes porque él pensaba en su vieja y luego le costaba concentrarse, incluso cuando ya les paseaba el transductor por el pecho. Agarra un camisolín de la pila, se apura, lo frunce como si fuera un lazo, rodea la pierna de la doctora, abriéndola un poco más y la ata a la camilla, le da una vuelta sobre la rodilla y otro nudo. *Dale, que tengo que ir a ver a ese paciente.* Se agacha para desatarse. Él la agarra del cuello y la regresa a su lugar. *Todavía no empezamos nuestra reunión, Dubois*. Le sujeta la otra rodilla, de manera que no pueda cerrar las piernas. Comprueba que esté firme. Las ataduras se mueven porque la doctora tironea. *¿Y ahora?*, le dice él, poniendo las manos de ella otra vez hacia atrás. *Estás raro, hoy, Rosenbrock. ¿Te da miedo?* Se agacha y le da un lengüetazo entre las piernas. A su mujer no le gusta el sexo oral, alguna vez pensó que no se depila el cavado a propósito. Vuelve a acercar su boca a la de la doctora, que respira profundo, caliente, irregular, como si no le alcanzara el aire. *No lo hago más si te da miedo*. Ella revolea la cabeza hacia atrás y la lengua de los Stones queda otra vez a la vista. A él se le pone más dura. *Ahora tocate*. Ella lo vuelve a mirar, con los ojos entreabiertos, como perdida. *Tocate*, repite y le pone su propia mano entre las piernas para que lo haga. Ella no deja de mirarlo mientras apoya sus dedos entre los labios y comienza a moverlos, primero lento y luego con ritmo. Él se saca la parte de arriba del ambo y se mete la mano para tocarse también, sin dejar de mirarla. Saca un preservativo del bolsillo, lo abre con los dientes, se lo pone y se acerca, juega con la punta, metiéndola apenas y refregándola hacia arriba y abajo. Ella trata de soltarse las piernas. *Te gusta verme sufrir. ¿Querés que te la meta? Toda. Al de la taquicardia ventricular, que vino dudoso, lo vamos a operar. Metemelá, por favor, no me hables de eso ahora, metemelá. Lo vas a operar vos. Dale, dejate de joder, no lo voy a operar, ya te dije.* Se la mete con fuerza y mientras se mueve, le habla al oído: que lo va a operar, que le van a implantar el desfibrilador aunque no esté indicado, que la prepaga les va a liquidar igual. *Estás loco*, dice ella, casi sin aliento. *Ya te dije, nunca estuvo medicado, tuvo un solo episodio.* Se la saca y se separa apenas. *Lo vas a operar.* Se acerca despacio y le vuelve a apoyar la punta; *repartimos la facturación total entre los tres; lo operás y después vemos los porcentajes.* Ella trata de cerrar las piernas. Se la mete y se queda quieto, adentro de ella, mirándola. *Con Esteban ya lo hicimos, si operamos más de treinta pacientes por mes es un montón de plata, es el doble de lo que cobrás ahora.* La saca y se la mete de golpe. *El doble, ¿me escuchaste? Sos un enfermo de mierda*, se ríe. *Te gus-*

ta. Le acaricia los labios al mismo tiempo que está penetrándola. Ella vuelve a cerrar los ojos y el pelo cae desprolijo sobre la cara. *Hijo de puta, por qué me gustas tanto*. La toma firme por la nuca y la besa con fuerza. Ella le apoya las palmas en el culo y apura los movimientos de él una y otra vez. *Lo vas a operar, yo voy a estar ahí*, y le canta al oído casi acariciándola: *Brown sugar, how come you taste so good. Basta, ni siquiera fuma el tipo, nos vamos a comer un juicio*. Ella tiene las tetas mojadas de transpiración que se mezcla con él. *Yo no puedo operar a todos, necesitamos que te prendas. ¿Qué dijiste de Esteban, antes? Que ahora viene y se suma. Dale, no jodas, ¿Esteban sabe que cogemos? No, pero le puedo contar cómo te pones cuando te la meto, seguro le encantarían los detalles. No harías algo así. Sabes muy bien que sí*, y otra vez la toma por la nuca y le habla entrecortado, mojándole la oreja: que los pacientes no saben qué está indicado y qué no, que la prepaga no tiene manera de enterarse, que hay dos o tres investigaciones que cuestionan los criterios de intervención. *¿Y los riesgos, si se nos muere uno? Siempre hay riesgos, brown sugar, sino qué haces acá. Es distinto. ¿Mirá si la Toledo se entera que te dejas atar las piernas a la camilla? No jodas. Operalo, entonces. No podes hacer eso. Me volvés loco, Dubois. Hijo de puta*, le vuelve a decir al oído respirando agitada. *Me gustan tus tetas*. Ella hunde sus manos en el pelo canoso de él, haciendo que vuelva a mirarla. Esta vez lo mira fijo, casi como si no tuviera las piernas abiertas y atadas a la camilla, como si él no se la estuviera cogiendo o como si fuera ella quien se lo está cogiendo a él y no necesita decir nada. Él responde: *Está bien, lo de la Toledo no es en serio, pero lo vas a operar, Toledo está preparando todo y Esteban iba a explicarle a la familia que no hay que perder tiempo, mientras yo venía acá, a hablar con vos*. Ella baja sus manos por la espalda, clavándole las uñas, le aprieta el culo con fuerza y casi no lo deja moverse, le acerca la boca a la oreja. Otra vez el tatuaje ahí. Esa lengua roja, desaforada.

Yonnier Torres Rodríguez

Cuba

Nació en Placetas, Cuba, en 1981. Es sociólogo y narrador.

Egresó del Centro Nacional de Formación Literaria Onelio Jorge Cardoso. Ha obtenido entre otros premios: Premio Calendario de Narrativa 2010; Premio Nacional de Narrativa Félix Pita Rodríguez, 2010; Premio Nacional de Novela Fundación de la Ciudad Fernandina de Jagua, 2011 y Premio Nacional de Narrativa Eliseo Diego, 2012. Ha publicado los libros de cuentos "Delicados procesos" (Extramuros 2011), "Esto funciona como una caja cerrada" (Editora Abril, 2011), "Elementos comunes" (Editorial Unicornio, 2011), "La oscura superficie" (Editorial Ávila, 2012) y la novela "Clavar los ojos al cielo" (Editorial Mecenas, 2012). Es miembro de la Unión de Escritores y Artistas de Cuba (UNEAC).

El cadáver de un sueño sobre la hierba mojada

Magnesia

Desperté de golpe con un fuerte dolor de cabeza, el estómago revuelto y la vista nublada. De un manotazo traté de borrar las últimas imágenes del sueño: dos rinocerontes blancos me miraban con indiferencia, como se podría mirar a un payaso cuando en el camerino borra de su rostro el maquillaje. Era un zoológico enorme, pero yo solo sentía atracción por aquellos dos rinocerontes. Había conducido casi cuatrocientos kilómetros para verlos, lo cual ya de por sí conlleva un alto grado de sacrificio, sobre todo considerando que no sé conducir.

El cartel junto al muro ofrecía una descripción de la especie: *Familia de mamíferos placentarios del suborden ceratomorfos perteneciente al orden de los perisodáctilos. Actualmente sobreviven cinco especies: el rinoceronte blanco y rinoceronte negro, en África, el de Java, de la India y de Sumatra, en Asia. Según la clasificación confeccionada por la Unión Internacional para la Conservación de la Naturaleza, las especies de rinocerontes de Java, Sumatra y negro se encuentran en "peligro crítico"; el de la India está en "peligro", y el blanco se considera "vulnerable".*

En aquel sueño, los dos animales estaban muy lejos de la vulnerabilidad. No hacían otra cosa que mirarme con desprecio, como se podría mirar a una bailarina cuando se descalza las zapatillas.

Me senté en la cama durante unos segundos. A mi lado dormía una chica desnuda. Estaba tendida boca abajo y el pelo negro cubría toda la almohada. Traté de recordar la ubicación del baño, caminé descalzo tanteando las paredes, avanzando hacia un punto de luz que resultó ser una ventana abierta.

La ventana daba al patio. En el patio había una mata de almendras, una mesa de plástico, dos sillas y el cuerpo de un hombre sobre la hierba mojada.

Crucé la puerta del baño. Me incliné en el lavamanos, tuve dos arqueadas, mi estómago devolvió un líquido amarillento que subió por mi garganta como lenguas de fuego. Magnesia. Carbono. Tamarindo. Semen. Alcohol. El rostro atormentado de un hombre jurando que la felicidad es un revólver caliente.

Abrí la llave del grifo, metí la cabeza dentro del lavamanos y llegué a creer, por un momento, que hacia el tragante corrían varias líneas de sangre.

Sentado sobre la tapa del inodoro traté de recordar lo que había sucedido la noche anterior. A la mente solo me llegaban las miradas de los rinocerontes y el cuerpo tendido en el patio. Abrí el botiquín tras el espejo, me tragué un par de aspirinas y caminé hacia la sala. En el sofá dormía una chica desnuda. El pelo le caía sobre los senos. Respiraba despacio, como imagino que deben respirar las personas cuando duermen.

Dentro del refrigerador encontré un litro de leche y media docena de cervezas. Destapé una y me la tomé casi de un tirón. Magnesia. Carbono. Tamarindo. Semen. Alcohol. El rostro atormentado de un hombre jurando que la felicidad es un revólver caliente.

En un descuido dejé caer la botella. El sol entraba a través de los cristales. En un descuido me caí al suelo. La chica acostada en el sofá despertó de a poco, o al menos parecía regresar de un viaje largo, algo así como un viaje de cuatrocientos kilómetros sobre una furgoneta roja, solo para ver la mirada de un par de rinocerontes.

Los colores retornaron al sueño: la furgoneta era roja, los rinocerontes, blancos, sus ojos, azules, el guardia de seguridad que me dijo: «Esos animales son capaces de comprender tus sentimientos», tenía un uniforme de color verde, la mujer que sostenía al niño, como si de un momento a otro fuera a salir corriendo, traía un vestido malva.

En un descuido me corté el antebrazo con los cristales de la botella. Chupé la sangre, cual si temiera perderla toda de un tirón. Magnesia. Carbono. Tamarindo. Semen. Alcohol. El rostro atormentado de un hombre jurando que la felicidad es un revólver caliente.

La chica me preguntó la hora, dijo que se le hacía tarde para algo, solo que no recordaba exactamente para qué. Buscó por el suelo la ropa interior. Encontró unos ajustadores negros y una camiseta con la imagen de Kurt Cobain, una camiseta que le llegaba casi a las rodillas.

Traté de hallar un reloj por toda la casa. La chica que dormía a mi lado en el cuarto despertó y me preguntó si ya Donald había preparado el desayuno. Le dije que yo nunca había conocido a alguien que se llamara Donald, que había leche en el refrigerador y un tipo en el patio.

La mujer sacó el litro de leche y una cerveza.

—La combinación es buenísima para aliviar la resaca. ¿Te preparo un trago?

Sin esperar respuesta mezcló a partes iguales en dos vasos. Me lo tomé de un tirón. Magnesia. Carbono. Tamarindo. Semen. Alcohol. El rostro atormentado de un hombre jurando que la felicidad es un revólver caliente.

El dolor de cabeza aún persistía. La chica con la camiseta de Kurt Cobain regresó del baño. Volvió a preguntar la hora. Me encogí de hombros. Repitió que se le hacía tarde para algo.

La mujer que dormía mi lado en el cuarto se puso un vestido azul celeste, unas sandalias muy bajas de color marrón y una cadenita al cuello con las iniciales G.G. Pensé en Greta Garbo, en Grethel Gonzaga, mi profesora de portugués, y en Giselle Gorka, la chica que vende revistas de cine en la 7ma avenida, junto al café de los toldos rayados. La mujer, en realidad, no se parecía mucho a ninguna de esas tres personas.

—Donald tiene un agujero de bala en la cabeza —dijo—. Encontré el revólver en el patio.

Puso el arma sobre la mesa. El sol, filtrado a través de las persianas, le sacó destellos al cañón metálico.

Carbono

La chica del vestido azul celeste abrió los estantes en la cocina. Sacó un paquete de galletas, un pomo de mayonesa y dijo que estaba muerta de hambre, que siempre despierta con un hambre de muerte.

Preparó galletas para los cuatro, pensando, quizás, que Donald podría despertar de un momento a otro. Creyendo, quizás, que un agujero de bala en la cabeza no era suficiente.

Destapé una botella de cerveza. Subí los pies a la silla y miré a través de la ventana. Del otro lado estaba la calle. La frialdad de la bebida fue como un bálsamo para mis lenguas de fuego. Carbono. Tamarindo. Semen. Alcohol. El rostro atormentado de un hombre jurando que la felicidad es un revólver caliente.

Yo estaba muerto de aburrimiento en el Bar Saturno. Acodado a la barra hablaba con el camarero sobre un músico de la banda Red Hot Chili Peppers, que había sido acusado de abuso infantil. En los noticiarios salía el rostro del tipo. Los padres del niño pedían la pena de muerte con unos carteles muy mal pintados, hechos como al descuido.

Pedí una cerveza mexicana, el barman me dijo que solo tenía bebidas nacionales. Hice un gesto de indiferencia, un gesto digno de un rinoceronte blanco, de un animal lejos de la vulnerabilidad, un animal que podría mirarte como se mira a un pintor, inclinado sobre el fregadero, sacándose las manchas de óleo de las manos.

Al rato entró un tipo con una gorra de los Yankees de New York, se sentó en la barra y me preguntó qué bebida de mierda estaba tomando. Le dije que en el bar solo tenían cervezas nacionales. Maldijo al bar, al camarero y a la tonta idea de viajar a un país tan nacionalista.

—Estoy muerto de aburrimiento —dijo antes de leer las etiquetas de todas las botellas que adornaban los estantes—. ¿Tienes algo de vodka? —le preguntó al barman.

—Solo bebidas nacionales —repitió el hombre.

Yo había terminado mi primera cerveza. Estaba listo para pedir la segunda.

El hombre de la gorra le dijo al camarero que nos sirviera del *whisky* más fuerte.

—Yo invito —aclaró.

Brindamos por la aldea global, o por algo parecido a la aldea global y tomé el trago. Carbono. Tamarindo. Semen. Alcohol. El rostro atormentado de un hombre jurando que la felicidad es un revólver caliente.

Fijé la vista a la calle, a través de la ventana, como queriendo ver más allá, como si el asfalto contuviera mensajes encriptados.

—¿No vas a comer? —preguntó la mujer del vestido azul celeste.

Probé una de las galletas. Estaba horrenda. Sabía a magnesia, a carbono.

El tipo de la gorra me preguntó qué podía hacer uno en este país para divertirse.

—Tomar cerveza. Ver un partido de fútbol. Visitar el zoológico. Pedir la pena de muerte frente a la cárcel del condado. Enviarle amenazas al juez.

—¿Aquí no hay putas? —preguntó el tipo.

—Las hay —dije—, se apostan en la avenida.

El hombre revisó su billetera.

—Allá fuera tengo el auto —dijo—, te invito a una noche de putas. He alquilado una casa en el centro.

En principio quise resistirme. Nunca me han gustado mucho las putas. En realidad nunca antes alguien me había invitado a irme de putas. Pensé por un momento en las mujeres violadas, mutiladas y arrojadas al desierto. Me vino a la mente la imagen de un perro, a las puertas del basurero de una zona industrial, cargando entre sus dientes el antebrazo de una mujer.

El tipo podría ser uno de esos que violan y matan. Uno de esos que hacen tríos, se visten con ropa de cuero y ven los maratones de cuarenta kilómetros por la televisión. El tipo podía ser un depravado, un abusador de menores, o columnista de un diario nacional. Nunca antes alguien me había invitado a irme de putas. Le dije que necesitaba alcohol.

El hombre pidió la botella y avanzamos despacio por la avenida, hasta que dos chicas se acercaron al auto, introdujeron sus tetas por la ventanilla y nos regalaron una sonrisa idéntica, una perfecta sonrisa de puta.

Tamarindo

La chica de la camiseta con la imagen de Kurt Cobain dijo que su impaciencia comenzaba a cobrar sentido. Lo que debía hacer de inmediato estaba relacionado con una promesa personal, algo que se había prometido a sí misma.

Le aconsejé que hiciera una lista de objetivos personales.

La mujer del vestido azul celeste echó al suelo mi propuesta:

—No hay nada más tonto que prometerse algo a sí mismo —dijo, mientras se comía la última galleta de magnesia—, es muestra de la poca confianza que uno se tiene.

—Las promesas se hacen en la búsqueda de un objetivo. Por ejemplo: un hombre promete dejar de beber, con tal de que la relación matrimonial se restablezca; un guardia de seguridad promete no quedarse dormido en toda la noche, con tal de que no lo despidan; un adolescente promete suicidarse si sus padres no le prestan el auto para irse a un concierto de Red Hot Chili Peppers.

—Estoy segura que mi promesa tiene algo que ver con un viaje. Un viaje en furgoneta —dijo la chica.

—¿En una furgoneta roja? —pregunté.

—Eso —dijo ella—. En una furgoneta roja.

El tipo condujo de prisa hacia la casa que había alquilado en el centro de la ciudad. Una mujer se sentó delante, el hombre le acariciaba los muslos. La otra se acomodó a mi lado. No supe de momento qué hacer. Le puse mis manos sobre los hombros y le pregunté su nombre:

—Me llamo Greta Garbo.

—Tiene sentido —le dije—, te pareces mucho a ella.

—Tú te pareces a Johnny Deep.

—Para nada —le dije—. No existen personas más distintas, físicamente, que Johnny Deep y yo.

—¿Puedo llamarte Johnny? —preguntó y me lamió la oreja con una lengua como papel de lija.

—Puedes llamarme como quieras —le dije, mientras el tipo anunciaba que habíamos llegado.

La casa era pequeña. Tenía portal, sala-comedor, cocina, dos habitaciones conectadas por un baño intermedio y un patio donde señoreaba una mata de almendras. En el refrigerador había una caja de cerveza, un litro de leche y una jarra de jugo de tamarindo.

Una de las mujeres caminó hasta el equipo de música. Revisó los discos, dijo que no existía otra banda de música en el mundo como los Rolling Stones.

—Ahí no encontrarás nada que sirva —advirtió el hombre, fue hasta el cuarto y regresó con un CD en la mano—. Lo que necesitamos es música caribeña: salsa, merengue, cumbia, algo que nos haga mover las caderas. —Y mostró unos pasitos de baile, bastante ridículos, por cierto.

La mujer pasó sus uñas pintadas de rojo por la lista de canciones. Escogió un tema puertorriqueño. La otra chica, uno cubano.

Sentados sobre los butacones en la sala, nos dispusimos a disfrutar del *striptease*.

—No hay nada mejor para la resaca como el jugo de tamarindo —dijo la chica de la camiseta con la imagen de Kurt Cobain, después de haber elaborado mentalmente una lista de objetivos personales.

Fue hasta el refrigerador, tomó la jarra y sirvió para los tres sin preguntarnos siquiera. El jugo era amargo, pero aplacaba las lenguas de fuego en mi garganta y sacudía de a poco las imágenes y los sabores enterrados en la memoria. Tamarindo. Semen. Alcohol. El rostro atormentado de un hombre jurando que la felicidad es un revólver caliente.

Semen

La mujer del vestido azul celeste guardó la mayonesa en el refrigerador, dijo que si Donald no quería desayunar, era asunto de él, y fue hasta el cuarto por sus cosas. Le advertí que aún nos quedaba cerveza y que a esa hora de la mañana el transporte público se tornaba insoportable.

—Allá afuera está el auto —dijo ella—. ¿Sabes conducir?

—No —le respondí.

La mujer destapó una botella y se sentó a la mesa. La chica de la camiseta con la imagen de Kurt Cobain aún no recordaba cuál era la promesa, mucho menos qué cambiaría en el caso de que la lograra cumplir.

Regresé la vista a la calle. El sol comenzaba a cubrir los primeros metros del portal. Tomé lo que quedaba de mi cerveza. Semen. Alcohol. El rostro atormentado de un hombre jurando que la felicidad es un revólver caliente.

Las putas se desnudaron de a poco y luego nos quitaron la ropa. Primero me acosté con Greta Garbo. Luego con la otra chica. Para el fondo de la botella ya no sabía cuál me llamaba Johnny y cuál no.

El tipo dijo que debíamos hacer algo distinto. Eso del mete y saca ya lo estaba aburriendo. Salimos a la calle en el auto. Paramos en todos los bares, menos en el Saturno. Trazamos un mapa de cervezas mexicanas, húngaras, dominicanas, austríacas, alemanas, francesas y norteamericanas. Al final todas nos sabían a lo mismo, el paladar se me atolondraba y no sabía si la lengua de mi puta sabía a alcohol, o si el alcohol sabía a la lengua de mi puta.

Nos sentamos en uno de los muros de la Quinta Avenida a ver pasar las luces de los autos. La noche caía lenta y desde la luna bajaba una fina niebla.

—Mañana va a ser un día de mucho calor —dije, mientras Greta Garbo metía su mano en mi portañuela y le advertía al tipo que si queríamos seguir la fiesta tenía que desembolsar otros doscientos.

El hombre sacó de su billetera dos billetes de a cien. Con la mano libre la mujer se los guardó en los ajustadores. Me abrió el *zipper* y comenzó a chuparme la verga con más elegancia que destreza, cual si poseyera algo así como un sello personal.

Al rato el tipo le dijo a Greta que se detuviera, apartó la cabeza de la chica y comenzó a chupármela. En principio pensé resistirme, pero luego creí que sería muy feo hacerle el desaire, a fin de cuentas él era quien ponía el dinero y yo estaba a punto del desborde. Luego me pidió que se la chupara. Media hora después estábamos aburridos de lo mismo y decidimos trazar una ruta de regreso a través de las cervezas argentinas, turcas, canadienses, japonesas y cubanas.

—Solo nos quedan tres botellas —les dije a las chicas.

La mujer del vestido azul celeste tomó una y dijo:

—Brindemos por el tonto de Donald, que no se decide a levantarse del patio.

Esa fue la cerveza más fría de toda la mañana, me supo a semen.

Alcohol

De vuelta en el apartamento, el hombre caminó hasta el cuarto, regresó con un revólver y dijo que jugaríamos a la ruleta rusa.

—No hay nada más divertido —aseguró—, que jugar a la ruleta rusa. Vamos para el patio.

Nos sentamos alrededor de la mesa plástica. La fina niebla cubría las hojas en la mata de almendras. Una frialdad leve, muy leve, comenzaba a descender.

—Yo empiezo —dijo el hombre, y con el entusiasmo, olvidó quitarle las balas al revólver.

La chica se sacó la camiseta con la imagen de Kurt Cobain, se puso una falda corta y una blusa naranja con un escote de lujo. Dijo que había recordado la promesa a cumplir. Debía viajar cuatrocientos kilómetros en una furgoneta roja.

Le dije que yo tenía en casa una furgoneta roja y que siempre quise visitar el zoológico, siempre quise enfrentarme a la dura mirada de un par de rinocerontes blancos.

Lai-Sing Huxley

Australia

Nací en Ciudad de México en 1984, al mismo tiempo que Tlaloc desataba su ira, pero el destino me llevó hasta Sydney, Australia, donde actualmente resido.

En cuanto pude tomar un lápiz y un papel supe que quería ser escritora; desde pequeña encontré consuelo en los libros y la creación de mundos imaginarios.

Publiqué un pequeño poemario en el 2005, sin embargo, mi vida profesional se desvió hacia la tecnología y la programación; que, a pesar de parecer muy lejana de la literatura, al final ambos tienen al lenguaje como base.

Siempre he considerado la pasión y el sexo como una parte fundamental de quien soy. Sabiendo que mi vocación es la escritura, el camino siempre me lleva hacia la literatura erótica, buscando con mis historias encender no solo el cuerpo, sino también la mente a través de lo que yo llamo erotismo filosófico.

Y así, adentrándome en mis treinta y tantos, con una historia tras otra, el código es sustituido por las letras.

Priscila

Priscila sale del baño y mira hacia la enorme cama; el hombre duerme profundamente, boca abajo, desnudo, igual que ella. Se acerca a la orilla de la cama para recoger su ropa pero algo la detiene, deja las prendas donde están y camina hasta la ventana. El roce de las cortinas dobles al moverse rompe el silencio. Los tenues rayos de los faroles en el exterior transforman la oscuridad en penumbra. Priscila admira la enorme avenida flanqueada por rascacielos iluminados de diversos colores, el parque con la fuente en el centro y, más allá, el lago, tan grande que parece un tranquilo mar. Pega la mano al cristal y se deleita con la sensación del frío contra su ardiente piel. ¿Alguien podrá ver su cuerpo desnudo?, ¿será la escasa iluminación suficiente para mostrar su escultural figura a través de la ventana? La idea de que así sea la incomoda, mas no se aleja. ¿Cómo puede molestarle cuando su cuerpo está a la venta? Tal vez le desagrada que quien la ve no pagará por hacerlo.

Suspira y se acerca aún más al vidrio, disfruta la frialdad de la superficie. Hoy se encuentra más inquieta de lo habitual y no logra encontrar el porqué; a lo largo de toda la noche ha recordado la primera vez que se acostó con Robert. De su mente no desaparece todo lo que ha dejado atrás para llegar a donde está. ¿Qué dirían sus padres de su nuevo oficio? Cómo pudo, ella, con títulos y maestrías de las mejores universidades del país, la chica siempre responsable, que a sus veinticinco años era ya una alta ejecutiva con una deslumbrante carrera en ascenso, transformarse en *una sucia e indigna puta*. Lo escucha en la voz de su madre, acompañado por un gesto de asco y desprecio.

Es el mundo corporativo lo que la impulsa a abandonar todo aquello considerado respetable para entregarse a sus instintos más primitivos, aquello que ese mundo exigente y rígido, de trajes sastres y agendas saturadas le quitó. Largas horas de trabajo, estrés y fatiga constante lograron, en muy poco tiempo, sofocar el fuego que desde siempre hirvió en ella. *¿De qué sirve ser la directora regional más joven de la firma cuando parezco muerta en vida, cuando las sábanas que antes eran el símbolo de la pasión ahora son una tumba nocturna?* Los cuestionamientos la atacaban sin cesar durante las juntas, mientras los clientes hacían enormes peticiones que se transformarían en noches sin dormir, ya ni hablar de las semanas sin coger. «¿Quién tiene tiempo para el sexo cuando eres la estrella de la firma?», le preguntó una de sus amigas cuando se atrevió a compartir sus inquietudes con ella.

Se acerca a la mesa redonda en la esquina de la habitación, queda bastante vino en la botella; sirve media copa. Junto está la cigarrera de Robert, no es una fumadora habitual, pero a veces se da el gusto. Enciende un cigarro y en cuanto da la primera bocanada queda decepcionada. *Mentolados, tan reales como el café descafeinado.* De inmediato recuerda que su esposa no sabe que él fuma, *hay demasiado que esa mujer no sabe acerca de su marido.* Regresa a la ventana con la copa en una mano y el cigarro en la otra.

Esposas engañadas. Por un segundo se compadece de esas mujeres, sus pocos clientes son todos casados. La excusa es invariable, «yo no estaría aquí si mi esposa se acostara conmigo». *Ja.* Toda su vida, Priscila se ha cuestionado cómo es posible que esas mujeres dejen de lado el sexo con tanta facilidad. Esposas de adorno, *seguro viven de compras o desayunando en el club de golf.* No solo se apiada de ellas por el engaño de sus maridos, sino por la vida tan deslactosada que viven, sin pasión, pensando solo en zapatos nuevos o qué vestir en la siguiente gala.

¿Acaso ella es diferente? Esas mujeres venden su alma a cambio de solidez económica y posición social. Ella vende su cuerpo. *Pero no lo hago solo por el dinero, este es la consecuencia, lo hago porque el sexo es lo único que me mantiene viva.*

Nadie le creería si lo dijera, tampoco lo entenderían, no está segura de entenderlo por completo ella misma. *Por dinero es que pasó horas encerrada en una oficina, por dinero es que me he quedado sola. Esto no es por dinero.*

El dinero nunca fue la razón para acostarse con Robert; uno de los clientes más importantes de la agencia donde trabaja Priscila, un hombre poderoso y acaudalado, pero nada agraciado en la parte física, aunque eso no le evitaba hacerle insinuaciones cada que la veía en juntas o eventos. Priscila siempre se negaba a sus sugerencias de la manera más cortés posible. Una noche en una cena de la compañía, Robert, con varios tragos demás, le hizo la pregunta de forma directa. «¿Cuánto vale una noche contigo?». Ella se sintió ofendida, prácticamente insultada y su negativa fue mucho menos amable de lo habitual. «Todo el mundo tiene un precio, muñeca, y en caso de que no te hayas dado cuenta, yo tengo el dinero suficiente para pagar el de cualquiera». Priscila se sintió no solo agraviada, sino atemorizada al imaginar ese futuro que la convertía en mercancía. Después de esa noche evitaba el contacto con Robert, pero este siempre encontraba una forma de acercarse y cada vez la oferta subía.

Una noche, después de una cita desastrosa, mientras posponía, sentada sola en un bar, el momento de regresar a su casa vacía para enfrentarse con la cama fría, se topó con Robert cuando él llegaba al mismo lugar. Tal vez fue que ella ya estaba algo pasada de copas, tal vez fue que estaba cansada de no poder satisfacer sus necesidades carnales más que con sus dedos, pero esa noche aceptó la oferta de Robert.

Se acerca de nuevo a la mesa, apaga el cigarro y le da un gran trago al vino. El sabor seco y amargo del Cabernet la lleva de vuelta a esa noche, Robert siempre ordena el mismo vino. La citó en uno de los hoteles más elegantes de la ciudad. Priscila se sentía tímida, sin saber realmente cómo actuar, él lo notó y se rió. «No creí que fueras tan inocente, no tienes el tipo». Ella trató de explicar que nunca había hecho eso por dinero. Él no la dejó terminar, comenzó a besarla y acariciarla con suavidad por debajo de la ropa. Aterrada ante lo que implicaba esa noche y en lo que la transformaría, se quedó callada, tratando de parecer entusiasmada; su cuerpo tenso y prácticamente inmóvil la delataba. A pesar de sus resistencias morales y emocionales, los experimentados dedos de Robert la hicieron olvidar sus objeciones, parecían plumas mientras recorrían su cuello y aumentaba la presión conforme bajaban hacia sus senos, transformándose en pinzas al llegar a los pezones, ella no pudo reprimir un gemido de placer. Él la tomó por la muñeca y la llevó a la cama; su agarre no fue dulce, sino firme, incluso doloroso, dejándole muy claro quién estaba al mando. Se acostó junto a ella. «Esta noche me perteneces por completo», susurró en su oído al tiempo que metía con fuerza dos dedos entre sus piernas. Ella se sorprendió por la manera en que esas palabras la excitaron y de lo húmeda que estaba, considerando lo poco que la atraía ese hombre. Ese momento definió todo, descubrió que no necesitaba atracción física o sentimientos, las puras sensaciones en su cuerpo era suficiente para despertar el fuego. Y a las llamas del deseo se entregó. Robert quedó fascinado con ella e insistía en recomendarla con sus conocidos. Ella sintió pánico ante esa idea y con mucha prisa se vistió, tomó el dinero y salió corriendo del hotel. Lloró todo el camino a casa.

El mero recuerdo de esa noche humedece su entrepierna y endurece sus pezones, los acaricia con suavidad, casi como si no quisiera tocarlos, pero su cuerpo le exige placer. Voltea a la cama y lo ve dormido, por un segundo considera despertarlo, pero se retracta al instante, él ya pagó por lo que obtuvo y aunque diga que no es solo por dinero, tiene que aprender a mantener un negocio. Se acerca de nuevo a la ventana y pega el cuerpo al vidrio, esperando controlar el calor que la abrasa y sube por cada nervio, sin embargo sucede lo contrario; el frío contra sus pezones duros y erectos que se hunden en los pechos apretados contra la superficie solo la excita más. Suspira y pega la cabeza al vidrio. Observa la avenida por un largo tiempo, viendo como cada vez hay menos gente en la calle.

Los días que siguieron a esa primera noche fueron devastadores. Estaba deshecha, recriminándose a cada segundo lo que había hecho, se sentía asqueada con ella misma. Además de su moral destruida se encontraba sumida en la confusión. Pese al duro juicio que se infligía, no podía evitar el sentirse excitada cada vez que recordaba los labios de Robert devorándola. Esa moralidad distorsionada contra la que siempre luchó la traicionaba. *Todos nos vendemos, de una u otra forma, nuestros cuerpos, nuestras mentes, a veces la vida entera a cambio de un poco de dinero.* ¿Por qué entonces habría de sentirse mal por lo que hizo, solo porque la sociedad ha marcado que venderse con traje es más válido que hacerlo desnuda? Nunca compartió esos ideales de castidad sin sentido, nunca entendió el problema que tenía la sociedad con el sexo, ni la culpabilidad que siempre lo acompaña. *¿Por qué negar nuestra propia naturaleza, aquello que nuestros cuerpos demandan para estar sanos, en armonía incluso?*

A las pocas semanas de su iniciación, recibió la llamada de uno de los amigos de Robert, en ese momento no supo qué la hizo aceptar verlo, aun hoy intenta entenderlo. ¿Cómo deshacerse de todos esos valores impuestos, de toda la carga cultural, de toda la culpa que genera el abandonarse a ese fuego eterno que hierve en sus venas? Mas cómo no hacerlo cuando esta nueva vida le da todo lo que su trabajo como ejecutiva le quita. El traje sastre la drena, mientras su desnudez la nutre.

Y ahora, a casi un año de esa noche, se pregunta si es momento de cambiar los rascacielos corporativos por hoteles de alta categoría. Su lista de clientes no es larga pero su intuición le dice que aumentarla no sería un problema; si algo descubrió en estos meses es que aquellos que pasan por sus brazos se pierden en su pasión, en su entrega, en el deseo insaciable que destila por cada poro. Cuando el fuego la consume, no es solo a ella, sino a los dos cuerpos sudorosos que se revuelcan entre las sábanas calientes. Ahí está su vida, entre besos pagados y pieles que buscan consuelo por solo una noche. Pero cómo justificar ante su familia y amigos este cambio, el abandonar su brillante carrera. No podría ser honesta con ellos, sabía que nadie lo entendería, cómo podrían; se sentirían asqueados. Más de una vez estuvo en conversaciones donde el hecho de tener una moral relajada era razón suficiente para ser juzgada y criticada, ya no digamos cobrar por coger.

Un ronquido la saca de sus cavilaciones y la devuelve a su cuerpo ardiente. Robert se ha transformado en su amante favorito. Adora sus manos, más grandes que las de la mayoría, que aprietan sus senos hasta que es casi doloroso, para después lamer sus pezones. Siendo tan alto, su peso casi la inmoviliza cuando se acuesta sobre ella, a él le gusta tenerla bajo su control, la conoce, le gusta excitarla hasta el punto máximo y ella se deja. Cuando sabe que ella está a punto de suplicar, la toma de las caderas y la penetra con fuerza, queriendo ir más profundo que todos. Suele detener sus brazos contra la cama, disfruta verla indefensa, luchando para tratar de acercarse a él, moviendo su cadera para recibir cada embestida con ese sexo siempre ardiente y húmedo que nunca tiene suficiente.

A pesar de la culpa y de las dudas, se sabe afortunada y se pregunta por cuánto tiempo durará esa suerte. ¿Qué pasará con ella cuando ya no sea la joven seductora que puede satisfacer a esos hombres maduros, cansados de sus mujeres, ansiando disfrutar de un cuerpo joven y delicado? ¿Se podrá seguir dando el lujo de tomar solo a ciertos clientes una vez que este sea su único sustento?, ¿entonces será prostituta por necesidad y no por gusto, como ella trata de convencerse que es?

Priscila voltea hacia la mesa, a un lado del vino y los cigarros ve el rollo de billetes que Robert dejó ahí desde el inicio de la velada. Es casi una semana de trabajo en la agencia en una sola noche, extiende su mano vacilante, aún se siente sucia cada vez que toma los fajos de billetes que esperan por ella en las mesas o los burós. Toma un nuevo cigarro en lugar de los billetes y se sienta junto a la mesa en la silla de respaldo alto y cómodos descansabrazos. Cruza las piernas mientras fuma y al exhalar el humo con la mirada fija en Robert un inmenso poder surge en su interior. Por primera vez en su vida se siente en control total, por primera vez siente que puede ser quien ella quiera, sin jefes, sin horarios, sin ataduras, entregada a su verdadera pasión.

Cómo rehusar la vida que le permite transformar las juntas en donde discuten frases ridículas y pegajosas para vender productos innecesarios en promesas de placer y tal vez de nuevas experiencias. Siempre fue abierta y juguetona con sus parejas, mas no fue hasta que comenzó a poseer clientes que descubrió el mejor lugar para experimentar con su cuerpo; aquí, en la cama de los más lujosos hoteles es donde puede dar rienda suelta a sus deseos más oscuros. Ellos quedan fascinados con su libertad, con sus ansias de probar todo aquello que en casa es impensable, y ella encuentra que su fuerza y su poder provienen del sexo, de la pasión que la incendia, de saber que cada día habrá un hombre nuevo, un sabor de piel distinto, otras manos que la recorran, otros cuerpos a los cuales complacer y a los cuales entregarse.

Pero bajo ese nuevo poder sigue existiendo la incertidumbre del futuro, el temor que le produce el tratar de liberarse de la moralidad adoctrinada por generaciones. Lleva meses hundida en sus pensamientos, en sus dudas y sus miedos, pero esta noche algo ha cambiado, su cabeza se ha vuelto más fría, su voluntad más conciente. Esa razón pura y destilada confirma sus deseos, sus cavilaciones. Finalmente entiende porqué aceptó las proposiciones de Robert y sus amigos, ella es ese fuego, esa pasión incontrolable. Esta es la vida que ansía, para ella solo existe una forma de vivir, y es ser consumida una y otra vez entre los brazos de un amante casi anónimo, donde no hay cabida para las emociones, donde solo el deseo salvaje e instintivo es alimentado, cuando su cuerpo vibra sin límite alguno, cuando el néctar del placer fluye en su interior; solo encuentra la felicidad en el roce de las pieles, cuando el aroma de los cuerpos sudorosos la embriaga y el miembro poderoso de un hombre abre sus labios húmedos y sella su cuerpo, dejándola saturada, completa.

Robert vuelve a roncar y al ver su cuerpo desnudo el deseo se apodera de Priscila, el fuego recorre sus venas, pulsando casi dolorosamente entre sus piernas, ansía la liberación en oleadas de placer. Una tenue línea rosada se asoma en el horizonte. El deseo es tan intenso que vuelve a considerar despertarlo, pero el cercano amanecer la desanima; solo una cosa se ha negado a hacer desde el principio, pasar la noche completa con sus clientes por más que le ofrezcan dinero extra por dormir con ella. *¿Será que ni eso hacen con sus esposas?*

Se levanta del sillón y apaga el cigarro. Del piso toma su ropa. Se coloca el sostén con cuidado, acomodando los pechos en las copas, desliza las medias con suavidad sobre cada pierna y al llegar al final de la segunda acaricia su vulva con los dedos, nota lo húmeda que está, ansiando deslizar aunque sea uno dentro de ella, pero ya no hay tiempo para eso, prefiere guardar ese fuego para su cita de la noche, cliente nuevo y algo en su interior le dice que será prometedor. Quiere mantener ese deseo vivo, así que prefiere echar las bragas en el bolso, el largo camino a casa será un constante recordatorio del ardor que la consume. El sol entra con más fuerza en la habitación, se pone la falda con rapidez y mientras abotona la blusa se calza los tacones. Si alguien la viera vestida como ahora nunca adivinaría su profesión, Priscila siempre viste con elegancia, sin importar si su trabajo es detrás de un escritorio o sobre la cama.

Toma el dinero de la mesa, siente su peso, su textura rugosa y por primera vez ese aroma a papel viejo la llena de calma en lugar de vergüenza, lo hecha en su bolso sonriendo y sale en silencio de la habitación, no queriendo despertar a Robert. Toma un taxi en la puerta del hotel y se acomoda para el recorrido; por un instante piensa en pedirle al chofer que pare en su oficina para enviar la carta de renuncia que lleva semanas esperando en la computadora, pero en lugar de eso cruza las piernas, el calor y la humedad en su sexo se intensifican. *La oficina puede esperar, ya no importa, es el pasado.* Sonríe, disfrutando su nueva libertad y la pulsación ardiente en su entrepierna; y deja a su mente fantasear con las posibilidades que le esperan por la noche.

Paul Hermann

Ecuador

Escritor, editor y periodista.

Se ha desempeñado como editor de las revistas *Letras del Ecuador*, *La Casa* y *Casa Palabras*. Editó la sección Cultura del diario *El Telégrafo*. Ha colaborado con publicaciones como *CartónPiedra, Gkillcity, Labarraespaciadora.*

Ha ejercido las cátedras de preceptiva literaria y de redacción periodística en la Escuela Politécnica del Ejército y en la Facultad de Comunicación Social de la Universidad Central del Ecuador.

Ha publicado *Puntos de fuga* (Cuentos, 2001); *Cazador de brujas* (Cuentos, 2008); *El Danubio Azul* (Novela, 2012), y *Patente de corso* (Entrevistas, 2012). Cuentos de su autoría forman parte de diversas antologías. Ha participado en las ferias del libro de Ceará, Brasil (2009), Caracas (2010), y de Quito (2013). Actualmente cursa una maestría en Literatura Hispanoamericana en la Universidad Andina Simón Bolívar y prepara la edición de su libro de cuentos: *Balada para tu muerte.*

.

Paraíso masculino

La había conocido un mes atrás, sentada en la tercera fila de la primera columna, del curso universitario en el que dictaba redacción periodística. No ostentaba las caderas de las costeñas, pero tenía las facciones delineadas a pincel, la piel tostada, y bajo una blusa a rayas, unos senos como naranjas, dignas de ser exprimidas, de ser chupadas, en aquellos años de influenza, como si la vida dependiera de la vitamina C.

Era una típica niña de la generación Poquemón, de aquellas que crecieron con acordes de grounge y bajo el influjo de la manga y el hentai, el Nintendo y el Mundial de Corea.

Cuando me dijo que tenía un hijo, pensé lo que todos los hombres pensamos cuando una mujer nos dice (como advirtiéndonos), que es madre: que no tenía nada que perder y que más temprano que tarde terminaría acostándome con ella, y le propuse que nos fuéramos a la playa.

Mientras el conductor descendía por la Aloag Santo Domingo tan de prisa que causaba nauseas en los pasajeros con menos oficio, aproveché la oscuridad de la cabina y la besé, con la ternura con que se besa a una quinceañera al acabarse la misa, al principio; con la lascivia con que se besa durante una borrachera a una ramera, después.

Close up de lengua delineando unos labios. *Close up* de manos acariciando unos senos. *Close up* de lengua introduciéndose en una boca. *Close up* de manos frotando unas nalgas, unos muslos pespunteados con hilos negros.

En todo caso, la escena más *hardcore* de aquella noche no la interpreté cuando la arrojé a la cama y me hundí en su húmeda y amplia cavidad de niña aventurera, sino cuando dejé caer las maletas al piso, cerré la puerta de la calurosa habitación y le quité la ropa, pues todo aquello lo hice con la ansiedad de quien debe trabajar al día siguiente y teme que la noche cumpla su amenaza y se convierta en madrugada.

Verónica me confesó, tiempo después, que mi ansiedad la había llevado a pensar que era uno de aquellos libidinosos que al hallarse una mujer desnuda la penetran con violencia, sin contemplaciones, mientras babean cursis impudicias en sus oídos. No le pregunté si alguien la había tomado así. De hecho, no conocería los escabrosos detalles de su vida sexual, si cierta tarde, chateando, no hubiese querido saber si mi sexo, comparado con el de sus anteriores amantes, daba la talla que su tropical vagina requería.

Supe entonces que su primer novio no había gozado precisamente de ella, pues le preocupaba tanto cumplir como hombre, que se había limitado a colocarse entre sus piernas y a desflorarla instintivamente y, en consecuencia, a traumarla. De ahí que Verónica, para que la experiencia no fuera a repetirse, terminó su relación.

Supe entonces que la primera vez con Diego, su segundo novio, fue aún peor, que una noche de tragos, mientras sus amigos bebían y fumaban en la habitación aledaña, la había persuadido a acostarse, primero con palabras de amor, promesas y súplicas, después con reproches y amenazas y, finalmente, con violencia, pues le aseguró que la iba a tomar de cualquier modo y que mejor se relajara e hiciera lo que le pedía. Dos puntos, aparte:

—Quítate la blusa.

—...

—Quítate el brasier.

—Pídeme que te las toque.

—Tócamelas.

—Pídeme que te las bese.

—Bésamelas.

—Dime que quieres meterte mi sexo a la boca.

—Quiero metérmelo.

—Dime que quieres que te lo ponga entre los senos.

—Quiero que me lo pongas.

—Sácate la ropa.

—...

—Date vuelta.

—...

Eyaculó sobre sus nalgas y se secó con sus bragas, y aun así, quiso que creyera que no la había violado.

Supe además, que a partir de aquella noche se convirtió en su amante. Al principio, me dijo, se acostaba con él sin mucho entusiasmo después de hacer las tareas de la universidad, pero que un día descubrió el orgasmo y se volvió descarada; no le importaba que su suegra estuviera en casa y que su novio sintiera miedo. En la habitación, bajo la frazada, le buscaba la cremallera… Entonces se acostaba boca abajo y le contaba a la almohada lo mucho que le gustaba que su novio le hiciera el amor.

Fue por esos días que conoció a Danilo, un mulato de cabello rizado, labios abultados, espalda ancha y descomunal falo.

Saber que la había tomado no una, sino muchas veces, ocasionándole siempre intenso dolor, avivó mi masoquismo y quise saber todos los detalles. No, nunca le había practicado sexo oral. Ella sí, dos veces, la primera lo recorrió, cuan largo era, con la punta de la lengua y lo chupó con delicadeza. La segunda, debió engullirlo casi completo. Y mientras más se ahogaba, más su amante se excitaba. Y mientras más arcadas le venían, más su amante le follaba la boca.

Sí, le gustaban sus senos. Acariciarlos, chuparlos, formar con los dedos unas pinzas como de ropa y apretarle los pezones hasta arrancarle gemiditos. A ella también le gustaban sus pezones; lamerlos, crear entre ellos y su lengua una telaraña de saliva.

Sí, disfrutaba que la besara y la acariciara, pero no que la penetrara. Se tensaba como cuerda de violín, gemía, agarraba las frazadas, gemía. Pensaba que el sexo de su amante era como la mujer rechoncha que quiere meterse en un vestido varias tallas más pequeño.

Sí, a pesar del dolor le gustaba gemir, pues con Diego, su novio, nunca había podido hacerlo.

Sí, sí había gritado un orgasmo, tan alto que atravesó el techo y se metió en las orejas de los vecinos. Pero el resultado había sido desastroso, pues Danilo se excitó y la tomó con tanta violencia y durante tanto tiempo, que le provocó un desgarre. Cuando fue a orinar, me dijo, sintió como si le vertieran limón en una herida, y durante dos días tuvo que sentarse al borde de los sillones, pues sentía los labios vaginales completamente hinchados.

Sí, era tanta la fricción y su deseo, que pese a que usaba preservativo, terminaba a prisa.

Sí, la había tomado de pie.

Sí, la había tomado de lado.

Sí, claro, la había tomado en la posición del misionero, era la que más le gustaba, pues en la medida en que era cadete de policía, los fines de semana salía con tres ideas clavadas en la mente: beber, bailar y acostarse con una mujer, tres ideas que bien podían reducirse a una, acostarse con una mujer.

Sí, la había tomado de todas las formas posibles, pero nunca a gatas ni tampoco sobre una silla. Si lo hubiera hecho, me dijo mi Verónica, la habría partido en dos.

Sí, Danilo la había tomado, la había poseído, la había gozado como nadie lo había hecho, hasta entonces, en la vida.

Verónica no solo volvió con Diego, su novio, sino que durante una discusión le contó que el amigo cadete que le había presentado un día en la cancha de futbol y con cuya novia había estado coqueteando, la había llamado, la había llevado a bailar, le había pedido que lo acompañara a su departamento y la había hecho suya en el sofá, en medio de un reguero de canguil, a la mitad, naturalmente, de una película de policías.

A partir de ese momento, Diego quiso hacerla completamente suya, así que la tomaba un día sí y otro también, donde le sorprendiera el deseo. Tan febril estaba que una tarde, en el bar de una amiga, le dijo a ésta que Verónica se sentía mal a causa de los tragos, que le prestara el cuarto de atrás para que pudiera descansar un momento. Se la llevó de la mano, la acostó boca abajo sobre la alfombra, le levantó la faldita, le corrió las bragas y la penetró en silencio pero con fuerza, hasta curarle la borrachera.

Pero no fue allí donde Verónica quiso que la embarazara, sino en el campo, dentro de una carpa, con la cremallera del saco de dormir cerrada, para conservar el olor, para conservar el calor, para conservar al hombre que amaba. A fin de cuentas, todo lo que Verónica quería era una familia: un marido para vestir por las mañanas y desvestir por las noches, un hijo para atender durante toda la jornada, un subibaja en el jardín, juguetes de Fisher Price, pañales, compotas, e incluso, si el paquete la incluía, una suegra dominante y su vajilla. ¿Es mucho pedir?

NARRADOR: ¿Es mucho pedir su señoría?

JUEZA: Vamos a ver... ¿Cuántos años tiene el padre?

DIEGO: Veinte, su señoría.

JUEZA: ¿Y la madre?

VERÓNICA: Dieciocho, su señoría.

JUEZA: ¡Ah bueno, ya están grandecitos! ¿Y quieren casarse?

DIEGO: No, su señoría.

JUEZA: ¿Y por qué? Disculpe la pregunta, jovencito.

DIEGO: Porque siento que aún estoy muy joven. Quisiera terminar mis estudios, hacer una maestría, viajar por el mundo, conocer otras mujeres...

JUEZA: Ya veo, ya veo... ¿Y en algún momento le ha preguntado a la niña que embarazó qué quisiera?

DIEGO: ...

VERÓNICA: Yo solo quisiera tener a mi hijo... Y que el Diego me quisiera...

DIEGO: Yo me ocuparé de mi hijo e incluso, si quieres, puedo visitarte de vez en cuando, pero de casarnos ni hablar.

JUEZA: ¿Y a qué se refiere con ocuparse de su hijo? ¿A mantenerlo?

DIEGO: Claro que no, cómo podría mantenerlo si no tengo trabajo.

MADRE DE DIEGO: No se preocupe su señoría, mi marido y yo apoyaremos a esta señorita que ha querido arruinar la vida de nuestro hijo. Siempre y cuando, desde luego, esté dispuesta a dedicarse exclusivamente a nuestro nieto, pues ahora el Diego está joven, pero podría llegar el momento en que quiera formar un hogar...

MADRE DE VERÓNICA: Yo preferiría que mi hija se case y se vaya su señoría, para que no sufra lo mismo que yo, pero si no puede ser de momento, estoy dispuesta a ayudar a mi hija y a mi nieto, a fin de cuentas un niño no me caería nada mal ahora que he envejecido y mi esposo, que aún está joven, empieza a preocuparse por otras cosas... Y tampoco me caería nada mal que la Verónica se quede en casa, criando a su hijo, arreglando las habitaciones, fregando los baños, cocinando, lavando los platos, haciéndome los mandados, pues en mi casa vive un montón de gente, mis sobrinos, incluso, que están en la universidad y que no pueden, como varoncitos que son, ocuparse de esas cosas...

JUEZA: ¿Qué dice señorita?

VERÓNICA: Que quiero tener a mi hijo.

Un año más tarde la conocí, sentada en la tercera fila de la primera columna, del curso universitario en el que dictaba redacción periodística. Y aunque la primera vez que la invité a salir me dijo que no (probablemente porque horas atrás había estado en el parque con Diego y su hijo jugando a la familia feliz), llegó a mi vida no en la espuma de la orilla, sino en una gran ola.

Y cocinamos nuestro amor, a fuego intenso, en restaurantes y tiendas de discos, en librerías y canchas de tenis, en piscinas y saunas, en aceras y autopistas y, por supuesto, también en hoteles olorosos a lavanda, en los que escuchábamos a Jaime Sabines describirnos, a nosotros, los amorosos; en los que descubrimos que Japón cabe en un muro; en los que terminamos de perder nuestra religión, como el señor muy viejo y con unas alas enormes del cuento del Gabo que baila una canción de R.E.M. y creo que eso, para una sola vida, basta y hasta sobra.

Y aunque los fantasmas de los muertos de amor que había dejado en el camino nos acosaban, decidí quedarme con ella; podían haber otras más altas que ella, más altas, podían haber otras más bellas que ella, más bellas, pero ninguna tendría sus ojitos de luna media, su facultad de maravillarse ante las manifestaciones de la ternura, su sensibilidad, su talento para leer almas, su entrega a contra viento, a contra marea, su capacidad para abrir las piernas al mismo tiempo que el corazón. Por eso supe que era hija de madre soltera, o mejor dicho, casada con un hombre que no era el que la embarazó y luego se negó a casarse con ella y que, para colmo, se convirtió en el rector del colegio en el que Verónica estudió y se graduó, para darle una bofetada, con honores.

Era hija de madre soltera, o mejor dicho, casada con un hombre que siempre la respetó, pero que no la quiso realmente en su casa, así que a su madre no le quedó más alternativa que llevarla al bosque (cuidando que no dejara migas de pan en el camino), para que la devoraran los lobos. Y como en el cuento, fue a dar, no a la casita de chocolate, sino a la de su abuelo, el clásico costeño de piel rojiza, guayabera blanca, pantalón de casimir y zapatos cafés, que bebe y baila, se va de putas y maltrata a su mujer y que un mal día le echa la culpa de sus fracasos al Diablo, toma la senda del Señor y le ordena a su familia seguir sus pasos.

¿Cómo sería una oración de mi Verónica? La conocí tanto, que creo saberlo:

«Gracias Dios mío por haberme hecho mujer en un machista pueblo costeño del Ecuador, gracias a tu voluntad y con base en tu palabra, tuve que aprender a barrer y a baldear para complacer a los hombres, a limpiar y a lavar platos para complacerlos, a coser y a fregar la vajilla para complacerlos, a obedecer sus órdenes para complacerlos, a hacer dieta para complacerlos, a embarazarme y renunciar a mis sueños para complacerlos, a trabajar en cualquier cosa y por poco dinero para complacerlos, mientras ellos, como tú, andan por ahí, libres, diciendo que su reino no es de este mundo. Gracias Dios mío, pero al morir, por favor no me lleves contigo a tu paraíso masculino».

Sí, Verónica, en el paraíso masculino te volverías a encontrar con hombres como el padre que te negó; hombres como el abuelo religioso para el que todas las mujeres eran prostitutas o sirvientas; hombres como tu primer novio, que quieren desflorar a todas las mujeres del camino y, sin embargo, casarse con una virgen; hombres como el Diego, que se emborrachan y se ponen libidinosos y tratan a su mujer como a una muñeca inflable; hombres como Danilo, que recogen a todas las niñas que piden aventón en el camino, para sentir cómo se estremecen al empalarlas como a enemigos otomanos.

Y como también el paraíso masculino debe dividir a exhibicionistas de voyeristas, te encontrarías, mi complaciente Verónica, con hombres peores, con hombres como yo, que te pedirían que te acuestes con tu ex amante Danilo, únicamente para verte y excitarse.

Aunque no compartía la pasión de sus amigos por las orgías, Verónica cedió a mi pedido y abrió su chat dispuesta a contactar a Danilo.

Danilo Morales, tituló el nombre del policía en la barra de herramientas al cabo de un momento.

—Dile hola —la persuadí, al ver que dudaba.

—Hola corazón —lo saludó Verónica como siempre lo había hecho.

—Hola vida mía. ¿Dónde andas? —le preguntó Danilo con autoridad, algo que se le pregunta a alguien próximo y cotidiano y, de ningún modo, a la amiga que se ha distanciado. Y recordé que al regresar de la playa entrada la noche, Verónica lo llamó desde la estación de buses para que la fuera a buscar, y recordé también, que lo volvió a llamar, en mi cara, para envenenarme, el viernes de la semana en que no fui a su casa ningún día pese a que toda su familia se había ido de viaje.

—En la oficina del Darío —respondió Verónica algo definitivo, antes de que las cosas se complicaran.

—¿Y qué haces ahí?

—Hablando de ti.

—¿De mí?

—Sí, le he hablado a Darío de algunos de nuestros encuentros y se ha excitado tanto que me ha pedido que te pregunte si quieres hacerme el amor al mismo tiempo que él.

Aguardamos a que respondiera un instante inmenso.

—Pregúntale si sigue ahí —le dije a mi Verónica.

—¿Estás ahí?

—¿Cuándo? —preguntó finalmente.

—Dile que ahora.

—Si quieres hoy mismo. Nosotros te iríamos a ver dónde nos digas, y después te dejaríamos en el mismo lugar.

—¿Y dónde iríamos? —quiso saber Danilo para terminar de convencerse.

—Dile que al Flamingo.

—A uno de los moteles de la Prensa.

—Ok —aceptó Danilo—. Entren al parqueadero del Super-maxi de la Eloy Alfaro a las cinco, y busquen un patrullero.

—¿En qué carro van a estar ustedes?

—En un Volkswagen rojo.

—Ok, niñita, ya sabes lo que te espera —sentenció su ex amante, y cerró la ventana.

Al ver especialmente bella a una mujer que pudo haber sido suya, caminando del brazo de un tipo de ascendencia irlandesa como yo, se turbó, pero el deseo de volver a profanar la rosada cavidad de Verónica con su sexo de orco lo sobrepuso, y tras besarla en la mejilla, poniendo, al mismo tiempo, una mano en su cadera, cerró la patrulla con el control del llavero y nos siguió a mi auto.

Le abrí la puerta de atrás, aguardé a que se subiera y quise ce-rrarla, pero él interpuso su inmensa mano de estrangulador y le pidió a Verónica que fuera a su lado; como no esperaba que las cosas se dieran tan de prisa, apenas si tuvo tiempo de dedicarme una mirada de incertidumbre antes de que el policía la tomara de la mano y la sentara junto a él.

Me puse al volante del auto y tomé la avenida occidental con dirección a los moteles. A Danilo no le importó que los vidrios del auto no estuviesen polarizados, y en el instante mismo en que arrancamos, puso su brazo alrededor del cuello de Verónica y empezó a besarla con sus inmensas jetas del Congo.

Entonces sucedió. En lugar de comportarse como una sacrifi-cada marioneta, Verónica se volvió toda jadeos, acarició el pecho de Danilo y abrió las piernas para que percibiera el olor de su deseo.

Mmm… se quejó un poco cuando el dedo de apretar el gatillo del policía se introdujo, con mucha avidez y poca consideración, en su vagina.

Verónica deseó saber cómo lo estaba tomando y, sin dejar de besar a su amante, buscó mis ojos en el retrovisor. Al ver mi celosa expresión tocó mi hombro como si estuviera en la camilla de un hospital, me hizo entender que me amaba y estaba conmigo, pero que no podía hacer nada para evitar mi dolor. Y celebró, impúdica y ruidosamente, su primer orgasmo.

Una vez en el cuarto del hotel, para demostrarme que a pesar del grito que le había arrancado otro, era mía, se quitó frenéticamente la ropa, se arrodilló ante mi sexo y empezó a besármelo con delectación. Le acaricié los senos, la nuca, y miré, reflejado en el espejo de la pared, a media luz, al hombre que tantas veces la había tomado; no era un afro descendiente de cañaveral, pero tenía un miembro combado hacia arriba que habría hecho a una ramera vieja sentirse virgen.

Cuando Verónica vio a Danilo, desnudo junto a mí, sacó mi sexo de su boca, y sin dejar de frotármelo, tomó el suyo, lo masajeó, trató a su glande como a un helado de chocolate, y volvió a ocuparse de mí.

Puesto que al policía debía asquearle meter la lengua donde otros habíamos introducido nuestros malolientes peces, la ensalivó con los dedos, le separó los labios vaginales, colocó entre ellos su pesado y grueso sexo y lo introdujo a medio estoque.

¡Ahh!, se quejó Verónica, me tomó fuertemente la mano, apretó los dientes y abrió los labios. ¡Ahhh!, volvió a quejarse, pensé que su delgado cuerpo no tardaría en romperse en dos mitades, pero en la medida en que Danilo la penetraba con delicadeza, sin entrar ni salir demasiado, su vagina no tardó en dilatarse y sus quejidos se convirtieron en jadeos.

MMM, repetía con mayúsculas, me apretaba la mano, ponía los ojos en blanco. MMM, mientras Danilo, aferrado a sus caderas, la embestía, ahora, con mayor violencia. MMM, mientras sus nalgas eran machucadas. MMM, mientras sus senos blandos de tanto amamantar se bamboleaban.

Quise entonces que el policía se retorciera en un espasmo, que sacara su pepinillo del agujero de Verónica y vertiera el litro de esperma, que de seguro sus inmensos testículos guardaban, en sus nalgas o en su espalda, o incluso estallara en su matriz sin dignarse preguntarle si podía terminar adentro, para que saciara definitivamente su deseo; pero no sé si por consideración a mí, o porque quería prolongar la orgía, dejó de bombear y me pidió que cambiáramos de lugar.

Verónica exhaló, tomó el complacido glande de Danilo y se lo metió en la boca. En tanto, yo me coloqué detrás y comprobé que es falso aquello de que las vaginas se acoplan a los sexos de sus compañeros, pues la suya estaba tan roja y dilatada, que ni siquiera le rocé las paredes. Fue como introducir un pie talla veinte en un zapato cuarenta y cuatro. Probablemente ni se enteró de que había entrado.

Y cuando en un ataque de impotencia quise penetrarla por detrás sin advertírselo, abrirle el ano como un girasol, castigarla por gozar del inmenso sexo de otro, noté que el policía, completamente delirante, intentaba introducirle inútilmente, todo el sexo en la boca. Así que la acosté boca arriba y me arrodillé frente a su rostro para que pudiera besármelo. Él, por su parte, se colocó entre sus piernas recogidas en forma de pirámides, asió sus senos y empezó a tomarla lentamente.

MMM, volvió Verónica a disfrutar el ritmo, tanto que por momentos sacaba mi sexo de su boca y se concentraba, única y exclusivamente, en la anaconda que se abría paso en su útero. MMM, MMM, gritó, sus gemidos a ritmo de cuatro cuartos, MMM, MMM, MMM, MMM, le pidió al policía, acariciándole los brazos, mirándolo con súplica, que siguiera, que aguantara.

Este empezó a metérsela y a sacársela, de la punta a la base, a la velocidad con que se mueve el pistón de un auto de carreras, tal como la vez, recordé una de las confesiones de Verónica, en que la había mandado con los labios vaginales hinchados, a sentarse el resto de la semana sobre cojines.

MMM, MMM, AHH, AHH, AHHH, se convirtió su gemido en orgasmo, excitó tanto a su amante, que este la tomó del cuello y apretó y apretó hasta sacudirse en un espasmo de placer y colmarle, con un espeso chorro, la traqueteada matriz.

Verónica cayó sobre la cama. Miré el inmenso sexo salir de su vagina y, durante unos segundos, el túnel que le había dejado. Quise entonces que me lo volviera a besar, que me ayudara a calmar, al menos de ese modo, mi temblorosa excitación. Pero en cuanto acerqué mi pene a sus labios, noté que las huellas que habían dejado los dedos de su amante en su cuello estaban demasiado marcadas, y que había permanecido demasiado tiempo con los ojos cerrados y en completa quietud.

—¡Verónica! —le dije—, ¿cómo estás, niña?

Nada. Silencio.

—¡Verito, mi amor! —Me desesperé, la moví un poco.

Silencio. Nada.

—¡Verónica! ¡Verónica! —Puse mi mano sobre su corazón.

Nada. Nada. Nada

—¡Verónica, mi amor! —Sollocé al no escuchar sus latidos, le acaricié la mejilla, giré el rostro en busca del policía en el preciso momento en que ponía el cañón de su arma ante mis ojos, y apretaba el gatillo...

Galena Poulos

Grecia

Galena Panopoulos nace en Valencia el 11 de agosto de 1986. Ya desde pequeña expresa su amor por la literatura y las letras y más tarde estudia filología inglesa en la Universidad de Valencia, en 2004. Desde entonces ha enfocado su carrera en la literatura femenina y en especial en Virginia Woolf. En el 2010 participa en un grupo de estudios enfocado en cuentos para niños y da a luz su primera publicación, junto con el resto de sus compañeros, utilizando una metodología nueva para que los relatos, además de didácticos sean entretenidos tanto para padres como para los más pequeños: 2010, En Alcantud, María ed. "Tales in two minutes". ICT and Project work, Reproexpress ediciones. A su vez, publica en varios blogs bajo el pseudónimo de Sheikah, donde expresa y narra historias eróticas y lésbicas como www.lamanzanadeva-sheikah.blogspot.es. Aquí puede encontrarse el primer borrador de "Encaje", y otras historias del mismo género. En este momento, Galena vive en la ciudad de Atenas, donde trabaja en su novela y se dedica a los Dioses de la Hélade como una de los muchos politeístas que viven bajo la égida de Atenea, la Diosa del conocimiento. Allí escribe toda su literatura erótica dedicándola especialmente a la Diosa Afrodita y a su hijo Eros, para que la sensualidad y los deleites de la vida lleguen a los mortales a través de su visión de la literatura.

Encaje

Las palabras de seda se deslizaban de sus labios, mientras la conversación se deshojaba como una margarita. Si me quiere, si no me quiere. Con el ardor del vino y las mejillas encendidas, un buen amigo nos dijo que nosotras no "hacíamos sexo". El sexo consta de penetración. Nos dijo. Por ello, dos mujeres, no podían hacer sexo. *Eso es para parejas convencionales*, pensé yo, mientras la noche discurría entre las últimas conquistas de nuestro querido amigo. Compartir mesa con un heterosexual tiene estas cosas, siempre salen a la palestra los tópicos más arraigados, junto con los postres. Pero siempre hay tiempo para que las copas brillen con su color granate y el vino me permita explicar que efectivamente, dos mujeres no hacen sexo en la cama. Hacen encaje de bolillos. Así pues, con el reciente descubrimiento de que nuestras noches en vela se las dedicamos a la costura, me dediqué a describir nuestras experiencias más decentes.

Me acuesto sobre la cama, cansada tras un caluroso día de julio. Madrid tiene un clima más seco que el Mediterráneo, y aunque no llevo mal del todo el calor, hasta las once de la noche no comienza a refrescar. La ventana está abierta de par en par, para dejar entrar la brisa y no asfixiarme del todo. La luz de la luna, cómplice con sus encantos, también se filtra entre nuestras cortinas, que, por cierto, están ya un poco anticuadas. Me fijo en ellas y pienso: *Deberíamos ponernos ya mismo a hacer otras nuevas, quizás unas de encaje de bolillos... debería comentárselo a Ada.* Con estos pensamientos flotando en mi mente, con estas imágenes que acribillan mis párpados cansados, me voy durmiendo poco a poco, dejando libre el espacio en el que Ada duerme a mi lado, esperando a que decida tomar la libertad de su espacio a mi vera. Mi respiración acompasa una película que se forma en mis sueños, yo misma cosiendo junto con mi chica esas cortinas nuevas que tanto necesita nuestro dormitorio. Ella entra sigilosamente en la habitación. Tan despacio y en silencio que apenas escucho la puerta. Yo, ajena a todo esto, duermo castamente en un rinconcito de la cama, esperando, soñando con cortinas y cajas de costura. Ada se tumba a mi lado, como todas y cada una de las noches, me abraza, me besa mientras yo duermo. Y sé de buena tinta, que yo le devuelvo los besos y los abrazos. Balbuceo alguna estupidez en sueños y entonces le comento medio dormida aquello del tema de las cortinas. Están totalmente pasadas. Sí, ella debe de estar de acuerdo, porque también se pone a pensar en hacer con nuestras manos unas nuevas.

Así, pone sus manos sobre los pliegues de mi cuerpo. Las extiende sobre mi piel y mide cada centímetro para ver cuántas piezas podremos hacer esta noche. Sí, vaya. Doble ancho. Yo, al sentir a Ada poner la cinta métrica de sus dedos sobre mí, comienzo a interesarme por el tema y voy saliendo de mi sueño poco a poco. ¡Vaya, qué casualidad! justamente estaba soñando el encaje que adorna sus curvas. Y me encuentro a mi novia que ya ha comenzado a entrar en faena. Eso sí es eficiencia, pura alta costura. Sus manos van recorriendo las curvas de mi cuerpo, poniendo mi brazo sobre mi cabeza, para ver qué tal va ese largo de manga. «¿Pero no hacíamos cortinas?». «Sí, cariño, pero he pensado en un vestido también». Tenemos mucha noche por delante y muchas ganas de coser. Eso es evidente. Somos buenas chicas. Pues así de buenas somos, que mi novia se esmera en bordarme de besos el largo de manga. Trato de no desconcentrar a la artista, pero no soy la mejor de las modelos, pues con cada beso, le hago perder la cuenta. Ha quedado una manga preciosa, tanto que me hace estremecer cuando la desliza por mi piel perlada, para probarla. En mi cuello, Ada se dedica a marcar con la tiza unos cuantos suspiros, encarando su boca en mi nuca y lamiendo de vez en cuando, si se equivoca con la tiza, los espacios por donde quería haber marcado. Con su aliento irá cortando poco a poco un par de gemidos, para que se ajusten perfectamente al patrón deseado. Tanto es así, que la tela de mi piel se llena de dobleces, se retuerce.

No pasa nada, siempre podemos volver a tensarla. Solo es cuestión de volver a extenderla sobre nuestra mesa de costura, que es la cama. Finalmente baja por mi pecho para ajustar la cintura y comprobar el talle. Sí, parece ser que debemos poner un par de pinzas para crear el efecto de caída de cadera con vuelo. En mi pecho se detiene, va hilando a besos cada centímetro del escote. Punto atrás. Deja un espacio para los adornos en el lugar indicado. No vaya a ser que luego no le siente bien a la que lleve el vestido. Mientras coloca los corchetes del busto, con sus labios en mi pecho, ajusta la cintura con las manos, bajando por la cadera y llenando de caricias mi casto cuerpo, inmóvil ante la mirada atenta de la modista. La alta costura requiere concentración.

Y seguimos dando puntadas, beso a beso y caricia a caricia. Cuando baja por mi ombligo y sigue hasta donde comienzan mis piernas, separa definitivamente las dos partes de la pieza, prepara los bajos del vestido con mucho cuidado. Acaricia cada parte de la tela y la prepara para unir de nuevo esta zona con su piel. Veamos, tenemos dos juegos de tela. Ella trae su seda salvaje, lista para unir con mi algodón natural. La combinación resulta exquisita. Ambas nos deleitamos en la unión de los pliegues y las zonas a bordar. Gritamos el nombre de algunos dioses, en agradecimiento al magnífico material y los fantásticos tejidos de los cuales disponemos. Y lo bien que estamos aprovechándolos. Como somos dos costureras experimentadas, mientras se unen los dos tejidos, nos deshacemos en las formas del perfecto dibujo que ha quedado. Con las manos y nuestras bocas vamos trabajando el resto del vestido, bordando suspiros y gemidos.

Le demostramos a los vecinos lo buenas modistas que somos, se nos oye dar gritos de júbilo cuando nuestro vestido va quedando acabado. Vamos dejando los detalles bien hilados, ponemos la pedrería en el escote de nuevo. Creo que podíamos hacer otro dibujo en la cintura y... ¿por qué no? en el vientre y las caderas. Nos dejamos de tijeras, ya hemos acabado con la cinta métrica y con los carretes. Sí, ha quedado precioso. Ada ha comenzado un magnífico trabajo mientras dormía y despacito me ha despertado para que la ayude. Luego yo he acabado arreglando su seda salvaje y haciéndole el dobladillo con mi lengua. Y... *¡voilá!* aquí tenemos la pieza.

Esa misma noche, Ada y yo hicimos más cosas: la cortina que tanto ansiábamos, unas preciosas sábanas bordadas, más visillos y unas fundas para el sofá. Pero nada de sexo. Dos mujeres no hacen sexo, solo costura. Punto y final.

Roberto Migoya

España

Roberto Migoya Ramos —1976, Ponferrada (León)— es un español que comenzó su viaje con la escritura muchos años después de licenciarse, con mediocridad, en la carrera universitaria de Historia del Arte. Aquella facultad de Filosofía y Letras de la Universidad de León bien podría haberse llamado de Noche y Bares para su caso, no obstante, hoy cuenta con la satisfacción de haber publicado más de una quincena de obras en distintas editoriales y las demás plataformas literarias que han creído en su valía. Entre estas historias, por publicitar algunas, se encuentran: "La juventud sufrida" y "El rey David" (Ed. Evohé); "Adicción", "EStrAÑA" y "Matemática para iniciados" (Ed. Orola); "Mirando hacia abajo" y "A un tiro de piedra" (Ed. de Letras); "En la gruta del rey de la montaña" (Tercer puesto en la Semana de Novela Histórica de Quintanar del Rey). Y, cómo no, los tres relatos pecaminosos que Pukiyari Editores ha tenido la generosidad de mostrar al mundo: "Juguetes rotos" (2014), "Hijas de Lesbos" (2015) y "Europa" (2015).

.

Europa

El astro rey siguió agazapado en su despertar tras el plomizo cielo que amenazaba con deshacer las hoscas nubes en frías lágrimas otoñales. Ella apretó la marcha. A esas horas solo se oían sus pasos sobre el silencioso asfalto. El tacón metálico marcaba un compás monocorde que se repetía cada noche como la banda sonora de su vida.

Un chino sentado en una caja de cartón esperaba a los últimos rezagados de la jarana nocturna. Tiritaba como un geranio sobre el capó de un tractor a ralentí, pero allí estaba haciendo negocio, ¿quién podía competir con ellos?

—¿Bocata? —rogó cuando ella se plantó delante.

—No quiero comer, ¿tienes paraguas?

—¿*Palagua?*

Después de unos momentos de duda idiomática se le iluminó la bombilla.

—*Palagua...* Sí.

Tantos años y aún le hacía gracia ese forzado acento infantil.

Al igual que un niño ante un baúl de juguetes, el menudo hombrecillo hurgó dentro de la caja. Contento por su hallazgo, sacó un plegable. El vendedor lo desenfundó con una sonrisa dubitativa. Lo probó. Incluso a un metro se percibía el aroma de bacón con queso expelido al abrirse. Una herramienta con mala pinta, de un color negro desmayado. Ella analizó el objeto desconfiada. Las costuras que unían la tela con las varillas estaban deshilachadas y le costaba desplegarse totalmente. Aun así, acabó funcionando. Así trabajaban ellos, a simple vista todo parecía cutre, pero las cosas funcionaban y a mitad de precio. Si se le presentase la oportunidad, aquel chino podría venderte tu propio *palaguas* extraviado. A ella no le importó, sabía que necesitaba aquella reliquia de segunda mano. Sin embargo, una cosa era poner el culo y otra el desayuno.

—¿Cinco euros por esta mierda? Te daré dos y te quedas con la funda.

Precisaba cubrirse, no podía permitir que la lluvia lavase su cara. El exceso de maquillaje le servía para ocultar los labios hinchados y el ojo cárdeno. Pese al regateo, el chino sonreía, había hecho un buen negocio. Los dos sabían que el utensilio no soportaría un par de ráfagas. Les daba igual, uno vendía cosas que no estaban hechas para durar y la otra consumía por una apremiante sensación de inminencia. Ambos eran fiel reflejo de la prisa de la sociedad moderna, aunque fuera a escala callejera y no hicieran más daño del pagado por dos euros.

Empezó a lloviznar sobre el rubio platino de su pelo entrecano en la crencha que lo partía al medio. Si no se andaba ligera no sacaría ni para el tinte. Aquel mercader de ojos rasgados pareció ver la descarga como un designio divino. Ella solo vio una sonrisa estúpida ante un fenómeno natural mil veces repetido. Abrió el paraguas y se fue calle abajo.

Unas decenas de metros más allá, la marchita hembra se cruzó con un grupo de parranderos. Emborrachaban su juventud con el ron del último garito de donde los habían echado, y de donde traían, a voces, un agresivo enojo y las ganas de seguir de farra. El grupo se dividió, ella tuvo que atravesarlo; oculta la cara bajo el raído paraguas, los ojos hendidos en el húmedo cemento. La pandilla hizo el pasillo a su repiqueteo de tacón. Ella mantuvo la mirada clavada en la acera mientras, de cada boca de cada fila, surgían escarnios sin pizca de gracia:

—Te has traído la dentadura postiza para chupar…

—¡Vieja zorra!

—¿Qué llevas en el bolso, guarra? La bombona de oxígeno por si te falta el aire a mitad de polvo.

Era vieja, sí. Pero ni siquiera ella, que se había ganado lo merecido, merecía tanto demérito.

Era vieja, sí. Y quizá su falda demasiado vieja también. Una falda sucia y gastada, lo mismo que su alma. No obstante, sus piernas aún eran esbeltas y esa noche, a diferencia de otras vigilias menos afortunadas, las carreras solo rasgaban su honra y no sus medias.

Siempre usaba camuflaje. Los exagerados tacones alargaban sus hechuras, el pellejo que formaba su flaco trasero se precipitaba menos por el vertiginoso zapato. Los pechos iban ocultos por un *top* escotado. «Unos arrugados pimientos», como ella misma decía, y que sin embargo se intuían firmes para su edad. Una faja rodeaba su tronco, con una goma color carne por debajo del pecho. De cara al exterior, esta barrera invisible hacía que los senos no fuesen derribados por la gravedad de los años. En sus adentros, ella sabía que el austero remedio, del mismo modo que sabían los políticos de sus recortes, era una cortina de humo, lo único que contaba era el dinero que pudieses sacar con el engaño. Vestía una rebeca fina, que ni abrigaba ni le caía demasiado bien, pero le gustaba tapar los colgajos de piel corrupta que pendían del envés de sus brazos.

Al final del pasillo de *simpáticos*, un rubiales le cerró el paso. Se había bajado la bragueta y sostenía algo con las dos manos. Bien podría haber usado una o un par de dedos con el mismo fin. El joven eructó:

—¡¿Por qué no pruebas a llevarte *esto* a la boca?!

Y gritando más alto para que todos le oyesen, prosiguió:

—¡Esta loba vieja seguro que tiene hambre!

La loba (por alusiones) retiró el astroso paraguas hacia atrás y su rostro se iluminó por el tendido urbano. Unos segundos bajo la lluvia y, como en una pared desconchada, la pintura barata se fue agrietando, no sin antes deslizarse por el pliegue dérmico que colgaba desde los carrillos, ensuciando su cuello de cuerdas de laúd. Una estampa grotesca, una brutal escasez de convicción. No solo parecía vieja, ella también se sentía, con solo cincuenta y seis navidades.

Uno de los beodos espectadores apuró un pitillo, a la vez que un simultáneo tambaleo vació el licor de su vaso encima de unos caros náuticos. Ella, diestra, con la agilidad de años de calle, robó el pitillo y, después de una garbosa calada, enfrentó al que la desafiaba:

—No vale la pena... —Expulsó el humo—. Tu penecito me baila en la boca.

—¡No se achanta la muy puta! —exclamó alguien a su espalda.

Todos se rieron; uno, no. El cabroncete de polla pequeña y faltadas sin gusto (porque hasta para faltar había que valer) no se rio. En vez de eso, le soltó un guantazo que le vibró el cráneo y la derribó al suelo. Fue fácil perder el estadio vertical con el paraguas en una mano y aupada sobre dos finas atalayas de aguja. Su falda, corta de por sí, se remangó por el trastazo. Las huesudas nalgas, protegidas únicamente por el *hilo dental*, se contagiaron por el gélido pavimento.

Culo frío, cara caliente, pensó.

La mejilla golpeada comenzó a arder. Sonrió resignada. Se alegró de que el sopapo fuese a mano abierta, hubiese sido más difícil maquillar el rastro de unos nudillos. A veces resultaba increíble a lo que las personas se llegaban a acostumbrar.

El agresor, molesto porque pensaba que se burlaba de él o de su *miembrecito*, empezó a orinarle encima. ¿Para mostrar hombría?, ¿para marcar el territorio instintivamente? o por la simple razón de demostrar que tenía los suficientes arrestos y el suficiente estatus social para poder mear sobre el mobiliario urbano, pobres y putas. Ella asió el paraguas para protegerse. Al fin y al cabo, el palo del chino iba a serle de utilidad. Cuando algunas gotas de caliente micción le salpicaban ya los muslos, un brazo arrastró a la fuente humana.

—¡Borja, hay que pirarse…!

Un rotativo luminoso asomó doblando la esquina. Simplemente era un camión de la basura, pero sirvió para ahuyentar a los aviesos mangantes. El joven Júpiter recogió su cobardía dentro de su pantalón y se alejó a todo trapo. Fue malquisto por la madura Dánae, que lo bendijo a su espalda:

—¡Pijo de mierda, me he quedado con tu cara! ¡La próxima vez que te vea te rajo las tripas!

Los basureros acudieron sin prisa, sin ganas y sin buen olor, tres cosas que iban con el oficio. Desganados, le ofrecieron un fétido socorro.

—Gracias por aparecer, pero no necesito nada más —sentenció ella.

Los albañaleros de la superficie volvieron a su trabajo y, desde una distancia descortés, comentaron la jugada sin importarles ser oídos:

—No me extraña que los guajes se ensañen.

—¡Menuda buscona!

—A esos años no debería seguir con esa vida…

Marujas con mono reflectante.

Qué sabrían ellos. Hubo otro tiempo, cuando era imposible no volverse a mirar sus lozanas piernas, en el que sus sueños iban de los locales parisinos de Monmartre a los teatros de Broadway. Estúpida niña. Mujer viciosa. Anciana inútil. Ahora flotaba en abstinencia, deseando soñar por vena. Qué sabrían ellos, generación de sueños hipotecados, de fantasear con el éxito y despeñarte por los abisales del suburbio noche tras noche. Ojalá sus piernas hubiesen maravillado en el Folies Bergère, como la derechona de la Duval, ojalá compartiese lecho con intelectuales asiduos a verla bailar. Ojalá hoy, al menos, pudiese alcanzar a imaginárselo.

Que ella recordase, nunca había ido al otro lado de la frontera, ni pasado del aplauso de solitarios puteros y de todo el gremio de camioneros que transitaban los clubs de las costas mediterráneas. Todo eso era ya agua pasada. Hacía tiempo que la edad, la inmigrada globalización y, sobre todo, las adicciones le habían cerrado las puertas al calor de los neones rosas, para situarla en el pateo diario de las lóbregas cunetas. Solamente encontraba descanso en sus horas de lectura y perdiéndose entre humo de caballo, la podredumbre de sus dientes identificaba la evasión argéntea de lo cotidiano.

Ante ella se desplegó la vasta avenida. Corría paralela al parque, su maldición y su lugar de trabajo. Calcorreó hasta ocupar su ubicación habitual. Debía aprovechar cada minuto (y eran pocos), antes de que los esclavos del sol desperezaran su malhumor para iniciar sus quehaceres, lo que indicaba el fin de los suyos. A lo lejos, en el lugar de siempre, divisó a Ivanna, una rumana desgarbada y enjuta que no hablaba ni papa de español, y a Lupe, con su colosal culo dominicano y su colosal mala hostia. Les lanzó una mirada/saludo de «Ahí estáis bien», y se mantuvo alejada de ellas.

Transcurrieron tres cuartos de hora y apenas seis coches pasaron lentamente comprobando el percal, pero ninguno se detuvo. El día ganó al crepúsculo su pulso primigenio. La mujer ya se veía mendigando un plato combinado en el bar de Antonio y de repente una furgoneta, de esas que los padres novicios llamaban monovolumen, se paró delante. Detrás de la ventanilla bajada, un hombre moreno le disparó un gesto: «Acércate». Tenía unos veinte y pico, para ella un niño.

—Hola, encanto… —masculló ella, soberbia—. Estoy un poco tiesa aquí fuera, ¿puedo entrar a calentarme un rato?

—Sube.

El clic del cierre eléctrico del vehículo reiteró el permiso.

El chico, nervioso, vista al frente, apuñalando algo que estaba más allá del parabrisas, se rascó inquieto la poblada barba. Ella, experta, tranquila como un holandés vendiendo hierba, se arrellanó en el asiento, bajó la ventanilla y tras escupir el chicle, que era ya un trozo de goma con sabor a goma, dijo con toda naturalidad:

—Veinte euros por una mamada y treinta por el completo. Ni anal, ni trago semen, ni cosas raras...

Escudriñó con recelo la parte trasera del vehículo, una amalgama de cables gruesos se retorcían como un nido de bichas.

—¿Estamos, cariño? —añadió.

—¿Un poco caro para una veterana? —preguntó él.

—¡Caro los cojones! Joder con la crisis. El mismo precio para siervos y señores. Estos labios han besado imperios, cielo. Lo tomas o lo dejas.

El hombre la miró directo por primera vez. Unos ojos oscuros, que parecían venidos del primigenio Al-Ándalus, la escrutaron con respeto, quizá admiración, o incluso lástima.

—En realidad ninguno de los dos estamos aquí por placer.

—¿Eres un secreta? Debes de ser nuevo, conozco a todos los demás.

—No, no... —Se rio—. Estoy haciendo un reportaje...

Sin dejarlo acabar, ella, molesta, lo interrumpió:

—No me jodas, otro callejero/viajero, ¡mierda de gente! Exigen ver la miseria en otras vidas para olvidarse de la suya propia... ¿Eso quiere decir que no me vas a pagar?

Él, confuso, contestó con el aplomo novel de alguien poco convencido:

—No tenía pensado... Somos una cadena local pequeña... pero, ¿qué tal el precio de un completo por unas preguntas y unos planos en la acera, ejerciendo?

Ella ni se lo pensó, no estaba la noche para melindres, y casi escupió las palabras:

—Está bien, necesito la pasta y ya puestos a chupar, chupáremos, aunque sea cámara. Pero por favor, cariño, no uses la palabra «ejercer», me hace parecer un licenciado en derecho. Los dos sabemos, y si no lo sabes te lo digo yo, que las putas tenemos mejor corazón que esas víboras con toga.

Unos labios ocultos por el velludo bosque surgieron en todo su esplendor del chico. Una risa generosa, sincera, que indicaba la cordial conexión de entrambos. En su mirada, la admiración le había ganado el terreno a la lástima. El periodista se sintió más relajado y ya se vio capaz de iniciar su interrogatorio, aun siendo su primer trabajo a pie de campo.

—¿Cómo es que sigues en el negocio a tus años?

—Encanto, es mejor reinar en el infierno que servir en el cielo…

—Seguro que Milton se sentiría orgulloso al oír su célebre frase saliendo de ti.

—Después de ver estos morros en acción, ese viejo carcamal seguro que no se sentiría tan orgulloso de sus frases… ¿De verdad no quieres que te la chupe? Tienes pinta de tener una buena verga.

Ella terminó de hablar con una mano sujetando el paquete del muchacho; éste, apartándola con suavidad, reanudó su entrevista como si no hubiese pasado nada.

—¿Hay muchos clientes que sigan prefiriendo tus servicios a los de esas jóvenes?

El reportero señaló con el índice a las dos muchachas, la culona con mala hostia y la mudita de rostro enfermizo, bastante más tiernas que ella.

—Muchos clientes, ja. —La hembra rio sarcásticamente—. Los suficientes para ir tirando. Mira niño, mis feligreses o son de rollo rarito o son tristones que solo quieren desahogarse con alguien más triste que ellos. Vienen a mí como a un museo, pagan la entrada, contemplan la obra que ha dejado la voracidad del tiempo y vuelven a sus insulsas vidas pensando que serán mejores después de la experiencia.

—¿No crees que sean mejores después?

—No, como mucho serán distintos... Un rato, hasta que el peso de la sumisión vuelva a caer sobre ellos. Al menos yo he elegido libremente mi mierda de vida.

Ella, insistente, consiguió introducir su mano dentro del pantalón. Acarició el pene del muchacho, duro como una piedra. A él ya no parecía importarle su juego.

—¿Cuándo vas a dejarlo? —el joven buscó una salida noble.

—Cuando no haya más preguntas.

—Está bien... Tú ganas.

—No tenía ninguna duda, lo vi en tus ojos. No te preocupes, cariño, es fácil rendirse.

Ella agachó su cabeza y, en el momento que se fue a meterse la erecta tranca en la boca, una mano sostuvo su frente.

—Una sola cosa más, ¿cómo te llamas?

—Llámame Europa, tenemos mucho en común.

Europa era vieja, sí. Sus pechos estaban arrugados y su anciana cara no tenía nada de agraciada; dientes podridos, patas de gallo repletas de rímel reseco, el ojo izquierdo desfigurado en una caverna amoratada, los labios inflamados a francés y garrote. De no ser por sus pintas, en cualquier otro momento los ojos del chaval nunca se hubiesen posado en ella, pero para ser justos, Europa, la vieja, hacía unas mamadas extraordinarias. Él entornó sus párpados, abandonándose al júbilo de la imaginación y a ese felador deleite.

El instante crucial se aproximó. Sin embargo, el gacetillero, en vez de sentir el relajo liberado y el éxtasis, sintió la sequedad y el frío de algo punzante, apoyado y mancándole en sus testículos. De la navaja surgió un imperativo:

—¡Nene, aflójate la cartera! ¡Rapidito!

La sorpresa inicial dio paso a un acto instintivo, un codazo en los morros de ella, ya incorporada, que le rompió la nariz. La respuesta, un impulso voluntario que desgarró involuntariamente la bolsa de sus huevos, llenos e insatisfechos, ahora también doloridos, muy doloridos.

—¡Ves lo que me has hecho hacer, pánfilo!

Un hilillo de sangre bajó de la nariz de la agresora agredida, un mar rojo se pintó entre el pantalón y el asiento del conductor. El ensangrentado filo amenazó de súbito la yugular, desprevenida y latente. El chico, hoy ya hombre, se miró el descalabro de su entrepierna. El miedo y el estupor se reflejaron en su rostro, en sus gritos. Como pudo alcanzó la cartera. La sacó del bolsillo de atrás de los tejanos bajados que reposaban en la alfombrilla, rodeando sus tobillos como grilletes de tela.

Ella desplegó la cartera. Una foto de nupcias se cayó al abrirla. Se guardó el dinero en la faja:

—Ya verás cuando tu mujer se entere de que te lo gastas de putas.

—¡Vete a tomar por culo! —bramó él.

—Ni anal ni cosas raras, cariño.

Europa se rio, parecía no dolerle la nariz, parecía no sentir dolor por nada. No era la primera vez que se veía en esos trances.

—Me llevo el tabaco de la guantera también. El móvil te lo dejo, no quiero que te me desangres —agregó, jocosa.

Abrió la puerta y, pisando ya el cemento de la vasta avenida, su hogar, se giró a medias:

—Gracias por todo, cielo. Que te quede un buen reportaje.

—¡Puta Europa de mierda!

—Muy bien, chaval… Has captado el mensaje.

Europa fue raptada por sus demonios y por sus esbeltas piernas, que se perdieron presurosas entre los árboles del parque. La rumana advirtió el percal y huyó a la carrera, seguida de cerca por un oleaje de nalgas porteñas. Mientras, el joven periodista se aferró a su teléfono como un náufrago a su boya, y marcó el ciento doce.

Yovana Martínez Milián

Estados Unidos

Nació en Cuba en 1970. Es productora de televisión, guionista y escritora. Obtuvo la licenciatura en Dirección de los Medios de Comunicación en La Habana, Cuba. Se exilió en Florida en el 2000, donde ha trabajado desde entonces en diferentes canales hispanos de televisión y en producciones independientes para televisión.

Actualmente dirige su pequeña compañía: Cuban Artists Around The World (CAAW) que promociona, comercializa y distribuye la obra de artistas cubanos residentes fuera de la isla. Para esto está desarrollando sus dos proyectos adjuntos: CAAW Ediciones Erótika (editorial independiente con énfasis en la literatura erótica contemporánea) y Funcionarte (desarrolla y comercializa arte funcional para la casa, la oficina y la vida diaria).

En 2014 publicó el libro de relatos eróticos, "Exorcismo Final", que en la actualidad está en su segunda edición. Uno de los cuentos incluidos en este volumen, "Fotografía de encuentro", fue finalista de la I Edición del Concurso de Narrativa Erótica "Los Cuerpos del Deseo", e incluido en la Antología de Narrativa Erótica "Los Cuerpos del Deseo", (Neo Club Ediciones y Alexandria Library, 2012).

En este momento está terminando su segundo libro de cuentos eróticos, "Cuentos para lobos en noches de luna llena".

Deseos desmedidos

Tus ojos levantan oleadas de calor en mi piel, como si fuera una tormenta solar que va rodando centímetro a centímetro por mi epidermis, pero no me detengo, sencillamente no me detengo. Me encanta quemarme con tus ojos e imaginar que si me hacen una foto con esas cámaras de la NASA, podrán ver cómo suben olas naranjas de mi piel y explotan en burbujas chispeantes de altas temperaturas. Tus ojos me miran desde la puerta abierta, escaneando como un demente morboso cada curva. Mis curvas. Son solo segundos que tus ojos me escanean desde que abro la puerta hasta que me abrazas besándome, besándome, besándome.

«¡Tenía deseos de verte, demasiados deseos de verte!», me susurras en la lengua mientras me besas y me aprietas fuerte, bien fuerte en tu abrazo de oso pelúo. «¡Tenía deseos de verte!». Y yo también, porque esta ausencia ya me engarrotaba el alma. «¡Tenía deseos de verte!». Y me aprietas contra tu ingle, me aprietas fuerte por todos los días sin apretarme. Me aprietas besándome, besándome, besándome por todos los días ausente. Me aprietas las nalgas, las caderas, la cintura, los brazos, me aprietas con tus manos que nunca se cansan de apretarme, de tocarme, que nunca están quietas.

Tengo que cerrar la puerta de un golpe porque imagino veci-nos *voyeurs* tras cada ventana iluminada y no quiero compartirte, no esta noche. Está lloviendo, como siempre que vienes. Un aguacero mayamiero dejó la humedad en tu cuerpo excitándome más. Cierro la puerta de un golpe y, sin soltarnos, entramos apre-tados en el abrazo, besándonos. Tus manos, siempre intranquilas, me abren la bata. Como si fuera un telón, me abren la bata. Te detienes un segundo, un mínimo segundo para mirar mi desnudez bajo la bata roja. Un segundo y es como si verme desnuda te disparara las ganas al máximo. Me halas de un tirón contra ti, me besas con esos deseos de comerme que te entran, raspándome con tu barba a medio cortar y me tumbas en la escalera. Sin piedad me tumbas. En la escalera. Me tumbas.

Te sacas la ropa de un tirón como solo tú sabes hacer, besándome, besándome, besándome. Con tu lengua plena, ancha, que siempre está metida en mi boca. Tu lengua besándome. Chupando mi saliva como un poseso. «¡Tenía deseos de verte!», me dices con tu lengua besándome. La bata abierta sobre la escalera nos sirve de alfombra. Roja alfombra del deseo la bata abierta sobre la escalera. Sobre la bata, sobre la escalera, los dos desnudos apretados, abrazados. Besándome, besándome, besándome.

Agarras mis tetas con las dos manos. Las unes sin soltarlas y te metes los dos pezones en la boca, los dos a la vez. Unidas las tetas con tus dos manos sin soltarlas me comes los pezones, los chupas, los muerdes y tu cadera comienza a subir en velocidad de movimientos circulares. Siento tu pinga restregándose contra ese monte pelado que sé que morderás, porque te gusta morderlo. Siento tu pinga dura que roza mi clítoris por momentos y provoca escalofríos calientes en la vagina. Tu pinga restregándose contra mi monte y tus dos manos uniendo mis tetas en una sola mientras chupas los dos pezones sin soltarlas. Mi cabeza hacia atrás, recostada en un escalón sobre la bata roja. Los ojos cerrados, la boca abierta, la saliva inundándome la garganta y los gemidos estremeciéndome como si tuviera convulsiones.

Sueltas mis tetas y agarras mis dos muslos. Los abres de un golpe y miras mordiéndote la boca, riendo. Mis labios abiertos, la vagina mojada, el clítoris inflamado. Abierta. Miras mordiéndote la boca y te lanzas sin pensarlo. Te lanzas a morder la carne como un animal ansioso de sentir la sangre entre sus dientes, la sangre caliente rodar por tu garganta mientras destrozas la carne a dentelladas. Te lanzas y muerdes con deseos. Muerdes y pasas la lengua, muerdes y pasas la lengua, muerdes y pasas la lengua, muerdes y pasas la lengua hasta que te quedas pasando la lengua, pasando la lengua, pasando la lengua, pasando la lengua. La lengua que después se cuela completa por la vagina abierta y mojada. La lengua que rodea al clítoris y lo lame, lo lame, lo lame sin misericordia, sin piedad, infinitamente.

Abres los labios con tus dedos. El clítoris. La carne. Tu lengua. Siento que la oleada de calor penetra de mi piel hacia los tendones, los músculos, los huesos, las entrañas. La oleada de calor que prende fuego desde la punta de tu lengua hasta mi clítoris que bajo tu lengua no puede más y devuelve la oleada de calor en escalofríos-escalocalientes a la vagina. No puedo más. Con mi pie rozo tu pinga dura. Con los dedos de mi pie rozo tu pinga dura. Me detengo y regreso a rozar con los dedos de mi pie tu pinga dura. Tu pinga dura con los dedos de mi pie como si te masturbara suave. Tu lengua enloquece lamiendo mi clítoris. Tu lengua enloquece con los dedos de mi pie que roza tu pinga dura.

No puedo más y la oleada de calor retorna del clítoris a la punta de mi lengua. Revienta en un grito brutal mientras me vengo desbordada en tu boca que me chupa sin perdón. Mi vagina se desata en contracciones y se vuelve sensible al roce, tú lo sabes, y es el momento que aprovechas para abusar. Con tu boca mojada de mí me besas otra vez sin pausa mientras me metes la pinga con una mano. De un gesto rápido me metes la pinga con una mano. Mi vagina sensible se contrae y expande para recibirte. Me clavas contra un escalón, sobre la bata roja. Me clavas bien adentro mientras te agarras de la escalera para hacer palanca y meterte completo. Me clavas con esa pinga dura que siempre me toca no sé qué punto por allá adentro que borra mi memoria y me vuelve toda nervio. Me clavas besándome, besándome, besándome con la boca abierta, la lengua ancha y raspándome con tu barba a medio cortar.

No espero tu orden y te aprieto las nalgas contra mí, los hombros. Te aprieto. Te mueves como un endemoniado que tuviera agua bendita en la piel. Me abrazas fuerte y me clavas. Te aprieto sin esperar tu orden. Te aprieto. Y tu pinga taladra hasta el cerebro borrándome la memoria. Amnesiándome toda antes del apagón total. Me clavas y te aprieto. Los dos abrazados, sobre la bata roja, sobre la escalera. Mi vagina pierde la cordura en contracciones de sensibilidad post-orgásmica y siento que la oleada de calor regresa desde mis entrañas. Regresa y sale en otro grito brutal tras la venida que revienta por el clítoris, el estómago, la garganta, sobre tu grito y tu leche que se dispara hasta mi útero como una bala lanzada por un inmenso cañón.

«¡Oeeeeeee!». Tu voz me trae de vuelta. «¿Oeee qué se cuenta?», gritas. Tu voz me trae de vuelta y abro los ojos. Sentada en el sofá de mi casa, abro los ojos. Estas ahí, del otro lado del teléfono, lejos, mar por medio, y tu voz me trae de vuelta. Me levanto mientras te hablo y miro la escalera donde toco tu silueta fantasma acostada sobre mí y maldigo estos deseos desmedidos de tenerte. Tu voz me trae de vuelta y quiero contarte que hace un segundo, solo un segundo, mientras esperaba comunicarme, te soñé despierta. Soñé que llegabas de tu lejanía y me clavabas sobre la escalera bajo un aguacero de madrugada. Apretados los dos, besándonos. Quiero contarte, pero me enumeras las últimas noticias, los avances de tu gestión y de tus escritos, y termino dándote ánimo, escuchándote, preocupándome por ti, por tu salud, por tu escasa alimentación, por tu estrés. Hasta que nos despedimos nuevamente y me quedo sola en medio de mi casa, con tu voz en mi cabeza. Sentada en el sofá. Sola.

Siento que debí contártelo y maldigo estos deseos desmedidos por ti que no te cuento para que no te asustes, y mientras acaricio tu silueta fantasma sobre mí en la escalera, escucho. Afuera rompe un aguacero mayamiero, real, allá tú estabas sofocado por un sol implacable. Escucho y maldigo estos deseos desmedidos por ti que no te cuento. Sola en medio de mi casa con un aguacero real afuera. Sentada en el sofá. Sola. Estos deseos desmedidos por ti. No te cuento. No te asusto. No te asusto, no te cuento. Llueve deseos desmedidos.

Marco Montiel

México

Nací en la Ciudad de México hace 25 años, después de estar en la barriga de mi madre tan sólo siete meses. Mis padres me nombraron Marco Antonio Montiel Flores, me amaron y alimentaron con todo su corazón, así que por ese lado no tengo queja alguna. Poco a poco fui creciendo, con todas las travesuras que eso implica y con una muchachita diez meses menor que yo que se mantenía a mi lado, algunas veces como compinche y otras, he de confesarlo, como víctima: mi hermana. Años después nacería mi hermanito menor.

Luego de pocos años de libertad, me mandaron (sin consultarme) al Kínder. Ahí comenzó mi conflictiva relación con la escuela. A mí lo único que me importaba era jugar y besar a las niñas, no las matemáticas, la historia o las bolitas y palitos.

Salí de la Preparatoria y entré a estudiar la licenciatura en Antropología Social en la Escuela Nacional de Antropología e Historia. Concluí los estudios hace un año y actualmente me encuentro estudiando la licenciatura en Psicología en la Universidad Autónoma Metropolitana.

Tiene poco que comencé a escribir relatos, al principio me daba miedo mostrarlos, pero después de que uno de ellos fue publicado en una revista digital y tuvo buenos comentarios, me dije: «¡Tal vez sí se puede!», luego envié uno más a un concurso de una editorial en España y resulté seleccionado para publicación; ahí ya me alegré más, así que mandé dos relatos al Tercer Concurso Internacional de Relatos Pecaminosos y, para mi sorpresa, resulté finalista, lo cual, debo decirlo, me motiva a seguir escribiendo.

Desquiciado amor

El amor, el amor, el dulce amor, siempre causando problemas bárbaros y terribles ahí donde se para, ahí donde al nalgoncito de las flechitas y rizos dorados se le pega su regalada gana. Uno siempre tan tranquilo, con pilas de preocupaciones y angustias sobre la espalda, como todos, y de repente: «¡Carajo! ¡Qué mujer!». Lo peor de todo el asunto es que basta una sola mirada, una ligera sonrisa o un simple «buenos días» de aquellas encantadoras damas de vocecitas acarameladas, para caer en sus manos y perderlo todo tarde o temprano.

Y es que esto siempre es así viejo, en el amor no existe la mínima posibilidad de salir, ya no digamos victorioso, sino medianamente equilibrado de las siempre volátiles facultades mentales. Puedes jugar al poeta, o como diría mi abuela: «Hacerte el pendejo» todo lo que quieras, pero millones de hombres a lo largo de la historia comprueban lo que te estoy diciendo.

Si te cuento todo esto no creas que es para desanimarte, o que te lo pienses dos veces antes de meterte en esas turbulentas e inevitables aventuras. No, te lo platico porque justo en estos momentos de mi vida estoy atorado en las garras despiadadas del dichoso amor y sus embrujos. Digamos que es mi forma de "aliviar" mis penas.

La situación es que Alejandra, mi primera y única novia, ha decidido abandonarme a mi suerte después de tres meses de relación. Te juro que todavía no logro comprender por qué me dejó.

El día de la fatídica noticia, yo había planeado algo especial para mi amorcito porque cumplíamos un mes más de novios. Me levanté temprano, me bañé y acicalé como nunca, ya saben: desodorante, loción por aquí y por allá, saqué los zapatos de "ocasiones especiales", los lustré como Dios manda, me puse la camisa menos desgastada que tenía y el pantalón de vestir, que había lavado una noche antes, con el detergente ese de los ositos que te deja la ropa "¡fresca y perfumada en una sola lavada!", en fin, era yo un verdadero *dandi*, como los que aparecen en las portadas de los libros de superación personal con leyendas tipo *"¡Soy un optimista! ¡La vida me sonríe!"*. Fui a rogarle a mi madre que me prestara unos cuantos pesitos; ella como siempre, tumbada en el sofá, viendo su telenovela favorita.

—Madre, ¿serías tan amable de prestarme un poco de dinero? Es que voy a salir con Alejandra y ando un poco corto —le dije todo esto casi al borde del suplicio, pues bien sabía que mis posibilidades de sacarle un solo peso eran nulas.

—Y ahora tú, ¿por qué estás vestido *así*?

—¿Así cómo, madre?

—Pues *así*, como galán de barrio del siglo pasado —me dijo mientras se reía a carcajadas—. JA, JA, JA.

—¿Me vas a prestar dinero o no?

—¡JA, JA, JA! No tengo. Además no conozco a la tal Paulina, seguramente es una de las putas del tugurio ese donde iba tu padre, ya sabía yo que tarde o temprano serías como él: borracho, huevón y mujeriego…

—Se llama Alejandra, mamá, no Paulina.

—¡Me importa una chingada cómo se llame la zorra del prostíbulo! ¡Ya te dije que no tengo y no tengo! ¡Ahora lárgate y déjame ver la telenovela!

Como no me iba a marchar de ahí sin dinero, decidí robarlo del monedero que mi madre dejaba en la cocina para las compras. Salí de casa y caminé directo a la florería por unas frescas y perfumadas rosas para mi amada. En total tenía yo unos $275 pesos, entre lo que le había robado a la vieja y ahorros propios, además contaba con dos boletos del metro, ¡cielos, nunca había sido tan jodidamente rico!

Leí alguna vez en una revista de chismes y frivolidades lo que llamaban "La llave maestra para conquistar el corazón de una dama". La nota decía que las flores no podían faltar, además de una cena romántica en algún bonito y lujoso lugar con vino y serenata incluida. Yo ya llevaba las flores, pero no podía pagar una cena como esas con el dinero que tenía, salvo en un puesto de tacos y garnachas, pero eso seguro no me ayudaría mucho, así que por un momento me deprimí; después recordé al Greñas y al Pechugas, dos amigos míos del barrio que sabían tocar la guitarra y dije: «¡Tengo las flores, tengo la serenata, nada más paso a comprar unos chocolates, una botella de sidra y ya está!».

El Greñas y el Pechugas dijeron que ellos sólo tocaban *heavy metal* pero que seguro salía algo en el momento, así que nos dirigimos a la escuela para darle la sorpresa a mi dulce amor. Llegamos al salón de clases e irrumpimos en él con una canción improvisada por mis compinches que sólo decía: "*Amor, el amor uo-uo-uo*", mientras todos ahí se carcajeaban de mis sentimientos. En eso vi que Alejandra salió corriendo del salón con sus cosas, paré la serenata y fui tras ella, pero no pude ver adónde se fue, creí volverme loco al no encontrarla. De repente alguien tocó mi hombro. *¡Es ella!,* pensé, pero no era *ella* sino una de sus amigas, la Gabi, una muchacha gordita con voz gangosa que me odiaba a muerte, y que disfrutaba a más no poder mi desgracia.

—Alejandra me dijo que te diera esto y que la perdonaras —dijo con su voz gangosa y sonrisa sádica en el rostro. Me entregó un papel y se largó.

Leí la carta y no podía entender nada; ella me decía que ya no seguiría conmigo porque yo la "perturbaba emocionalmente", que necesitaba "tiempo y espacio". Salí de la apestosa escuela y corrí directamente a embriagarme de sidra barata con mis compadres de serenata a un parque. Pero ya saben, uno cuando está dolido por los latigazos despiadados del amor y borracho, comete más estupideces de las habituales, así que les dije:

—¡Un carajo! ¡Voy a ir a buscarla, cabrones! ¿Vienen conmigo o son putos?

—¡Vamos contigo! —respondieron.

Yo no sabía dónde vivía exactamente mi ex amor, sólo llevábamos tres meses y nunca me lo dijo, pero tenía una vaga noción del lugar en que podría encontrarla, y como estaba bajo la influencia del siempre fiel alcohol, me armé de valor. Pensaba que al verme recapacitaría y me diría: «Amor mío, he sido una estúpida al dejarte, no sé qué estaba pensando, por favor acéptame nuevamente contigo. Te amo». Fui por ella.

Llegué a la zona donde moraba la rompecorazones, pero cuando volteé para decirle a los músicos que se arrancaran con alguna de José Alfredo Jiménez, me di cuenta que ya no estaban, que los había perdido en el camino o sabrá Dios dónde. La calle para esas horas estaba más oscura que la cola de la gorda que me entregó la carta de rompimiento. La gente dormía plácidamente, lo cual me hizo enfurecer como león herido al pensar que Alejandra seguramente se encontraba soñando con tiernos borreguitos, mientras yo estaba afuera buscándola como imbécil, sin saber cuál de todas las malditas casas era la suya.

Di varias vueltas a la manzana gritando como loco: «¡Alejandra! ¡Te amo! ¡Sal! ¡Alejandra!», pero ella no aparecía por ningún lado, sólo escuchaba que me gritaban mentadas de madre. Después de una o dos horas, ya fatigado y borracho por unas cervezas que había comprado en el camino, me tumbé con resignación en una sucia banqueta. Merodeaba por ahí un perro flaco que buscaba algo para comer, el desgraciado me miraba con angustia y tristeza; al verlo, por un momento pensé que se trataba de un espejo y que el miserable perro era en realidad yo.

—Te dije, te dije desde el principio que no te enamoraras, pero no entendiste —le decía yo al *perro-yo* mientras le acercaba la botella para que bebiera—. ¡Mírate ahora cabrón, no eres más que una mierda de persona! ¡Un vagabundo!

—¡*Guau, guau!* —decía el *perro-yo* porque el *humano-yo* le jalaba la cola.

La deprimente plática se vio interrumpida por otro tipo, un borracho que intentaba entrar a una casa y no podía; me quedé observándolo y después de un rato, le grité: «¡Oye tú, compadre! ¿Gustas una cervecita?». Él se acercó hacia donde yo estaba, dijo algo de una mujer, abrió la cerveza ofrecida y bebió un largo trago, de esos de campeonato. Comenzamos a tomar juntos. Luego de que se acabaron mis cervezas él sacó una botella de alcohol del 96 y me la ofreció, yo para esos momentos estaba demasiado ebrio para pensar y mandé el maldito alcohol directito a mi barriga, ¡por los mil demonios que eso era poder puro!, sentía que me desgarraba la garganta y tuve miedo de que al llegar a mi estómago, no lo pudiera retener y, finalmente, me quemara el culo, pero eso no pasó y mi nuevo amigo y yo seguimos bebiendo como dos grandes camaradas de viejos tiempos. El *perro-yo* seguía dando lata con aquello de comer.

En el transcurso de la noche y la borrachera, el buen Pedro me contó que su mujer no lo dejó entrar a su casa porque llevaba algunas semanas de parranda y con mujeres de mala fama; su esposa había cambiado la cerradura de la puerta, por eso él no pudo abrir con su llave.

—Las mujeres no entienden nada, ellas nada más quieren dinero, ropa, y otra vez dinero y ropa. No dejan que uno se divierta un poco —me dijo Pedro—, sólo quieren que nos la pasemos trabajando como burros, pero cuando uno se va por ahí a liberarse de las tensiones, ellas pegan el grito y nos mandan a la chingada.

—¡Tienes toda la razón Pedrito! ¡Todita la razón! A mí me dejó mi novia que porque se siente "perturbada emocionalmente", dime, ¿qué pendejadas son esas?

—¡Te digo! ¡Te digo cabrón que ni ellas mismas se entienden! ¡Nada más les gusta jodernos la existencia! Pero, ¿sabes qué? ¡Que se vayan al carajo! ¡Salud!

Mi nuevo compadre y yo seguimos compartiendo nuestras amargas experiencias con las féminas, maldiciendo a todos los vientos y jurando venganza. Tomamos alcohol del 96 hasta vomitar, lloramos juntos, nos peleamos a golpes, luego nos dijimos que éramos hermanos, nos abrazamos y volvimos a llorar, chupamos alcohol como vampiros sedientos de sangre, cantamos por fin unas cuantas de José Alfredo mientras el pinche *perro-yo* aullaba, acompañándonos en nuestro dolor (a decir verdad creo que ya estaba algo borracho, porque lo vi comiendo el vómito), y así continuamos hasta quedar perdidamente dormidos en medio de la calle: el perro, Pedro y yo.

Por la mañana, los gritos de alguien me despertaron. Se trataba de una señora gorda que se dirigía a mí con groserías que hasta ese momento yo no conocía. Mientras maldecía con todo su ser, agitaba sus manos como una verdadera loca en medio de la calle. Yo tenía un horrible dolor de cabeza debido a la borrachera y sentía que la mujer me iba a reventar el cerebro con sus gritos. El estómago se me revolvió y vomité nuevamente. Después de eso me sentí mejor y me di cuenta de que la gorda no se dirigía a mí, sino a mi colega Pedro: ella era su esposa. El regañado donjuán seguía inconsciente por el alcohol, tal vez ya hasta estaba ciego o muerto por beber de esa forma y no respondía. Busqué con la mirada al *perro-yo* pero éste ya se había largado, luego volví a mirar a la mujer y noté que junto a ella se encontraba parada una muchachita que le decía con vergüenza: «¡Ya mamá! ¡Por favor, vámonos!». Se trataba de Alejandra. Por fin la había encontrado.

Flor Canosa

Argentina

Flor nació en Buenos Aires, Argentina, en octubre de 1978. Egresada de las carreras de Guión y Montaje de la ENERC (Escuela Nacional de Cine y Artes Audiovisuales) dependiente del INCAA, Flor se desempeña hace 12 años como Jefe de Trabajos Prácticos en el sector audiovisual del CePIA (Facultad de Ciencias Sociales de la Universidad de Buenos Aires). Trabajó como guionista para varios proyectos de diversos canales de televisión de Argentina y Latinoamérica y es la colaboradora autoral de la película independiente *Daemonium*. Ganó el Premio Equis de Novela Contemporánea en 2015 con su libro *"Lolas"*.

Eros y Tánatos

Yo no gozaba.

No gozaba con hombre ni con mujer.

Debía dejar de golpearme la cabeza contra los azulejos duros y blancos del baño y abandonar esa costumbre de implorarle a un Dios en el que no me permitieron creer en la infancia. Presentía que nada cambiaría, por más estudios científicos que leyera en Internet. Por más meditación, yoga, homeopatía o terapias lacanianas, freudianas, gestálticas. Para mi anorgasmia no existía el pensamiento mágico ni los placebos ni las drogas de diseño. No me despertaría una mañana y todo habría cambiado. La realidad es que durante la mitad de mi vida pensé que el sexo mediocre y la falta de orgasmos eran un castigo a algún mal comportamiento de la juventud, que quizás había comenzado a masturbarme demasiado temprano y sólo yo me conocía lo suficiente.

Comencé a masturbarme por insomnio y aburrimiento. Tendría unos once años. Por el cable pasaban una película erótica española y, por primera vez en mi vida, pude entrever de qué se trataba eso de una polla arremetiendo. Vi claramente los testículos golpeando y no podía creer que alguien hiciera eso frente a una cámara. Apenas rocé mi vulva con los dedos y ya estaba sacudiéndome en un espasmo. Aún hoy, más de veinte años después, invoco esas imágenes en los momentos en que no tengo porno a mano o simplemente necesito dormirme rápido. Recuerdo esa polla, no vista entera, sólo los huevos, y esa imagen tiene más erotismo que cualquier situación en la cual hubiese estado inmersa.

Buscando la piedra filosofal de los orgasmos, saltaba de hombre en hombre como esperando que alguno tuviese la llave de mi placer esquivo. Estuve a un ápice del sexo lésbico, pero no me atreví a avanzar, y ese material erótico de fantasía quedó en el disco rígido de las situaciones anheladas con las cuales contaba para mis autosatisfacciones. Pensando que quizás un solo hombre no me alcanzaba, decidí probar con dos o tres al día, o con dos o tres a la misma vez. La idea del *gang bang* es excitante pero incómoda y creo fervientemente que funciona sólo como una coreografía del cine para adultos. Sinceramente, yo no conseguía concentrarme mientras uno arremetía por detrás, mientras el otro me metía la verga en la boca, mientras me lamían las tetas. Todo se reducía a mis intentos de que mi cuerpo se acoplara a los deseos de alguno de los participantes. O de todos. Pero nunca a los míos.

Me separé demasiadas veces a los veinte años, quizás porque la anorgasmia me sacaba de quicio, y porque cada encuentro sexual dentro de la pareja se me antojaba un suplicio. A mediados de la veintena me resigné a mi suerte de frígida y decidí que peor que estar mal follada era estar sola. Lo único que esperaba era un para siempre, un compañero de vida, pues ya tenía mi para siempre de no gozar con nadie. Guardaba la secreta e infantil esperanza de que todo se tranquilizara en mi cuerpo cuando tuviera a mano ese para siempre tranquilo, a quien fingirle los orgasmos en la oreja como si viera llover.

Lo encontré y demoramos demasiado tiempo en tener nuestro primer encuentro sexual. Un mes. Durante ese mes creímos enamorarnos locamente y sus besos levantaban temperatura en mi entrepierna. Quizás la clave de mi placer, pensé, ilusa de mí, es la expectativa, es el roce adolescente. Pero no. Lo supe en cuanto me penetró y percibí que a sus dos arremetidas mi vagina estaba seca y fría. Entonces bajé la cabeza, resignada a mi sino y tuve mi para siempre, quien nunca supo que sus manos y su verga y su lengua no me provocaban siquiera cosquillas. Me hice adicta a masturbarme en la cama, a su lado, mientras él dormía el sueño de los justos. Yo contenía los espasmos para que él no lo notara. No sólo fingía orgasmos, sino también dolores de cabeza, cansancios, prohibiciones médicas. Rogaba que su eyaculación llegara pronto y no recuerdo que nunca me follara más de diez minutos, los más largos de mi vida.

Cuando el calendario me marcó que se acercaba el cambio de década y dejé de sentirme joven y bella y dejó de excitarme la masturbación a hurtadillas, ya era el momento del auge de las redes sociales y los sitios de citas tramposas. Volví a confiar como demente en que en la variedad estaba el gusto e inventaba citas inverosímiles en horarios no convencionales. Todo aquello que parecía excitarme acerca de lo prohibido, era apenas una ilusión. Rompí mi para siempre, desesperada por probar si el instante que tenía con un extraño era la clave. Más jóvenes, más viejos, más gordos. Grandes caballeros y grandes canallas. Puse mi sexo en sus manos, como si fuera una princesa esperando el beso que la despertara, pero sólo caía en un pozo abyecto, solitario, creyendo firmemente en que podía tapar el sol de mi insatisfacción con una mano.

Él fue otro manotazo de ahogado. Me aferré al borde de su bote para que no me llevara la tormenta. Decidí callar mis experimentos sexuales y demostrarle que podía ser la reina y la puta que todo hombre ambiciona. Me obsesioné con seducirlo y él cayó, demostrando una honrosa resistencia inicial.

Entonces sucedió. No la primera, ni la segunda, ni siquiera la tercera vez. En esas primeras tres citas sexuales, para él fui la ramera perfecta que logró arrancarle tres orgasmos sin tener yo ni un estremecimiento. Pero no lo supo hasta más adelante, hasta que me propuse un juego que me asqueó, al cual consentí, como accedí a casi todas las experiencias extremas de mi vida, buscando el vellocino de oro. Me miró a los ojos y me planteó las reglas con claridad de maestro.

Pasaron cinco años de aquel primer día y debo confesar, por única vez en mi vida en voz alta, que para mí no hay mejor sexo que el que parece una violación. Una violación consentida. Con una mirada que señala claramente hasta dónde y hasta cuándo.

Amo decirle que no haré lo que me pida, cerrar las piernas con fuerza y que me las abra de una bofetada.

Que me chupe intermitente, mirándome a los ojos; que me deje extasiada pero disconforme justo al borde del orgasmo para exigirme que no acabe hasta que él quiera. «¿Quieres más? No te lo daré, puta».

Que me penetre hasta el fondo, hasta donde duele y que me saque la verga de golpe justo cuando estoy a punto de pedirle más y más.

Que me gire como una muñeca, las manos inmovilizadas, mordiendo la almohada, con los ojos llenos de lágrimas.

Que me corra el rímel y me deforme el rostro mientras me habla despacito al oído y me exige que no acabe, que todavía no ha terminado conmigo.

Amo que me pida que me calle, que me grite, que me ahorque, que me ponga la funda de la almohada en la cabeza mientras me penetra indiscriminadamente. Amo morderle la polla cuando me la pone a la fuerza en la boca, cuando me provoca una arcada.

Amo todo aquello que pretendí odiar siempre. No cabía en mi alma la posibilidad de la violencia, pero no es violencia cuando lo pides, cuando las marcas son controladas, cuando hay una palabra segura y cuando los golpes son fingidos y las caricias son completamente honestas. Él corre mi silla para que me siente, abre todas las puertas para que pase y me susurra versos al oído. Pero cuando ambos decidimos que así será, soy su esclava, su puta inútil, soy muñeca de carne.

Amo todo eso porque después me follará lentamente, mirándome a los ojos y acariciándome. Porque me hace sentir una dama y una puta. Porque mi cuerpo es suyo, porque su cuerpo es mío. Porque podemos descubrir qué nos gusta, hasta dónde llegaremos. Porque las marcas que nos quedan no están sólo estampadas en la piel.

Lo amo sólo porque es con él. El príncipe de mi pensamiento mágico, el lustroso caballero poseedor de la llave de mis orgasmos. En sus cortas ausencias es el protagonista de mis fantasías, ya no aquel español de los huevos sin polla.

No soy una mujer golpeada, soy una mujer feliz. Y lo que tenemos va más allá de la literatura de pacotilla, de las modas sadomasoquistas o de las reivindicaciones contra la violencia de género. No es violencia de género que ese hombre me golpee y me folle hasta darme lo que ningún amor tranquilo ni salvaje me dio antes. No es violencia de género que me arranque tres orgasmos donde antes no había nada. No es violencia de género que yo le pida más y más y que haya logrado, con esa misma lengua, esas mismas manos y esa mismísima verga que hoy pueda gozar sin bofetadas. Hoy puedo gozar mientras pasa despacio sus dedos por mi pezón izquierdo y me murmura palabras sucias al oído en el idioma que se le antoje hablar en ese momento.

Ese hombre hoy es mi esposo, el padre de mis dos hijos, quien cocina la cena todas las noches. Ese hombre duerme a los niños y les cuenta alguna historia inventada y después se mete bajo la ducha largamente, mientras me desespero en la cama, esperándolo. Sale del baño tarareando, tranquilo, y cierra la puerta a su espalda. Yo no sé si vendrá un beso o un golpe, pero sé que lo que venga, me hará infinitamente feliz.

Álvaro Morales

Uruguay

Escribo desde los 13 años. Relatos de mi autoría han sido premiados en una veintena de antologías. Entre ellas: finalista en el IV Certamen de Relatos Breves de la Asociación Cultural "Las Alcublas" con un relato titulado "Alejandría"; accésit a mejor relato en lengua castellana en el VII Concurso de Microrelatos de Terror y Gore (2013), que organiza el Festival de Cine de Terror de Molins de Reis con un relato titulado "Niños"; seleccionado en la antología homenaje a Julio Cortázar de la editorial ArtGerust, con un microrrelato titulado "Espejo 10"; en el III Concurso de Terror ArtGerust, Homenaje a Edgar Allan Poe, con un relato titulado "Sótanos"; mención en el concurso "El saber no ocupa lugar", en Tala, Canelones, Uruguay, con el relato titulado "El zurdo Villalba"; finalista en el Concurso Literario Gonzalo Rojas Pizarro, en Chile, con el relato titulado "El juego de arena"; finalista en el I Certamen Mundial Excelencia Literaria 2015 en las categorías cuento, aforismo y ensayo; finalista del concurso Carbono Alterado que organiza en Montevideo MMEdiciones con el relato titulado "Regreso a Alba". Recientemente he publicado en dos revistas de ciencia ficción: la colombiana *Cosmocápsula*, y la argentina *Axxón*.

Cornudos

Hoy ha llegado a nuestra mesa de trabajo la estadística que marca la evidente protervia, el colmo del oprobio, traducido en números que pretenden revelar la realidad. El 78% de las mujeres casadas son infieles.

Lo que desconoce el autor del artículo (que de seguro es mujer y está abarcada dentro de la estadística) es que estos datos se traducen en otros datos. El 78% de los hombres casados son potenciales homicidas socialmente justificados. Si un hombre asesina a su mujer por serle infiel, y no cae en el exabrupto (exceso de llanto, infantilismo, suicidio) será detenido por la policía, cuyo cuerpo principal está compuesto en un 78% por policías cornudos; será juzgado por abogados cornudos, y al final, un juez con una gran ornamenta bicorne le ajustará la sentencia que el sistema entero considerará más adecuado. En otras palabras, un complejo sistema se activará para liberarlo. Existen penas menores que, como sea, permitirán que el individuo no pase más de cinco años detenido. El periodismo guampudo será reticente a las noticias derivadas de sucesos como estos, los jefes de programación cabrinos de los canales cuyos dueños hombres tal vez también sean cornudos, destacarán otro tipo de insucesos y dejarán los referidos a un ajusticiamiento para cuando los obligue el evidente escándalo público. Al reintegrarse a la sociedad guampuda, los diversos cornudos con los que se cruce le serán condescendientes, digamos el antiguo empleador, cornudo resignado, podría haberle aguardado el trabajo; el almacenero le fiará con guiños que traducen el dolor comprimido y la tácita comprensión; los vecinos del barrio rezongarán al que le llame asesino. Chsss, no es un asesino, sólo encontró a su mujer con otro. Ah, por eso la mató. Y comentarios por el estilo. El 78% de las mujeres casadas son infieles, revela el artículo en forma tan simpática. Pues el consecuente 78% de hombres cornudos se ha convertido en una masa inerte, un silencioso preámbulo del asesinato justificado.

***

M.M. despertó en una cama del hospital. Al instante rompió en llanto. Pensó en sacarse los tubos que le salían de los brazos, pero al sentirse peligrosamente mareado, se detuvo. Tenía un gran vendaje que le cubría la mitad izquierda de la cabeza. No era dolor lo que sentía, sino como si le estuviera por estallar el cráneo.

Una enfermera entró, lo vio, y volvió a salir apresurada, sin decirle una palabra.

Pasaron unos segundos y entró un policía. No parecía uno común, sendas canas poblaban su cabeza y su bigote. Emanaba un exagerado aire de autoridad.

M. lo miró y las lágrimas volvieron a rodar por sus mejillas.

—Lo… lo siento —dijo tartamudeando.

El policía se le acercó y le puso una mano en el hombro.

—Tranquilo, amigo. No lo sienta. Tranquilícese.

—Yo…

—Respire hondo. Tranquilícese.

Intentó obedecer. Poco a poco el ritmo de su respiración fue disminuyendo.

—Cuénteme qué le ha ocurrido.

—Bueno… pues… ¿No lo sabe?

—Me gustaría escucharlo de su propia boca.

—Entiendo…—dijo y respiró hondo.

—Tómese una pausa. No hay ningún apuro.

—Descubrí que mi mujer me engañaba —dijo de una y sintió que el llanto lo invadía.

—Tranquilo, tranquilo…—Le palpó el hombro el veterano policía.

—Bueno… Yo ya sospechaba algo del compañerito del gimnasio. Ella me había dicho que era *gay*, pero… ¿No es acaso lo que dicen siempre? Uno capta una pequeña sutileza y cuando insinúa algo, recibe respuestas disparatadas que por no pasar a mayores uno ignora. Hasta que el engaño se vuelve evidente.

—Lo entiendo perfectamente. Continúe.

—No hay mucho más que contar. Volví a casa ayer de noche. Le había leído los mensajes en el celular esa misma mañana, y me había pasado toda la tarde como sonámbulo en la oficina, intentando pensar una alternativa que no estuviera plagada de odio y que no implicara una desgracia. No la encontré. De modo que tomé mi arma y le metí dos tiros. Después me disparé a mí mismo en la cabeza. Durante un instante pensé que estaba muerto.

—Grave error. Si pensó, no estaba muerto…

—¿Cómo?

—Ya le he dicho que se tranquilice. Yo no soy un simple policía. Y no he venido a meterlo preso.

—¿Cómo dice?

—He venido para que hable con un amigo muy íntimo. ¿Está dispuesto a que le presente a este amigo?

M. afirmó con la cabeza y le dolieron todos los huesos.

El hombre salió de sala y a los pocos segundos volvió a entrar acompañado de otro. Vestía un elegante traje color oscuro, corbata roja sobre el cuello de una camisa celeste. Tenía el pelo peinado con una casi imperceptible capa de gomina.

—Buen día, M. —dijo sin mirarlo a la cara.

—Mi nombre es J.R.C., y soy juez del estado.

—¿Cómo?

—Eso —interrumpió el uniformado—. J.R. es juez y yo no soy policía, soy comisario.

—No entiendo… Me van a…

—Hemos venido a recordarle bien los hechos. Usted está muy confundido.

M. no respondió.

—Usted no mató a nadie, mi amigo —continuó el comisario.

—Pero yo…

—Usted entró a su casa y ahí había un ladrón.

—Yo… no estoy entendiendo.

—Ya va a entender. Por ahora limítese a eso. El suceso ya está en los noticieros. Un hombre, usted, llegó recién caída la noche a su casa procedente del trabajo. Allí encontró a un ladrón con quien entabló una lucha encarnizada. El resultado fatal fue que el delincuente le asestó dos sendos disparos a su señora, uno a usted, y luego entabló fuga, dejándolos a los dos por muertos sin robar nada.

—Pero eso no fue lo que…

—Fue exactamente lo que pasó —le interrumpió el juez.

—Si prende el televisor va a ver en todos los noticieros las entrevistas que ya les están haciendo a sus vecinos indignados —completó el comisario.

—Yo…

—Aún no entiende. Nosotros entendemos su odio, entendemos su indignación y su dolor.

M. pareció comprender súbitamente.

—No me diga que…

—Sí —lo interrumpió el juez—. Un juez del estado cornudo...

—Y un comisario con astas —completó el otro.

—Es increíble...

—Sí, lo sabemos.

—Ahora usted tranquilícese. Y mantenga la versión que le hemos dado. No se salga del libreto. Vendrá en unos minutos un secretario que le dará los detalles más mínimos de la declaración que deberá hacer entrada la tarde.

—Entiendo.

—Por ahora quédese tranquilo.

—Muy bien.

Los hombres amagaron en comenzar a salir de la habitación.

El comisario se detuvo.

—Dígame algo que me estoy olvidando...

—Lo escucho —dijo M. ya completamente despabilado.

—Sabemos el gimnasio al que iba su mujer, lo que no sabemos es el nombre del degenerado ese.

—Ah, el nombre.

—Sí, el nombre.

—Se lo digo. Anote... Se llama...

Rosa María Guijarro Paredes

España

Licenciada en Filosofía por la Universidad de Barcelona y Diplomada en Biblioteconomía y Documentación por la misma universidad, trabaja como bibliotecaria en una biblioteca pública en Barcelona. Ha cursado a lo largo del 2013, 2014 y 2015 algunos cursos de narrativa y relato corto, comenzando de esta manera su incursión en una de sus pasiones: la escritura. Publica un blog donde da rienda suelta a sus sueños mediante la palabra escrita: http://antesatardecer.blogspot.com.es

Su relato *"Ciro 2.0"* se encuentra en la selección de cuentos del I Concurso de relato corto de temática libre de zona ereader 2014, publicado por Wolder Electronics. Ha ganado el 3er premio (Viola), con el relato *"Borrados"* en el IV certamen dels Jocs Florals del barrio del Congrés-Els Indians de Barcelona en abril de 2015. El relato está publicado en la selección de textos premiados. En julio del 2015 le han seleccionado como finalista el relato *"Bookmark"* publicado en la antología "Sueños" de Ojos Verdes ediciones. También ha sido seleccionada como finalista con su relato *"Al otro lado del jardín"* en el XIII Concurso de Relato Corto y poesía Caños Dorados convocado por la Asociación Cultural Los Caños Dorados de Fernán Núñez de Córdoba (España) y publicado en su revista literaria en septiembre del 2015. Ha obtenido la 1ª mención especial por su relato *"Borrados"* en el III Certamen Carlinga de Relatos cortos de Ciencia Ficción de la editorial Carlinga (Sevilla) y será publicada en la antología del certamen en octubre, 2015.

A.V.E

Mario y Cristina se dan cita en un céntrico hotel de la capital. La consigna principal consiste en encontrarse directamente en la habitación, a oscuras y sin mediar palabra. Solo sus cuerpos se comunicarán mediante el único lenguaje que les es propio: el de la piel. Han acordado que nada más tenga cabida salvo la consumación de su propio deseo. Ni una vocal, ni un monosílabo. Todo oscuridad, solamente ellos.

Mario lleva un rato en la habitación, fue con tiempo suficiente para prepararlo todo. Ha sustraído las bombillas de las lámparas, sellado las persianas y desconectado el móvil para que ni la tenue luz de la pantalla pueda filtrar un gramo de claridad en la habitación.

Cuando llega la hora, Cristina abre la puerta tal y como habían quedado. Él la espera en el centro de la habitación con nerviosismo. Ella camina poco a poco hasta encontrarse con él. Ahora, ya muy cerca el uno del otro, alargan sus brazos hasta tocarse. Primero llega él, que con delicado asombro recorre con su índice el rostro de Cristina. Es tal y como se lo había imaginado, de anchos y angulosos pómulos, mentón respingón y piel de melocotón. Ella hace lo mismo y se encuentra con los detalles que él le advirtió: una barba espesa que recorre con sus dedos para luego abrirse paso entre su pelo ensortijado. Él es el primero en lanzarse para ir más allá y empieza a reseguir con la yema de su índice la delgada línea que separa el cuello de su espalda. Los dedos responden a la suavidad del tacto hundiéndose en la carne y caminando poco a poco hacia la espina dorsal como único sendero a seguir. Mientras tanto, el tejido del vestido cede ante su tacto y él se adentra en la curva cóncava de su cóccix. En ese momento Cristina le frena con un ligero respingo, arrugando ligeramente la nariz (como si el olor que desprende Mario le hubiera llamado la atención). Mario atiende a la señal como un sutil rechazo y se preocupa pensando que quizá Cristina no quiera seguir jugando con sus reglas. Pero el gesto de ella es tan solo un delicado toma y daca para abrirse paso. Parece que el tacto de Mario sobre su piel y el olor que éste desprende ha logrado excitarla antes de lo esperado. Los meses tras la pantalla del ordenador esperando el ansiado encuentro han conseguido que la temperatura ascienda precozmente. Mario no acaba de creérselo, la mujer que lleva deseando durante meses, protegido por la red, le reclama y se deja hacer sin pensar en las consecuencias que cualquier fallo podría originar. Cristina sigue rozándose cuando su mano desciende hacia la entrepierna de Mario y encuentra el regalo que lleva tanto tiempo esperando. La recepción de la mano de Cristina es recibida con satisfacción. Mario está en la cumbre de su excitación y no aguanta más, la desea allí, ahora mismo.

Ambos se entregan de inmediato, no hay tiempo para preámbulos, la piel manda y durante los siguientes siete minutos no hay tiempo para el erotismo y la insinuación.

En la oscuridad de la habitación durante esos breves instantes solo se escuchan dos cuerpos húmedos en simbiosis. Cuando ambos llegan al merecido éxtasis y yacen en el suelo el uno junto al otro, Cristina rompe la primera regla y emite una palabra tras otra construyendo la temida frase que Mario no desea escuchar:

—¿Por qué no encendemos la luz?

Mario había sido muy preciso en sus instrucciones: no encender la luz, no hablar y solo tocarse lo justo hasta excitarse. Después, por más doloroso que pudiera parecer, despedirse de igual modo. Pero Cristina parece no estar de acuerdo aunque él insiste en su decisión y no contesta. Se viste, recoge sus cosas y abre la puerta para salir sin decir adiós.

Cristina, ahora ya sola en la habitación, busca con desespero el interruptor y cuando lo prende advierte con desilusión que Mario hablaba muy en serio, ni tan solo ha dejado una bombilla.

Corre hacia la puerta con la esperanza de encontrar luz en el pasillo y con suerte alcanzar a verlo, pero Mario ha calculado hasta el último detalle, tampoco hay luz. Cristina está a punto de salir corriendo con el único objetivo de ver a Mario cuando advierte que todavía no se ha vestido. Entra a toda prisa en la habitación se viste con la mayor rapidez de la que es capaz y sale de allí a toda prisa. Pero por más que corre, por más que pone todo su empeño en reencontrarse con él en la puerta del hotel: nada. La Gran Vía a estas horas es un hervidero humano, el hábitat perfecto para aquél que desea pasar desapercibido.

Cristina, cansada y resignada, alza el brazo para pedir un taxi y en menos de un minuto para ante sí uno. Piensa en la suerte que ha tenido de encontrar uno libre un viernes noche a esas horas y en plena Gran Vía. El taxista le pregunta que a dónde la lleva, y Cristina contesta que a Atocha, que tiene prisa y que teme perder el A.V.E que sale dentro de veinte minutos. El taxista asiente mientras la observa con detenimiento por el retrovisor. La mira mientras piensa que en su imaginación no la podría haber creado más perfecta de lo que ya era. Cristina está sentada en el asiento trasero de su taxi, todo su plan estaba saliendo perfecto. La mujer con la cual acababa de consumar su sueño en la oscura habitación de hotel, descansa ahora sentada a escasos centímetros de él nuevamente. Poder escuchar su voz y observarla, ahora sí, es la total sublimación de su deseo. La acompañará hasta Atocha, mientras tanto la seguirá observando sin ningún disimulo mediante el retrovisor, tiene total impunidad. Después de aquello no volverá a verla, tampoco chateará de nuevo con ella, es el fin y es el principio, no necesita más.

Mientras tanto en el asiento trasero, Cristina se sumerge en el vacío, explorándolo tras lo ocurrido no hace ni tan solo una hora en aquella habitación de hotel. Se siente además sucia por haber disfrutado con un desconocido. Saca las gafas del bolso a la vez que arruga levemente la nariz como en un acto reflejo movido por algo que no acaba de entender. A pesar de que la sensación de extrañeza persiste no puede evitar esgrimir una sonrisa de picardía en sus labios. Quizá al darse cuenta de que algo ha irrumpido en su monótona vida y se sorprende a sí misma pensando en encender de nuevo el ordenador cuando llegue a Barcelona. No importa si no habla más con Mario; otros llegarán.

Continúa el recorrido por las céntricas calles de Madrid. Mario observándola tras el espejo y Cristina sumida en sus pensamientos.

Mario aparca delante de la estación y le indica a Cristina el importe a abonar. Ella paga y sale del taxi con paso firme y seguro, moviendo las caderas al ritmo de sus tacones.

Por un momento frena el paso antes de entrar en la estación y simula un intento por girarse hacia el taxi, pero no lo hace. Mario la sigue observando aliviado, no hay peligro, la ve alejarse.

Él suspira mientras piensa en cuanto le gusta su nueva vida y en las ganas que tiene que llegue la medianoche para volver a casa y encender el ordenador. Mientras tanto, en la otra salida de la estación, un chico joven con una bicicleta plegable de color azul alza el brazo solicitando un taxi. Mario arranca y se dispone a atender la solicitud de su nuevo cliente cuando de improviso suena un bip en su teléfono móvil. Coge el teléfono de la guantera, es un mensaje, lo lee:

"Me ha gustado el paseo nocturno en taxi, gracias, Cristina".

Mario reflexiona y piensa en qué ha podido fallar para que Cristina le reconozca.

Recibe un nuevo mensaje y se dispone a leerlo:

"Hay olores inconfundibles... deberías haber pensado en ello... A pesar de todo, me ha gustado la puesta en escena. Gracias. Adiós. Cristina".

J.L. Muñoz de Baena Simón

España

José Luis Muñoz de Baena Simón, de Madrid, es profesor de Filosofía del Derecho en la UNED. Autor y coautor de una treintena de artículos, manuales, monografías, ediciones críticas y traducciones sobre temas de su especialidad. Autor de dos novelas, *La mancha mongola* (Libertarias, 2010) y *Donde negro es el color*, dos novelas cortas, *El diario de Esteban Munguía* y *Todos los gusanos del mundo*, y noventa y cinco relatos cortos y microrrelatos. Es también ganador de varios concursos literarios, autor de varios textos sobre cine publicados por la editorial Tirant lo Blanc y autor de un libro sobre Kurosawa, de próxima publicación.

El ídolo

El ídolo (maya o incaico; Cid no lo recordaba con exactitud y además siempre había confundido esos términos) representaba una figura humana en cuclillas, con la boca desaforadamente abierta en un gesto que podía haber sido pensado por su autor como dramático u obsceno, quizá simplemente risible. Nada pudo aclararle el comerciante que se lo malvendió, un chino que hablaba un castellano atroz y parecía acuciado por cerrar la operación. El falo de la figura era monstruoso: un apéndice grotescamente elongado, de hostil rectitud, que el paso del tiempo había respetado íntegro. La peana en la que el glande descansaba parecía haber ayudado a ese obsceno prodigio que, según explicó el oriental guiñándole un ojo, aseguraba al propietario buena suerte y éxito con las mujeres. El precio era altísimo, pero su asesor le había dicho que valía mucho más y que sólo la premura del viejo por cerrar la operación explicaba esa torpeza.

Cid, nuevo rico sin interés por el arte, había adquirido la figurita como una mera inversión, sin tener en cuenta su presumible valor arqueológico. De vuelta a casa, se extrañó ante la impericia con que habían sido marcados los orificios corporales de la figura, desmesuradamente abiertos: las cuencas sin ojos, el ombligo, el ano, las orejas de lóbulos quebrados. Sólo las manos, apoyadas sobre las rodillas, las piernas cortas y abiertas, habían merecido una cierta atención del modelador. Cansado de mirarlo, decidió salir a dar un paseo.

Las aventuras nocturnas de Cid acostumbraban a ser patéticas, pero su determinación de proseguirlas siempre podía más que los fracasos. Esa noche, las cosas le fueron mejor que de costumbre. Conoció a una muchacha y la invitó a cenar en un restaurante de moda, donde estuvo brillante en la conversación, resuelto pero a la vez galante y respetuoso. De madrugada fueron a su casa, donde pasaron la noche. Comprobó, con asombro, que sus cualidades como amante se habían multiplicado hasta rozar el prodigio. La chica, igualmente asombrada, le solicitó otro encuentro, pero él, temeroso de no ser capaz de repetir la proeza, resolvió diferirla pretextando un viaje impostergable.

A la mañana siguiente, tras la marcha de ella, examinó con detenimiento el ídolo; lo encontró cercano, familiar, como si su sola presencia le transmitiera una energía desconocida. Quizá fuese verdad que traía suerte, quizá no. Pero prefería creerlo, nada iba a perder con ello. Cid era tan escéptico, que estaba en condiciones de creer cualquier cosa.

Durante las próximas semanas, su suerte continuó: todo tipo de mujeres caían rendidas ante sus dotes amatorias. Ansioso de resarcirse de muchos fracasos y humillaciones, se comportó con altivez. Nunca repetía una cita; cuantas mujeres intentaron repetir la experiencia fueron rechazadas. La ciudad era enorme y el número de chicas disponibles se le antojaba eterno, como una tropa de ninfas disputándose sus favores, su petulancia, su inaplazable desdén. Ni siquiera las noches sin dormir lo retraían de ese vicio, cuyo mayor encanto era su absoluta gratuidad: sin pactos con el diablo, sin fecha de caducidad ni concesiones de ningún tipo. Se preguntó cuántos habrían poseído el ídolo durante todos esos siglos, cuántos afortunados habrían hecho suya esa sensación de victoria que parecía no tener fin.

Una noche de sábado, se notó cansado. Bebió más de lo habitual intentando entonarse, pero su ánimo estaba bajo y el ingenio no acudía a la cita. Rechazado por varias mujeres, pero decidido a no rendirse, siguió intentándolo de bar en bar hasta acabar en la zona más peligrosa de la ciudad, donde una mujer enorme y desgarbada, de facciones rudas y pelo rubio platino, se le insinuó con torpeza. Eran las tres de la madrugada y Cid, completamente borracho, pensó que ese rostro velado por la bruma era más agradable que el del fracaso. Tomaron un taxi, que los dejó en su casa.

Se acariciaron en el sofá durante varios minutos que encontró interminables. Al descubrir que no sentía nada, toda su seguridad se trocó en miedo. Para colmo de males la mujer, muy excitada, se mostraba impaciente. Con el fin de ganar tiempo, le rogó que le esperara en el dormitorio. Fue al salón a buscar el ídolo, pero no estaba allí. Tras revolver la casa, lo halló en el desván, junto a una nota de la asistenta rogándole que la disculpara por haber roto la estatuilla y por no haberse decidido a pegarla.

Invadido de pánico, Cid miró la figura de barro en cuclillas: el miembro se había roto por la base y la mujer, temiendo que se perdiera, lo había apoyado en la parte trasera de la peana, encajando su extremo en el orificio anal de la figura, entre las piernas separadas. Intentó sacarlo de allí, pero estaba demasiado ebrio y temió estropear más las cosas.

Regresó al dormitorio de pésimo humor. La mujer, que le esperaba bajo las sábanas sin peluca ni maquillaje, escuchó en silencio sus palabras desabridas invitándola a marcharse antes de comenzar a hablarle con una voz susurrante, extrañamente grave, llamándole con un diminutivo de animal en el que fue incapaz de reconocerse. Presa de una terrible certeza, Cid apartó a un lado la sábana. Apenas alcanzó a entrever, con asombro, el tono azulado de las mandíbulas, los enormes pies, las manos fuertes que lo asían con brutalidad para inmovilizarlo boca abajo; la larga sombra recortada contra la claridad de las sábanas, que buscaba su zaga con deseo ya impostergable. Incapaz de resistirse, se limitó a desear que todo acabara lo antes posible y a maldecir hasta la extenuación a su asistenta y a los aztecas, mayas, hotentotes o lo que fueran.

Roberto Migoya

España

Roberto Migoya Ramos —1976, Ponferrada (León)— es un español que comenzó su viaje con la escritura muchos años después de licenciarse, con mediocridad, en la carrera universitaria de Historia del Arte. Aquella facultad de Filosofía y Letras de la Universidad de León bien podría haberse llamado de Noche y Bares para su caso, no obstante, hoy cuenta con la satisfacción de haber publicado más de una quincena de obras en distintas editoriales y las demás plataformas literarias que han creído en su valía. Entre estas historias, por publicitar algunas, se encuentran: "La juventud sufrida" y "El rey David" (Ed. Evohé); "Adicción", "EStrAÑA" y "Matemática para iniciados" (Ed. Orola); "Mirando hacia abajo" y "A un tiro de piedra" (Ed. de Letras); "En la gruta del rey de la montaña" (Tercer puesto en la Semana de Novela Histórica de Quintanar del Rey). Y, cómo no, los tres relatos pecaminosos que Pukiyari Editores ha tenido la generosidad de mostrar al mundo: "Juguetes rotos" (2014), "Hijas de Lesbos" (2015) y "Europa" (2015).

.

Hijas de Lesbos

La primera vez que fui de putas me sentí nerviosa, ilusionada. Un pueblo pequeño, una sociedad machista en la cual yo era el bicho raro que debía esconderse. Me negué. Me atreví. Saqué arrestos de donde solo había prejuicios. La valentía era el arma del cambio. Exigí mi derecho a ser igual que los demás. La primera vez que fui de putas se obró el milagro.

Me gustaba salir. Beber. Colocarme con los amigos. Divertirme y explorar los límites. Destrozar esa idea de futuro preconcebido para una chica bien de clase media. No deseaba maridos, ni niños, ni una polla lacerando mi coño insensible al macho. Necesitaba leer, precisaba una buena peli de vez en cuando, música a todas horas. Y escribir. Y vivir. Mi coño ansiaba una lengua, unos dedos femeninos que lo humedeciesen. Embriagarme. Embriagarme para saciar aquella sequedad que me estaba volviendo loca. Mi madre me acusaba de alcoholismo. Me juzgaba. Me condenaba al eterno *Qué dirán*. Mi madre decía: «Bebes como un hombre». Mal. Mi madre era la loca.

Deambulé por las calles a altas horas de la madrugada. Solía hacerlo a menudo. Adoraba aquellos excesos bajo las sombras titilantes de las farolas, las siluetas de los trémulos amantes recortadas contra la pared de un sombrío portal. Nunca tuve miedo. Nunca me sucedió nada que yo no provocase *a priori*. En una ocasión, amparada por la oscuridad de un túnel desierto, camelé a un desconocido. Le chupé su verga bajo las vías del ferrocarril. Un trozo de carne sin sabor, una leche agria y un par de espasmos ajenos. Hice feliz al tipo, lo recordaría toda su vida. Exageraría la anécdota en cada timba con los amigotes. Yo no me conmoví ni un átomo. Deambulé aquella noche como ésta, como tantas otras.

En busca de novedad, en busca de una madurez libertina que no daba llegada.

Había trasegado más de la cuenta. Mis compañeros de jarana se habían ido o estaban despejando la moña en algún rincón privado. En cierto modo los envidiaba. Lo tenían todo tan claro, se hacían tan pocas preguntas. Busqué mis propias respuestas. No las encontré en los despojos de la fiesta. No las encontré en los babosos que perseguían mi contoneo instigador, mis largas piernas y la imperiosa obligación de demostrar esa masculinidad estúpida a sus diminutas mentes. No las encontré en las frígidas hembras que volvían a la seguridad de sus armarios, a la seguridad de unas vidas cercadas por la costumbre y el tedio. Al contrario, hallé una salida donde menos pensaba. Allí estaba, delante de mis ojos. El repartidor había dejado el diario de la mañana sobre el mismo escalón donde yo descansaba la curda.

Abrí las páginas por la mitad. Leí por mero instinto, sin curiosidad. Noticias sobre la zona, noticias que hablaban de política, economía y crisis. Fotos de maleantes con sus trajes de hombres serios, fotos de accidentes y otras penurias. Todo, siniestros sin diestros. Había mucha incitación al miedo, mucho conservadurismo, detrás de las opiniones de los columnistas. El enfoque se intuía interesado, podrido. Mentiras envueltas en un lazo lírico. No había nada en aquel periódico local que pudiese llamar mi atención, o eso creí. Pasé las necrológicas con algo de *yuyu* y llegué a los anuncios. Pisos, alquileres, coches, compraventas varias, etcétera, etcétera. Relax. Centré la vista, leí detenidamente. Al fin una cosa de mi agrado.

"Francés, cubana, coreano y griego. Francés natural, francés hasta el final. Trago esperma. Jovencita, madurita. Ciento veinte de pecho, setenta de cintura. Colombiana, búlgara, española y japonesa. Hago de todo. Lluvia dorada, sumisa. Soy tu perra, conviérteme en tu esclava. Solterona. Estudiantes. Servicios a domicilio, oferta fin de semana. Casada, viuda. Veinte euros, mamada; completo, cuarenta. Gay pasivo. Gay activo. Gay para chicos".

Un mercado de cuerpos destinado a varones, un universo *homo* en su definición latina. ¿Dónde estaba lo mío? ¿Dónde hostias se escondía el auténtico significado de raíces helenas? No había nada nuevo en el reverso de la carne, prostitución clandestina de orientaciones misóginas. No quise creerlo. Probé.

Arranqué la página de contactos. Memoricé uno de los anuncios. Me fui a la cabina más cercana. Un teléfono incrustado en la fachada de correos, abierto al exterior, tenía una visera de plástico transparente como único adorno. ¡Qué soplapollez!

Dos críos borrachos me subieron la falda mientras rebuscaba monedas en mi bolso. No sabía de dónde habían salido. Pasé de ellos. Por mí como si se pajeaban allí mismo. Restregaron sus pichas flácidas por mis muslos, por mis glúteos. El más valiente se atrevió a separarme el tanga. Me giré enojada. Balbucí algún insulto. Se dieron a la fuga tras el tercer improperio desmesurado. Huyeron como las ratas que eran. Vomité una amenaza a su espalda. Niñatos de mierda.

Cogí el recorte. Lo planté al lado de los botones. Marqué. Un tono, dos. Seis. Iba a colgar y…

—¿Sí?

—Llamo por el anuncio del periódico…

—Dime, mi amor.

—Me gustaría verte.

—Calle Las Acacias, número trece, cuarto izquierda. Treinta euros.

—Eh, vale.

—…

¡Ya estaba! ¿Eso era todo? ¿Así de fácil? El mundo era una jodida jaula demente.

Acacias, trece, cuarto I. Lo tenía. Me había acordado. Lo apunté por si acaso. Di un buen lingotazo a la petaca para insuflarme valor. Me ardieron las tripas. Caminé hacia el barrio de las flores, no estaba muy lejos de allí.

Iba más excitada cuanto más me acercaba a mi destino. Noté los pezones duros dentro de mi vestido entallado. Los vi abultarse en la licra ceñida, nunca usaba sostén. Los palpé y percibí una descarga de placer. No fue por el frío, aquél estaba siendo un tórrido verano, mi cuerpo reaccionaba por la tensión previa al éxtasis. Una buena señal.

Llegué a la dirección. Comprobé el número sobre la puerta. Miré hacia los lados. Ni un alma en la calle, ningún fisgón asomando su ridícula moralidad entre las cortinas de las viviendas superiores. Cuarto I. Timbré en el portero automático. La entrada se abrió con un chasquido mecánico. Empujé ansiosa.

El portal estaba fresco. Yo bufé. El pecho se me inflamó por la rápida respiración, por el apetito. Los pezones enhiestos subieron y bajaron. El cambio de temperatura no les había ayudado a relajarse. Pulsé el botón del ascensor. Me tembló la mano, me flojearon las rodillas. El maldito aparato no funcionaba, con los nervios ni me había dado cuenta del cartel pegado a la puerta: *"Averiado"*. Cuatro pisos. Tocaba gambear. Me quité los zapatos de tacón.

Pateé aquellos peldaños. La escalera olía a cerrado y a fritanga. Recuperé el aliento en el segundo. Tenía que dejar de fumar. El rozamiento del muslamen, unido a mi agitación interior, me había producido una especie de pasmo. Manoseé mi entrepierna. Acaricié las minúsculas braguitas. Tapaban lo justo, pero no impedían que el flujo viscoso resbalara ya por mis ingles rasuradas. Estaba cachonda como una perra. Apreté el paso.

El lugar: cuarto izquierda. El din-don del timbre aceleró mi ritmo cardíaco. Mi corazón estalló como el motor de un bólido. Oí pisadas del otro lado de la puerta. Mis sienes: pum, pum. Oí a mi cordura diciéndome: *Lárgate a toda pastilla*. No lo hice.

La puerta se entreabrió. La cadena de seguridad me dejó ver media cara amigable. Un semblante de mujer atractivo, maduro e inexpresivo. Iluminó sus pupilas al verme. Un brillo furtivo que solo reconocíamos las nacidas en Lesbos.

—Buenas noches —dije.

—Hola —una voz cordial pero ruda, tabaquismo añejo—. Entra, encanto.

Descorrió el pasador. Avancé hacia adentro. Se hizo a un lado educadamente. Me comió con la mirada. La licra insinuante de mi vestido color pistacho nunca pasaba desapercibida. Me encantaba provocar, me encantaba que las personas ardiesen al descubrir ese desnudo velado. Yo le eché un vistazo al entrar: camisón de muselina, lencería negra de puntilla, tetas bien puestas, con las copas firmes y un profundo canalillo, cabello castaño mal peinado, desgreñado, apelmazado por horas de cama, rasgos eslavos en su tez, barbilla pronunciada, nariz picuda, delgada, ojos hundidos y pequeños, verde oceánico, misteriosos y lascivos, amplias caderas, vientre plano, cicatriz de cesárea, estrías en sus perniles correctamente torneados, gemelos finos, tobillos a juego, pantuflas de pompón plumífero. Cuarenta y cinco tacos al menos. Me sacaba toda una adolescencia. Aspiré su esencia de jazmín y sexo reciente. Percibí un pinchazo en mi clítoris. No estaba nada mal.

—Al fondo a la derecha. —Me señaló.

Agradecí la indicación, el interior estaba prácticamente a oscuras. Progresé por la caverna. Anduve despacio, masticando los detalles. Un piso enorme y taciturno, vacío de enseres superfluos. Al final del pasillo se intuía una luz tenue, rojiza. Era fácil, el resto de las habitaciones permanecían cerradas.

El dormitorio mezclaba tintes *kitsch* con la herencia ornamental franquista. Parecía un decorado de Lynch. Una cama imponente con el recio cabecero de madera, cubierta por una colcha roja aterciopelada. Dos mesitas a los lados con sendas lámparas irradiando carmín. Moqueta para el suelo. El granate original se había desvaído por el uso. En un lateral, un inmenso tapiz con una escena de caza ocupaba gran parte del muro. Una cómoda de barniz gastado presidía los pies del camastro. No había armario, lo cual encontré muy apropiado. El cuarto disponía de un baño particular. Se podía ver la luz encendida a través de las rendijas de la puerta.

La mujer, a mi espalda, me sujetó el brazo. Me estremecí. Los poros como puños apretujados. El vello disparado al techo, donde una ennegrecida bombilla se había fundido de risa.

—Tranquila —dijo la dama, ronqueando, afable—. Solo quiero que me acompañes al servicio... Tenemos que lavarnos antes, es por simple precaución.

La seguí. Aquel aseo no era lo bastante grande para ambas. Me senté a esperar sobre la tapa del váter. Ella fue la primera. Únicamente se quitó las bragas. Admiré la naturalidad con que lo hizo. Me mostró su monte de Venus pelado de vegetación y una mueca juguetona. Abrió el grifo del bidé. Se remangó el camisón y lo sujetó con el codo izquierdo. Remojó su raja imberbe en el agua caliente. Se secó con una toallita y, luego, dejó caer lentamente el resto de su ropa. No perdí detalle de todo el proceso.

Mi turno. Me desnudó como si fuese su muñequita. Yo me dejé hacer. Era un pelele entre sus hábiles manos. Me colocó sentada de cara a la pared. La loza aún conservaba su calor, el agua quemaba tanto como mi coño. Ella se agachó a mi espalda con una esponja. Lavó mi conejo con extremo cuidado, con ternura incluso, pero sin olvidarse de la verdadera finalidad, frotando a conciencia todos los pliegues de mi vagina, de mi ano. Me enjabonó primero y acto seguido me aclaró. Me secó con la misma toallita. Sus senos rozaron mis hombros con cada movimiento. Piel contra piel. Sensualidad contra timidez. Por aquel entonces, yo ya estaba poseída por una excitación imparable. Y lo que más me excitaba era la parquedad de nuestra conversación. Ni una palabra, ni una queja, ningún permiso dubitativo, solo expertas maniobras y el morbo por amante silencioso.

Me dio una palmadita cariñosa en la nuca y yo me levanté. Nuestros pechos se rozaron en el impulso. Los míos, dos conos diminutos que se curvaban hacia arriba; los suyos, exuberantes peras de areolas colosales, resistiendo *contra natura* la gravedad de su túrgida robustez. Sonreímos por el contacto. Su melena se escarchaba en dos desde la raya, le bajaba por la espalda; la mía no alcanzaba a cubrir el cuello, negra, con flequillo. Yo era más joven, más enjuta y le sacaba unos centímetros. Ella conservaba un tipo envidiable y le sobraba experiencia. Por primera vez, nos miramos directamente. Me fijé en sus rasgos con detenimiento. Tenía bolsas bajo los ojos y unas cuantas pecas en la nariz y las mejillas. Pequeños trazos que siempre me habían atraído sobremanera en una mujer. Antes de abandonar el baño, me ofreció su perfume. Negué con la cabeza. No quería su fragancia, no quería romper aquel hechizo seductor.

De vuelta en el dormitorio, me tumbé sobre el colchón tras su ruego cortés. Ella se quedó en pie, observándome. Se toqueteó *ahí abajo*. Separó los labios con el índice y el corazón. Permaneció contemplando mi inofensiva desnudez. Hice lo propio. Busqué la tilde de mi G con las yemas. Un puntito blanquecino apareció en la boca de su agujero. Suspiró. Yo tenía la vulva calcinada, empapada, el botoncito inflamado, todo mi bajo vientre en plena ebullición. Tuve que separar las piernas para no abrasarme. No aguantaba más. Supliqué con la mirada. Soplé angustiada. Abrí los brazos invocando su presencia. Ella se apiadó. Y, suavemente, se recostó sobre mi cuerpo sudoroso.

Su lengua localizó guaridas desconocidas en mi dermis. Despertó duendes erógenos que habían dormido en mi piel desde tiempos remotos. Me chupó *ahí abajo* como si fuese el último helado de la Tierra. Y luego, sus dedos. Sus dedos más largos atravesando mi tsunami vaginal; el pulgar, surfeando la cresta de la gran ola. Ronroneé como un gatito panza arriba. Ella apuró el ritmo. Mordisqueó la cima de mis pechos. Me lamió el costado. Mis pelos como escarpias, las falanges de los pies contraídas. Aferré aquella colcha del infierno. Me la llevé a la boca para no gritar. Ella introdujo más dedos en mi lúbrica cavidad, incluido el travieso pulgar. Mi coño estaba tan encharcado que daba la impresión de poder engullirlo todo. Ya no me pude contener. Emití un aullido. Sobrevolé y aterricé cinco veces en Ciudad Clímax.

Mis piernas tiritaron espasmódicamente. Me fui a un lugar mucho más feliz, a un lugar donde la feminidad no era tabú, una isla en la que solo importaba la inmediatez.

Me sentí en deuda. La giré. Puse a aquella generosa mujer a cuatro patas, lo primero que se me ocurrió. Yo estaba desatada, un arrebato en picado: «*¡Banzai!*» Lamí el envés de sus jamones. Lamí aquellas estrías que lucía sin pudor, aquellos vestigios de humanidad sincera. Su culo en pompa, las rodillas bien separadas. Coloqué un brazo entre sus piernas. Acaricié su barriguita, tanteé la cicatriz de un posible parto, mientras mi boca sorbía aquella poza mil veces penetrada sin compasión. Jadeó. Se contorsionó. Los movimientos de su trasero sugirieron: «¡Más!». Enloquecí. Me ayudé con las manos para separar sus nalgas. Un plato de carne tierna y rosada a un palmo de la jeta. Chupé. Besé. Mordí. Succioné. Introduje la punta de mi lengua dentro de su ano. Sabía amargo. Me la sudó. Repetí la acometida varias veces. Le encantó. No existían escrúpulos en aquel catre. Ella gimió sin miramientos. Retorné a su húmedo coño. Un dedo, dos, tres… A pesar de aquella invasión digital, no separé mi boca del meollo. Tragué su jugo hasta que sus músculos dejaron de trepidar. Hasta que volví a correrme. Hasta que fuimos iguales en igualdad de satisfacciones.

Había amanecido. Debía irme. La rutina iluminó aquel milagro nocturno. Me vestí en silencio. Ahora era yo la que la observaba de pie. Ella resistía despanzurrada sobre el revoltijo de sábanas. Acariciaba su vientre, intentando rescatar el resuello. Sus ojos estaban vidriosos, agradecidos. Los míos, fascinados. Cogí mi bolso, saqué la cartera…

—No —rogó—. No quiero que me pagues.

Insistí. Puse el parné sobre la mesita. Dejé cincuenta por un servicio original de treinta. Lo mínimo que podía hacer. No éramos pareja, ni siquiera concubinas habituales. Solo fuimos un instante glorioso, dos mujeres disfrutando de sus fugaces libertades. Dos guerreras que nunca volverían a verse, pero que siempre se respetarían.

Mariana Rodríguez

Argentina

Nací en 1973 en San Vicente, provincia de Buenos Aires, Argentina. La lectura y escritura me acompañaron desde la niñez, y definieron mi vocación docente. Soy profesora de Lengua y Literatura, y como tal trabajo en escuelas secundarias públicas de Vicente López, mi ciudad actual.

Desde hace años participo en talleres de escritura creativa. Mi producción literaria es mayormente inédita, a excepción de varios poemas que andan vagando en antologías y en blogs de poesía por la web. También participo como coautora en la flamante novela "Ella, la puta" de Ediciones Artilugios, un hermoso proyecto de novela colectiva que desarrolla el tema de prostitución desde la perspectiva de Ella, una mujer que vende servicios sexuales.

Hechizo inesperado

Su marido la está mirando. Tiene un vaso en la mano. Sonríe para darle seguridad.

Laura no quiere. No sabe si quiere. Él sí. Y ella lo quiere complacer.

La otra mujer los mira entre divertida y expectante. Es agradable. Delgada pero atlética. El pelo le cae lacio hasta la mitad de la espalda. Laura siempre quiso un cabello así, pero ni los alisados progresivos, tan tóxicos, se lo concedieron nunca. Se pregunta por qué estará ahí, con ellos. La habían sacado de un aviso. Dijo que lo hacía porque le gustaba. Que siempre lo hacía.

Su marido las está mirando. La imagen se multiplica en los espejos que espían desde el techo y la pared. A Laura nunca le gustaron tantos espejos. Perdía el control de sus imágenes. Lo que lucía bien de adelante, posiblemente no fuera tan grato desde atrás. Pero ahora los espejos eran lo de menos.

La otra se adelanta y la abraza delicadamente por la cintura. Acerca su cara a la de ella. Huele a tabaco con vestigios de alcohol y Laura intenta no fruncir el ceño, pero baja la barbilla y fija la mirada en la alfombra trajinada. La mujer le levanta el rostro y la obliga a mirarla a los ojos. Con suavidad, pero con firmeza, le pregunta si está segura.

Laura vuelve a mirar a su marido. Ante la vacilación de su mujer, él parece al borde de caer por la cornisa de la decepción. Al final ella le dice que sí. Se dice que sí. Y da un paso al frente para que ambos cuerpos se rocen.

La otra le acaricia el pelo enrulado y de un lengüetazo se le mete en la boca. Laura deja que ese pez desconocido nade entre sus dientes y de a poco comienza a devolver el beso. Muy lento las lenguas se reconocen, los rostros encastran, los labios se muerden. Por momentos olvida que es otra mujer. Por momentos olvida a su marido que ya se frota, entre incrédulo y desaforado, por encima del pantalón.

La otra la empieza a desnudar. Sin dejar de lamerle los labios va desprendiendo un botón tras otro con una lentitud exasperante. Cuando la camisa se desmaya en el piso, se acuclilla frente a su abdomen y comienza a deslizar la falda hacia abajo; lento, muy lento. Antes de seguir, se detiene en el pozo oscuro del ombligo y lo inunda de saliva tibia. Tan tibia.

La falda queda anclada en los tobillos. Laura levanta alternados los pies, y olvida ese muerto bollo negro. La otra ahora está arrodillada. Laura siente su aliento en el abdomen, pero no quiere abrir los ojos por miedo de deshacer esa especie de hechizo inesperado. Su marido estará feliz, seguro. Tanto había insistido con ver aquello. Laura no tiene ganas de mirarlo. En cambio sí abre los ojos cuando siente la mojadura titilante por encima del triangulito de tul.

La otra la toma por las nalgas. La lame. Ella acomoda el pubis hacia delante y trata de que quepa entero dentro de esa boca ávida, caliente. La mujer descorre el velo de la ropa interior y se sumerge. Ella empieza a temblar y los gemidos le caen de la boca como frutas pasadas. La otra sabe. Laura se deja ir.

Cuando terminan las contracciones y los centelleos, Laura besa a la otra largo y agradecido, sintiendo como nunca el sabor agridulce de sus propios jugos. En algún lugar de la habitación, su marido habrá gozado, o no. En este momento poco le importa. De todos modos, sólo tenía permitido observar.

Laura mira a la otra a los ojos y le ruega, casi afónica: «Enséñame».

Marco Montiel

México

Nací en la Ciudad de México hace 25 años, después de estar en la barriga de mi madre tan sólo siete meses. Mis padres me nombraron Marco Antonio Montiel Flores, me amaron y alimentaron con todo su corazón, así que por ese lado no tengo queja alguna. Poco a poco fui creciendo, con todas las travesuras que eso implica y con una muchachita diez meses menor que yo que se mantenía a mi lado, algunas veces como compinche y otras, he de confesarlo, como víctima: mi hermana. Años después nacería mi hermanito menor.

Luego de pocos años de libertad, me mandaron (sin consultarme) al Kínder. Ahí comenzó mi conflictiva relación con la escuela. A mí lo único que me importaba era jugar y besar a las niñas, no las matemáticas, la historia o las bolitas y palitos.

Salí de la Preparatoria y entré a estudiar la licenciatura en Antropología Social en la Escuela Nacional de Antropología e Historia. Concluí los estudios hace un año y actualmente me encuentro estudiando la licenciatura en Psicología en la Universidad Autónoma Metropolitana.

Tiene poco que comencé a escribir relatos, al principio me daba miedo mostrarlos, pero después de que uno de ellos fue publicado en una revista digital y tuvo buenos comentarios, me dije: «¡Tal vez sí se puede!», luego envié uno más a un concurso de una editorial en España y resulté seleccionado para publicación; ahí ya me alegré más, así que mandé dos relatos al Tercer Concurso Internacional de Relatos Pecaminosos y, para mi sorpresa, resulté finalista, lo cual, debo decirlo, me motiva a seguir escribiendo.

R.I.P.Steria

Al cumplir 18 años de edad decidí ejecutar el lanzamiento del escuálido cuerpo con el que la naturaleza me dotó, junto con todas las desilusiones albergadas en él, al precipicio. El motivo, mi desencanto por el mundo. De esta forma, elegí la torre más alta de la ciudad, grité con todas las fuerzas posibles algo así como: «¡Púdranse en el Infierno malditos humanos cochinos!» y, sin más, dejé que la gravedad hiciera su trabajo.

La caída fue lenta, exquisitamente lenta; con tiempo suficiente para recordar dos cosas: lo primero, en ese día tan especial no me había bañado, algo que lamenté intensamente; lo segundo fue que debido a las prisas y la euforia del suicidio, no dejé carta alguna a mis viejos para hacerles saber que ellos no tenían la culpa de nada, sino que a mí me daba una flojera descomunal seguir viviendo. En fin, ahí iba yo, cayendo con una sonrisa de par en par.

En términos generales puedo decirles que el descenso estuvo "bien", aunque el final no es muy decoroso que digamos; quedas embarrado en la sucia acera como si fueras una gran mierda de perro enfermo, con sesos esparcidos por aquí y por allá, ojos reventados, sangre inundando el asfalto, dientes, extremidades y huesos convertidos en añicos, tripas nauseabundas, y, para rematar, está la gente morbosa, observándote como si se tratara de un *show* de circo.

—¿Qué carajos ven malditos? ¿No tienen suficiente con el espectáculo de sus vidas desperdiciadas? —grité, o traté de hacerlo, desde mi estado de retazo humano, pero los muy cretinos seguían ahí parados, devorándome con la mirada.

Los *flashes* de las cámaras voraces de reporteros que ganan menos que un vendedor de bikinis en el polo norte, no se hicieron esperar. Las primeras planas de todos los periódicos amarillistas de la ciudad estaban cocinándose a fuego intenso; seguramente para esos momentos circulaban ya por el ciberespacio un sinfín de videos de mi desgracia: *"Ver video del suicidio en la Torre Mayor de la Ciudad de México", "Momento exacto de la caída del joven desesperado que se mata por amor", "Aparición de fantasma en la tragedia de la torre maldita", "Manifestación de la Virgen mientras adolescente inadaptado cae",* ya saben, todos ellos con títulos así de creativos. ¡Quién lo iba a pensar, Melquiades convertido en celebridad por el simple hecho de dejar de existir!

Ya en la bolsita negra donde depositaron mi hermoso cuerpo no se estaba tan mal, aunque en mi mente surgió una cuestión inquietante: *¿Llegaré al más allá íntegramente, o convertido en un saco de estiércol?*

***

La morgue es más deprimente que cualquier telenovela. Me dieron unas ganas tremendas de volver a matarme pero eso ya no era posible, así que una vez ahí, simplemente me quedé tumbado en la fría plancha metálica en la que me acomodaron, observando el transcurrir del tiempo con un aburrimiento digno de otro mundo. En eso estaba cuando alguien se dirigió a mí:

—¡Oye tú, camarada! ¿Por qué estás aquí si eres tan joven? —me preguntó un tipo cuarentón que, a pesar de todo, fumaba como si estuviera vivito y coleando.

—Nada viejo, fue a causa de la monotonía… suicidio, ya sabes —respondí a mi nuevo amigo—. Me arrojé de la Torre Mayor y ya, ¡aquí me tienes!

Alguien más nos interpeló:

—¡Pero cómo es posible que una criatura como tú, con toda la vida por delante! —Se trataba de una mujer regordeta de aproximadamente unos cincuenta años—. ¡No lo entiendo, la verdad es que no lo entiendo!

El hombre me pasó una pequeña botella de ron barato, di un trago y después respondí:

—Verá señora, no hay mucho qué entender, la vida no es la gran cosa que todos quieren creer. Hay tantos desamores, asesinatos, suegras, trabajo, televisión, hambre, imperios... sólo por decir un poco.

—Bueno niño, pero también existen cosas hermosas como la familia, la amistad, el amor, el sexo...

—La señora tiene razón camarada, sobre todo el sexo, ¡madre mía, si no lo sabré yo!

Como ya me empezaba a fastidiar por tantos reclamos, cambié un poco el rumbo de la conversación:

—¿Y ustedes? ¿Por qué están aquí, eh? —pregunté, notando inmediatamente la tristeza en sus rostros cabizbajos.

Panchito, mi camarada, dio un largo, pero de verdad largo trago de ron y una calada a su cigarrillo, tras lo cual respondió:

—Encontré a mi mujer con otro hombre, los enfrenté y acuchillé al cerdo de su amante. Ella hizo lo mismo conmigo, ¿ves aquí? —Señaló una herida fulminante a la altura del pulmón—. ¡En mi cama... la muy zorra!

El atormentado caballero siguió bebiendo y fumando sin importarle aquello de la congestión alcohólica, la cirrosis hepática o el cáncer de pulmón. Por su parte, la mujer de nombre Concepción estaba en el heladero de la muerte debido a una diabetes mal cuidada, la pobre no lo aceptaba. Sentí pena por ella.

Mi estancia en la morgue también me permitió dar cuenta de otras situaciones menos agradables; los *morgueanos,* como llamamos a los cuidadores de los cadáveres, eran unos depravados necrófilos. Besaban, tocaban y fornicaban con los indefensos colegas, ¡agarraban parejo los muy enfermos! Hombres, mujeres,

niños, ancianos, no les importaba un carajo; el único requisito
que tenían era que estuvieras más frío que un matrimonio de dos
años, o sea, *muertito-muertito*. ¡Y yo ahí, víctima potencial de
unos degenerados-coge-cadáveres! Eso de estar calacas empezaba a disgustarme; por lo menos en vida podría defenderme, pero
ahí en la planchita, con mis piernitas, mis manitas, mi cuerpecito
y la cabeza rajada como culo de mandril, tan indefenso, me encontraba a merced de esos cerdos subnormales.

Afortunadamente corrí con suerte y —salvo el susto— nada
malo me pasó; no así la señora Conchita, quien con todo y su
diabetes mellitus fue cruelmente ultrajada. Panchito y yo inten-
tamos hacer algo por ella pero no pudimos; los *morgueanos* la
besaron, la acariciaron soezmente, le cantaron una canción titula-
da "El Cadáver del Amor", y en fin, ya saben lo demás.

Después de esa noche tan horrenda sacaron lo que quedaba de
mi cuerpo de aquel lugar y lo trasladaron a no sé dónde, la verdad
es que ya no me importaba. Perdí ahí a mis únicos amigos en la
muerte.

***

Tuve tiempo suficiente para asistir a mi funeral antes de pasar
definitivamente al otro mundo. Mis viejos estaban abatidos, los
pobres no entendían nada. Una fotografía monumental adornaba
la estancia: era Melquiades, el sujeto que alguna vez fui.

Para mi sorpresa, había más gente de la que imaginé. Pude
ver entre los asistentes a Tania Morales, noviecita de la infancia;
a Luis "El manos de estómago" Fernández, un tipo de lo más
desagradable que decía a todo el mundo que él era mi mejor amigo, cuando la verdad es que yo lo odiaba con todo el corazón por
ser un enano miope que solamente espantaba a las chicas y las
alejaba de mí; también se encontraban presentes Max, El Pollo y
Arizmendi, tres de las peores mierdecillas jamás conocidas. Los
muy sádicos estaban ahí, ¡en mi funeral!, burlándose de mi ridículo peinado, del traje azul satinado marca "llorarás" y de las

plastas de maquillaje que intentaban cubrir el despedazado rostro que me cargaba.

—¡Miren chicos, quedó igualito al "Chucky"! —dijo Arizmendi, el líder de la pandilla—. ¡Qué asco!

—¡Ja, ja, ja! —aullaron los otros dos—. ¡Se parece a la profesora Gordillo!

—¡Está más feo que el culo de una anciana de 90 años! ¡Ja, ja, ja! —volvió a hablar el cabecilla de la banda, quien al parecer había despertado tan filoso como un cuchillo de guerra.

Tuve ganas de revivir en ese momento únicamente para descuartizarlos y arrojar sus pellejos a las ratas salvajes, pero eso sólo lo podía hacer El Señor, así que no me quedó de otra más que tragarme el coraje y seguir en el aburrido funeral, viendo cómo sufrían mis padres mientras los demás se mofaban o platicaban de cosas tan frívolas como el futbol, la televisión o recetas de cocina para vegetarianos.

***

Tras caminar largo tiempo por un sendero nada espectacular, llegué a un punto que divide en dos el camino, ahí hay que tomar una decisión: dirigirse hacia el Infierno o al anhelado *Cielito* para saber tu futuro. Yo me dirigí al Paraíso, pensando que sería recibido por hermosas mujeres desnudas, morenas, rubias, trigueñas, negras, pelirrojas… Apresuré el paso, corrí más que excitado, con la lengua afuera y la mirada desorbitada.

Ya en el codiciado destino esperaba ser agasajado —como Dios manda— y vivir eternamente en el disfrute celestial; pero nada de eso ocurrió, ya que un par de gordos divinamente alimentados, me dijeron que llevaba "tatuado el pecado del suicidio", que mi lugar no era el Edén, sino la Caldera Infernal.

—¡Oigan chicos, déjenme hablar con *Diosito*, Él seguro me perdona y me recibe aquí con las muchachas, las frutas, los angelitos nalgoncitos, el arpa celestial y todo lo que aparece en la Biblia ilustrada! Si tan sólo…

—¡JA, JA, JA! —exclamaron los querubines guardianes—. ¡Mejor vete de aquí, muchacho, Dios jamás te recibirá, Él tiene asuntos más importantes que atender! ¡Pecador! ¡Pecador! ¡Arderás en el Infierno!

No tuve más opción que ir a los territorios del Averno, esperando ser aceptado para no pasar los eternos días como un vagabundo sin destino.

Ahí las cosas eran totalmente diferentes: un gran anuncio en letras rojas que decía *"¡BIENVENIDO, PASE USTED!"* decoraba la fachada; las puertas estaban abiertas de par en par y no había un solo guardián. Pensé que por lo menos tendría un refugio y que habría mujeres libidinosas esperando *devorar* a un tierno muchachito de 18 años con escasa —por no decir nula— experiencia en el amor.

—¡Al carajo con las mujeres mojigatas del Paraíso! —grité con toda el alma—. ¡Aquí está la verdadera diversión! ¡A lo grande!

Me adentré con el corazón expectante, caminé unos pasos y no encontré nada de fuego, cadenas, criaturas horripilantes, nada extraordinario. ¡Ni tampoco mujeres! ¡Ni una sola en el maldito Infierno! ¡Únicamente hombres: presidentes, intelectuales, *abogansters*, publicistas, médicos cirujanos, policías, sacerdotes, banqueros, actores de televisión y demás fichitas por el estilo! Estaba realmente perdido.

—¡Oiga usted! —interpelé con desesperación a un tipo con facha de crítico literario—. ¿Dónde carajos puedo encontrar al Diablo? Necesito hablar con él.

—Vaya a ese edificio gris —contestó con indiferencia y desdén—. Suba las escaleras hasta llegar al piso 13 y al fondo a la derecha. —Acto seguido, el sabelotodo prosiguió gustoso su lectura del libro de algún Premio Nobel de Literatura (sobrevalorado).

Me dirigí inmediatamente a la oficina del Jefe para exigirle alguna solución favorable al problema de la ausencia de mujeres;

por un momento consideré la posibilidad de que las doncellas se encontraban con él y por eso yo no las había visto, al fin y al cabo él era el *mandamás*.

Ante la esperanza de la felicidad eterna, corrí como atleta jamaiquino en Juegos Olímpicos, con el estadio repleto arengándome y *flashes* brillando mágicamente por aquí y por allá, hasta llegar a la oficina. Abrí sin tocar la puerta —¡el horno no estaba para bollos!— y, ¡oh, sorpresa!, más y más cabrones, los cuales se sobresaltaron por mi llegada intempestiva, me miraron por unos cuantos segundos y después reanudaron sus actividades. ¡El puto Infierno se trataba de un club de pendejos que bordaban servilletas de animalitos y bufandas decoradas con flores rosadas! ¡Y el maestro de bordado y demás indignas manualidades era el mismísimo Satanás, el sujeto que por siglos y siglos ha causado terror en las mentes y corazones de millones de personas! Quizá en su época fue quien todos pensábamos, pero los hechos demostraban todo lo contario, vaya, si hasta usaba una camiseta ajustada con la leyenda *"¡Únete a los optimistas!"* sobre la espalda, de verdad que él era lo más parecido a una mujercita.

—¡Bienvenido seas a esta tu casa! —me dijo *Luci* con una sonrisa tan blanca que deslumbraba—. Si deseas puedes tomar la lección, ahorita estamos viendo el punto de cruz, pero de 8 a 10 de la mañana tenemos sesión para principiantes, por si te resulta avanzada esta clase.

—¡Por favor dime que se trata de una broma! —le dije. Se escucharon risitas coquetas en la estancia.

—No es ninguna broma —dijo el Diablo—. Lo que ves es lo que hay.

—¡Pero tú ni siquiera tienes cuernos, ni aliento de azufre o trinchete! ¡Vamos, no causas el menor respeto, ya no digamos miedo o perturbación!

—Ji, ji, ji —se escucharon nuevamente las risitas.

—A ver —dijo el maestro de bordado con su voz suave y melosa como la de "Cositas"—. Eso que tú mencionas no son más que invenciones del de allá arriba para asustar a sus pobres ovejas; lo cierto es que el *Jefe de Jefes* tiene un horrible temperamento y proscribe de su paraíso al que sea, por cualquier cosa.

—Pero se supone que tú eres *el malo* —le dije con los ojos ya inundados en lágrimas.

—Tranquilo, chico —expresó un gordito tierno que hablaba como robot descompuesto; se llamaba Alberto, pero todos ahí le decían Betito. El tipo era además el secretario particular del Diablo y uno de los estudiantes más avanzados en las clases de Corte y Confección y Repostería, con especialidad en panecillos estilo francés—. Con el tiempo lo irás asimilando, ¡ya verás que con entusiasmo y empeño aprenderás muchas *maravillas*!

Como no tenía sentido continuar hablando con los chicos que actuaban como chicas del Convento de la Santísima Caridad, me largué de ahí, entendiendo que las *mujeres de verdad* se encontraban con el envidioso Señor de arriba, y que sus serafines guardianes jamás me permitirían meter siquiera la nariz profana en territorio celestial, aunque fuera sólo para olfatear el dulce aroma de una bella dama por algunos instantes.

Abatido y abrumado bajé con los otros chicos del lugar a ver si tenían algún trago de alcohol o un somnífero que me pusiera a dormir para siempre. Llegué nuevamente con el intelectualoide, éste me miró con desgano, como la primera vez, y continuó leyendo las obras completas del Nobel de Literatura, como si yo no existiera.

Ahí estaba yo, Melquiades, parado en medio del Infierno como un completo idiota y con depresión *post mortem*, profundamente arrepentido por haber muerto más virgen que la mismísima María. Pero bien dicen que "al mal paso darle prisa", así que eso hice: limpié las lágrimas de mi rostro, ajusté mi camiseta y caminé de regreso con andar afeminado a la oficina del Maestro, tal vez aprender a bordar no sería tan malo después de todo.

Silvia Llanto

España

Nació en Paramonga, Perú, en 1967. Estudió literatura en la Universidad Mayor de San Marcos, en Lima, Perú.

Muchos de sus cuentos aparecen en Antologías como *Cuentos reencuentros* (Oviedo, 2009) y *La agonía del nirvana* (Buenos Aires, 2009).

Recibió el primer puesto en el concurso literario organizado por el colectivo Machicuepa (Barcelona, 2011), así como el primer puesto en el concurso literario contra la violencia machista organizado en Barcelona con su poema *Radiografía de mujer* (2014). Fue finalista en la Sexta Bienal de Poesía infantil con su poemario *Historia del gato que vivía en un balcón*, organizado por el Instituto Cultural Peruano Norteamericano (2015).

Ha publicado su poemario *Líneas de flotación*, con la editorial ultramarina cartonera y digital (Sevilla, 2014).

Aficiones

No tengo la culpa si pienso en perros, si imagino orangutanes amaestrados o seres deformes mientras él me hace el amor. La culpa es de los libros.

Todo comenzó el día que aprendí las primeras letras. Yo iba por allí leyendo carteles, envolturas de caramelos, placas de automóviles y todo lo que encontraba a mano o a primera vista. Había aprendido de memoria todos los cuentos infantiles y era un poco como un ave carroñera en busca de palabras, de historias más interesantes de las que podría vivir una niña en un pueblito perdido en las montañas, donde el aburrimiento era mortal y casi tan contagioso como la gripe. En especial me gustaban las historias sobre la vida de los grandes artistas, por eso me interesé vivamente en la sección de biografías de la Biblioteca Municipal, lugar al que terminé por considerar mi casa a falta de una biblioteca en la mía.

A veces, mientras leía, me veía a mí misma como la musa de un famélico Chopin tocando bajo la luz de la luna. También veía la cara de gato de Van Gogh sin oreja maullando como un poseso. Adoraba a Vincent, tan loco y desdichado. El pobrecito pintaba solito en un cuarto más pobre que el mío. Yo le llevaba limonada a su habitación y le tendía la cama, porque claro, un artista como él obviamente nunca hacía la cama, al menos yo lo imaginaba así. Tampoco me fue difícil imaginar las piernas deformes de Henry de Toulouse-Lautrec, hombre infeliz que dibujaba bailarinas de cancán y tomaba litros de alcohol. Gracias a ese hombre conocí una nueva palabra: libidinoso.

Libidinoso: del latín *libidinosus*, lujurioso propenso a los placeres sexuales. El pequeño artista vivía rodeado de prostitutas.

Yo nunca había visto una pero las imaginaba como las mujeres de circo, con sus trajes de lentejuelas y tristes ojos tras el humo de los cigarrillos. Él las dibujaba mientras se desvestían y terminaba montado sobre ellas. Era un elfo deforme acariciando la tersa piel de las putas francesas.

Las niñas pueden imaginar princesas pero no putas. Recuerdo que me sentía muy culpable en esos días por esas fantasías, tanto que terminé por ir a misa, con la esperanza de que la sola acción de entrar en una iglesia pudiera borrar mis pensamientos. Pero veía al sacerdote con unas orejas enormes a lo Mickey Mouse. ¿Cómo podía decirle algo al señor cura, si lo veía tan parecido a una rata negra saltando sobre un enorme queso agujereado?

Fantaseaba a cualquier hora con personajes del arte universal, con héroes de historietas, de series de televisión, no se salvaba nada que pudiera ser imaginado. Pero ese no era el problema, todos solemos fantasear de niños, el asunto radicaba en la insatisfacción constante. Dejé de buscar en las biografías y fui a la sección de Literatura Universal. Comencé por los grandes clásicos. Eso fue instructivo. Hasta cierto punto aprendí sobre los sentimientos. Pero uno de esos días pasó algo que cambiaría para siempre mi vida. Sucedió una tarde mientras estaba en el sillón de mi casa, leyendo una novela de un autor peruano que había tomado prestada de la biblioteca. La novela transcurría en una hacienda, los personajes estaban definidos según su posición social, una expresión ridícula y burguesa pero que no perdía oportunidad de emplear ante mis amigas, entre muchas otras nuevas palabras y frases aprendidas en los libros. Recuerdo la sensación de alegría y triunfo personal cuando lograba encajar las palabras nuevas en las conversaciones. Para ese entonces, me olía que toda novela tenía sus reglas de juego y yo disfrutaba descubriendo el hilo de la historia, la sorpresa, el jaque mate final que me dejara muerta del gusto, aunque no esperaba recibir un mazazo, porque eso fue lo que sentí, un golpe seco en la cabeza, cuando estaba por el tercer capítulo, en un lenguaje simple, directo, tan claro que pude imaginar el color de la mañana y el olor de la melaza cubriendo la casa hacienda, el miserable indio llegaba a descubrir a su hermosa ama fornicando con su perro. La escena superaba las juergas del infeliz artista que dibujaba bailarinas de cancán y vivía entre putas francesas. Podía visualizar al perro. Todos alguna vez en nuestras vidas hemos visto dos perros pegados. Cuando eso pasa, por lo general los niños se quedan mirando y terminan tirándoles piedras, las señoras salen de sus casas y les echan agua. Yo no tenía piedras, ni agua para desaparecer la imagen del perro pegado al blanco culo de su ama en mi cabeza. Esa imagen me persiguió toda la adolescencia.

Fue en esos años cuando me dediqué a buscar en los cuartos de mis primos lecturas prohibidas que escondían debajo de sus colchones, pero estas carecían de ese factor de sorpresa final que había encontrado en esa primera novela. Esas revistas llenas de tetas y sórdidas historias, previsibles historias, no me atraían. Lo mismo me pasaba con las películas pornográficas. Nunca he comprendido cómo pueden excitarse los chicos con una de esas películas. Las mujeres se pasan todo lo que dura la cinta gimiendo sin que se les corra en ningún momento ni un gramo de rímel. Pasé de ellas rápidamente.

Qué estúpidos me parecían los chicos de mi edad. Ellos nunca se enteraron de nada. Yo tenía que pensar en las piernas deformes de Toulouse-Lautrec intentando coger una puta por la espalda, doblándole las rodillas para que quedara sobre la cama en la posición justa que le permitiera acceder a ella sin complicaciones, no era fácil para el enano borracho, pero estaba acostumbrado al ridículo.

Para mí tampoco era fácil jugar al amor. Los chicos intentaban meter la lengua cuando besaban, sin tener sentido alguno de la sincronía, elemento básico en estos quehaceres, pero uno no puede ir dando instrucciones para todo, ni repartiendo un manual. Así que para apurar la cosa, me ponía a imaginarme a Toulose-Lautrec, mi elfo lujurioso favorito. Cada uno de ellos pasaba a tener sus piernas, sus manos delgadas, su aliento a burdel; eso me permitía seguir besándolos, disfrutar de esas caricias ignorantes, respetuosas, y no fingir que me gustaba estar con ellos. Qué imbéciles eran los chicos de mi edad.

A lo largo de estos años, mi vida amorosa ha dependido de mi capacidad para fantasear. El amor tenía que estar envuelto con mis propias historias, eso exigía cambiar constantemente de tramas, escenarios, de bestias de cuatro patas capaces de mutar en seres amorfos guardados en la memoria como quien mete muñecas en cajoncitos de cartón y las saca para jugar con el amigo de turno. Por supuesto que ellos nunca se enteraron de nada. Terminé por tener mi propio bestiario particular. Todos tenemos nuestras cosas, nuestras manías, nuestros secretos y todos sabemos que las palabras casi siempre nos traicionan. Nunca pude confesar nada a ninguno de ellos porque los abandonaba tan pronto se me acababa la paciencia.

Entonces lo conocí.

Él era como yo. No tenía complejos. No fue necesario hablarle pero también fantaseaba cuando hacíamos el amor, estaba segura que quería copiar las escenas de las películas porno. Sincronizamos fantasías. Yo puse en juego todo mi bestiario; monos, perros, enanos, seres mágicos, abducciones extraterrestres. Y él se imaginaba que yo era una puta, una puta mala que lo castigaba a correazos.

Mis autores favoritos eran borrachos mal hablados, que no envolvían el amor con encajes y él me parecía muy salvaje. Fue por esa razón que decidí casarme. Una razón idiota.

Nuestra casa se ha llenado de objetos inservibles. Sobre todo, películas y libros. Tenemos una gran colección de literatura erótica y artilugios que con los años han perdido su gracia. También fotos enmarcadas de los primeros tiempos, cuando salíamos de viaje con otras parejas, y cuadros que combinan con los muebles de la sala, del comedor. Cuando vago por la casa, cada pieza inservible parece saltarme a la cara para recordarme la primera vez que lo amé sin mirarlo a los ojos, parecía un animal perdido en la noche. Él aulló como un perro pegado a mí, fue un aullido largo, insoportable. Tuve ganas de tirarle una piedra.

Frank Pelutti

España

Nacido el 11 de septiembre de 1982 en San Fernando, en la comarca de la Bahía de Cádiz, España, Frank Pelutti se licenció en Filología Inglesa e Hispánica por la Universidad de Cádiz. Si bien ha recibido algún galardón literario, exceptuando colaboraciones en una revista universitaria que fundó con varios compañeros en sus años de estudiante, aún no ha publicado nada en formato papel. Entre octubre de 2008 y marzo de 2011 publicó un blog en Internet llamado "Los Flying Congrios" en el que posteaba al menos un texto narrativo y otro lírico cada semana.

Nuevos pasatiempos de verano

Empezó una noche de luna llena. Estaba frente a la playa, en aquella casa que alquilábamos junto al océano. En la tumbona de madera descansaba el esqueleto de aquellos días de sexo con Ramón. Miraba al horizonte luminoso en la oscuridad y sentía de nuevo el deseo de que me poseyeran, de que los fluidos de vida entraran y salieran de mí. Debajo del tanga un placentero cosquilleo se elevaba hasta mi pecho, llegando a mi garganta como fuego. Debía saciar ese apetito creciente, pero mi esposo se hallaba en la capital atendiendo unos imprevistos de última hora en sus negocios. Mi piel, morena por el sol, estaba húmeda y suave, palpitante en algunas zonas. Por mi frente resbalaban gotas de sudor. En ese momento, Juan, el vecino, salió al porche que había junto al nuestro.

—Hola, ¿qué tal, María? —me preguntó.

—Bien, un poco aburrida aquí sin Ramón.

—Es verdad, que tuvo que volver a la ciudad por trabajo. Pues... si quieres... puedes pasar por casa a tomarte algo. Rosa ha ido a llevar a los niños al chalé de unos amigos. Mañana van de excursión temprano y hoy se quedan allí a dormir. Ella viene dentro de un rato.

Entré en su casa.

—Ponte cómoda.

Así hice y me senté en un sofá rojo.

—¿Te sirvo algo?

—Bueno… ¿qué tienes?

—Iba a preparar mojitos.

—Vale, ponme uno.

Cogió la coctelera, la hierbabuena y todo lo necesario. Lo preparó, sirvió dos copas y se colocó a mi lado. Notó cómo ardía mi cuerpo. Nos aproximamos, hablábamos muy pegados, y sin ni siquiera percatarme nos besamos con deseo. En eso, llegó su mujer.

—Rosa… —dijo con trémula voz.

—¿Qué? Debería darte vergüenza… montándotelo aquí con esta viciosa… ¡Y no me esperas para empezar la fiesta!

Ante mi asombro, se quitó la camisa y se acercó a nosotros. Besó a su marido y me tocó suave el trasero, acarició mis hombros y me besó. Nunca antes lo había hecho con una mujer, pero me gustó. Juan sirvió unas nuevas copas y seguimos hablando, besándonos y tocándonos. Cuando la temperatura del cuarto subió demasiado y ya se habían derretido un par de lámparas y el mando a distancia del televisor, fuimos al cuarto del matrimonio. La cama era ancha y larga. Las sábanas rojas. El cabecero tenía forma de corazón. Todo sensual en extremo. Nos quitamos la ropa (la que quedaba) y gozamos sobre la cama. Primero Juan y yo nos morreábamos y Rosa me lamía la entrepierna. Las dos manoseábamos su magnífica y creciente polla. Cuando me di cuenta, ya latía dentro de mí. Mientras, yo lengüeteaba las profundidades escondidas entre las guitarrescas curvas de mi vecina. El placer más sublime flotaba por la habitación. Después de un rato cambiamos los roles. Cuando Rosa y yo nos habíamos corrido con generosidad y la tranca de Juan pedía su turno, su mujer y yo la acariciamos con lenguas y labios hasta que derramó sobre nosotras su zumo de hombre. Hmmmm… Ese ciclo se reprodujo unas cuantas veces. Eso y más. Fue genial. Moría por repetir.

La noche acabó y regresé a casa. Los niños volvieron a la suya y todo a la normalidad. A los pocos días, Ramón estaba de vuelta. El ambiente, sin resultar hostil, ya no era igual entre nosotros y el matrimonio vecino. Ellos comían en el porche con sus hijos mientras Ramón y yo hacíamos lo propio en el nuestro. «¡Qué tal!», saludaba mi esposo. «Aquí, comiendo con la familia», contestaba Juan. Su hijo Richi corría a la portería junto al chalé y pedía que le lanzase el balón. Al lado, Toni, más pequeño, terminaba los macarrones y ponía perdida de tomate su camiseta del F.C. Barcelona gritando «Iniestaaaaa» cuando su padre o su hermano golpeaban la pelota. Rosa me observaba con deseo y luego hacía lo mismo con Ramón. Yo esquivaba esa mirada seductora que tanto morbo me producía. Recordaba otros tiempos, cuando Rosa me pedía sal y hablábamos inocentes sobre cosas de la casa y nuestros secretos de belleza. Cómo Ramón y Juan bebían cerveza en el jardín mientras sus niños jugaban. Aquellas noches cenando frente a nuestra casa, charlando y riendo con compañerismo. Esas barbacoas los cuatro con algunos conocidos más. Tiempos irrepetibles. Imposible evitar la tensión sexual.

Ramón se marchó de nuevo y me quedé sola en la casita de veraneo. Días después, caí sin remedio en las redes del placer intermarital. Juan y Rosa me invitaron a salir para cenar y tomar algo. Dejaron a los niños con una canguro y marchamos a un restaurante mejicano. Todo riquísimo... los supernachos... me encantan... delicioso el guacamole. Eso sí, un poco picantes los platos. Pero los chupitos de tequila para terminar me aliviaron. Al abandonar el restaurante fuimos a un chiringuito en la playa a beber mojitos. Mojitos, daiquiris, vodka 7 y todo lo que cayó. Ya borrachos de amor (y lo que no es amor) regresamos a mi casa en el BMW descapotable de Juan. Tomamos la última y acabamos en mi cama. En esta ocasión, los juegos a tres bandas me gustaron incluso más. Además de lamernos y acariciarnos también hicimos dobles penetraciones. Usamos un juguetito blanco de Rosa que medía 18 centímetros. Yo estaba cachonda como una perra, pero Rosa no lo estaba menos. Realizamos distintas combinaciones: Juan me la metía por detrás mientras su mujer me introducía el consolador, después él me la clavaba por delante y ella me penetraba el trasero con el dildo... También se lo hicimos a Rosa. Sin embargo, echamos en falta otra buena verga de carne y hueso. Entonces, surgió la idea de meter a mi marido en nuestros pasatiempos.

—No lo veo buena idea —comenté a mis compañeros de cama.

—Lo podemos pasar genial —dijo mi vecina.

—Ya, pero no sé cómo pedírselo a Ramón. Y menos decirle que ya he estado con vosotros.

—Se lo puedo sugerir yo...

—No lo veo claro.

—Busca la forma de sacarle el tema, que será genial montárnoslo los cuatro.

La noche y el verano acabaron. Ellos se fueron y yo permanecí en el chalé junto al océano. Días después volví con Ramón a la ciudad. Durante el invierno tuvimos algunas reuniones. En ellas, además de disfrutar, tratamos sobre la necesidad de que mi esposo se uniera a nuestros juegos y trazamos un plan infalible.

Una noche que me ausenté de casa con la excusa de visitar a mi madre en el pueblo, Rosa se presentó allí.

—Hola... ¿qué tal, Rosa? ¿Cómo por aquí? —dijo mi esposo al abrir.

—Nada, que andaba cerca y me he dicho: voy a hacerle una visita a mi atractivo amigo Ramón.

—Ah... bueno, vale. Estoy solo. María está pasando unos días con su madre.

—Sí, ya lo sabía —contestó Rosa y se quitó la chaqueta, quedando con una blusa a través de la que se trasparentaban sus turgentes pechos. Se sentó en una butaca y abrió las piernas.

—Bueno, y ¿qué deseas, hija? —preguntó Ramón, nervioso, ojeando su erótica lencería.

—Pues... —dijo ella pasándose los dedos por los labios y la lengua—, a ti —terminó, poniéndolos en la suya.

—Hmm… Rosa, estoy casado, je je, con María, ¿sabes? Sois amigas…

Ella lo besó mientras se sacaba la blusa y él no se resistió. Se fundieron en un rezumante beso. Rosa tocaba su velludo pecho y le desabrochaba la camisa. En breve, los dos estaban desnudos y ella empezó con su aparato, recreándose en un recorrido que lo extasiaba. Entonces, metí las llaves en la cerradura y abrí rauda. Juan y yo entramos sin darles tiempo a parar.

—No, cariño, no es lo que parece… —se excusó Ramón.

—No pasa nada, seguid a lo vuestro, que nosotros vamos a prepararnos y ponernos también a tono —contesté y continuaron. Mi maridito montó a Rosa, desgajándola a placer. Juan y yo nos quitamos la ropa y me practicó un *cunnilingus*. Me folló y después los dos realizaron una doble penetración a nuestra vecina mientras ella lamía bajo mi monte de Venus. Juan eyaculó en su pecho, Ramón en su boca y libé del manantial que brotaba en su centro hasta provocarle tres orgasmos.

Los chicos descansaron unos instantes y nos pusimos de nuevo en marcha. En esta ocasión me dieron caña a mí. Uno la introducía en mi boca y el otro entre mis piernas. Mientras, Rosa lengüeteaba mi clítoris. Yo estaba a mil, inmersa en un gozo inmenso. Me corrí varias veces. Al acabar, fumé un cigarrillo en la ventana con sonrisa satisfecha ante el grupo que yacía en mi cama.

Nuestra relación cambió a mejor. Repetimos y cada encuentro superó al precedente. Las madrugadas ya nunca amenazaban con rutina y monotonía. Emergió el verano y tornamos a nuestro paraíso junto al mar y a nuestras cenas en el porche.

—Juan, pásame el kétchup para ponerle a esta hamburguesa. Y ponme un pinchito en la parrilla —decía Ramón.

—¡Papá, tírame un tirito! —gritaba Richi, lanzando el balón a su padre.

—Bueno, uno y ya está, que se me queman los filetes que tengo en la barbacoa.

El chiquillo tiraba contra la valla y enseñaba a su hermano pequeño a chutar. Rosa y yo hablábamos en la cocina sobre la última película que habíamos visto: *Las nieves del Kilimanjaro*. Yo le tocaba el antebrazo con suavidad y sentía los mismos escalofríos que me produjeron nuestros escarceos. Parecía un nuevo Verano del Amor y seguro que vendrían más.

—¿De qué habláis? —vociferaba Juan, asomándose a la cocina.

—Nada, nada, de nuestras cosas, hijo.

En el patio, Ramón regateaba a los niños esperando su pinchito. El océano zumbaba de fondo y sus bravas olas salpicaban más allá de la orilla. El verde del agua, como una preciosa gema, incitaba a dirigirse hacia él y la caída del sol extendía su embrujo más allá de la tarde y la noche que siempre soñamos.

Rosario Acosta Nieva

Francia

Nacida en Córdoba, Veracruz (México) en 1964, la Doctora Rosario Acosta Nieva es arqueóloga. Al finalizar su licenciatura, trabajó varios años como investigadora en la Universidad de Guadalajara en México, institución que le otorgó una beca para continuar su formación académica en Francia. Obtuvo un doctorado (tesis publicada por *British Archaeological Reports*) en Arqueología en la Sorbona en París, donde radica actualmente. Además de seguir su trabajo de investigadora, ha publicado numerosos artículos en revistas francesas, científicas y de divulgación, como *Ulysse, L'archéologue, La Science au présent* y *Universalia de l'Encyclopaedia Universalis.* Colabora regularmente con el *Bulletin Critique du Livre en Français*, en el que se ocupa principalmente de la recensión de las obras españolas y latinoamericanas traducidas al francés y publicadas en Francia y Bélgica.

Rosario Acosta Nieva resultó ganadora del primer premio en los concursos Filando Cuentos de Mujer 2005 (Langreo, Asturias) con su relato "Chepina", Contam Dona 2008 (Catarroja, Valencia) con "Una solución lógica" y Valentín Andrés 2009 con "Dromedarios de Palma coloreada". Es también autora de dos novelas inéditas "En otras latitudes", dirigida principalmente al público infantil, y "Taco de camembert", en francés, sobre la experiencia de la inmigración en Francia.

Actualmente combina su trabajo con la preparación de la novela "Triste mi calavera".

Estuche para dama

Nuestra limitada experiencia de la vida nos hacía suponer que cuanto más elegantes nos presentáramos a clases, más llamaríamos la atención. En esa época, nuestra noción de distinción estaba inspirada por la teleserie *Dallas*, en la que una familia tejana podrida de dinero era el ejemplo a seguir en cuanto a *savoir vivre*, hacían furor las uñas de una pulgada de largo, los párpados con los colores de la bandera de Zimbabwe, las pestañas como arañas, las bocas de sandía y las mejillas de muñeco de ventrílocuo.

Para el curso de las ocho de la mañana nos maquillábamos como actrices de opereta, nos vestíamos como si quisiéramos atrapar un resfriado y nos peinábamos con un ventilador para esponjar el pelo como merengue. Mi guardarropa contaba con zapatillas doradas, plateadas, cobrizas y hasta transparentes como la de Cenicienta de Disney, aunque dudo que la chancla de la heroína de cuento de hadas tuviera un tacón de diez centímetros de alto. Los pantalones nos quedaban tan ajustados que apenas nos podíamos sentar y el mismo problema de posición se nos presentaba con las minifaldas. Por eso escogíamos cuidadosamente la ropa interior, porque de interior sólo tenía el nombre, la mitad del tiempo se encontraba a la vista.

A pesar de todo, nuestra apariencia era considerada como normal. Eran los años ochenta, teníamos veinte años y paradójicamente, todas queríamos parecernos a la virginal Lady Dy que, enfundada en un vestido de crema chantilly, acababa de matrimoniarse con un príncipe.

Como no teníamos ningún noble a la mano, nos conformábamos con nuestros condiscípulos como protagonistas de los sueños románticos. Esos tipos apenas salidos de la adolescencia, igual de superficiales que nosotras, nos parecían bellos, frescos, apetecibles, simpáticos e inteligentes, y hacíamos increíbles esfuerzos para llamar su atención.

Personalmente no me podía quejar, mi pulposa apariencia me atraía más miradas que a las otras. Si fuera honesta tendría que aceptar que mi actitud provocativa facilitaba el camino de mis pretendientes y cuando ellos no daban el primer paso, entonces lo daba yo. Pero eso no lo voy a admitir, pues ha pasado tanto tiempo que ya no sé si fue cierto. El caso es que, de manera sistemática, sin titubeo ni pudor, yo respondía positivamente a las proposiciones que me lanzaban. Esto me valió una reputación de casquivana que me abrió las puertas de un mundo insospechado de placeres. Esos años fueron los de mayor actividad, entiéndase sexual, pues intelectualmente era el desierto: la neurona me funcionaba bastante menos que la cuca.

Mi universidad era un espacio de treinta hectáreas, compuesto de elegantes edificios de estilo colonial en el que evolucionaban tres mil alumnos protegidos por jardines impecables y floridos. Sólo teníamos certitudes y creíamos que nuestras vidas serían mejores que las de nuestros desventurados padres que tenían por obligación educarnos y aguantarnos. Nos divertíamos como locos. Recién salidos de la escuela preparatoria con su lote de obligaciones y ataduras, esta nueva vida de sub-adultos nos parecía fascinante, y lo era. Todavía no teníamos que trabajar para vivir, pero nos daban más dinero que antes, nos prestaban el coche, ya teníamos licencia para manejar, no estábamos obligados a regresar a casa a medio día y con el pretexto de estudiar para los exámenes, hasta podíamos llegar tarde. Éramos casi libres. Nos sobraba tiempo para no ir a clases, fumar como chacuacos, comer puras porquerías, asolearnos bajo las palmeras del *campus* ligando a cuanto prójimo se dejara y, sobretodo, podíamos inventar bromas contra Cometa Rodríguez.

Era un personaje desesperante. En clase tomaba apuntes febrilmente y hasta las bromas de los profesores se encontraban exactamente reportadas en sus cuadernos impecables, caligrafiados con letra diminuta en dos tintas, roja para los títulos y azul para los textos. Aprendía todo de memoria sin entender el sentido del mensaje y el día del examen escupía certeramente la información sin haberla digerido. En consecuencia, sus notas excelentes no la estaban preparando para una actividad profesional, ni para la vida en general.

Yo la encontraba francamente ridícula y detestable. Se empeñaba en cultivar una imagen de colegiala ingenua que se ruborizaba cuando hablábamos de sexo y le faltaba el aire cuando por fin entendía que ciertas parejas hacían algo más que tomarse de la mano. Era minúscula, con un centímetro menos entraba en el rango de los enanos.

Eso lo supe gracias a un curso de biología en el que estudiamos la variación de la morfología humana y tuvimos que medirnos y pesarnos en clase, a la vista de todos, para ejemplificar la exposición del profesor. Con verdadera delectación busqué en las tablas el rango al que correspondía su estatura y, para su desventura, descubrí que se situaba en la zona anaranjada, es decir, por debajo del sector verde de la normalidad y con un pie en el rojo de los casos perdidos. No me burlé abiertamente de ella, me contenté con prevenirla, delante de todo el mundo, de que era mutante. Seguro que me odió por las sonrisas irónicas y las miradas entendidas que intercambié con el resto de los alumnos.

En realidad no era fea, pero con su ausencia total de coquetería, su cara lavada, sus uñas cortas y sus pelos trenzados, hacía todo lo posible para convencernos de lo contrario. Tenía un aspecto muy curioso, sus ojos redondos y saltones, la nariz puntiaguda, las orejas miniatura, y unas manitas ágiles y nerviosas, sólo podían asimilarse a un tipo muy específico de musaraña. Me costó largas horas dar con el bicho que correspondía a su apariencia, hasta que por fin en la página ciento diecisiete de la *Enciclopedia Ilustrada de la Fauna Americana*, me encontré con una zarigüeya que parecía su doble. Se trataba específicamente de la variedad lanuda *Caluromys philander*, nada más le faltaba la cola pelona para ser igualita a la del dibujo. Desde entonces la llamamos Zarigüeya, pero nada más entre nosotros, tampoco éramos tan desalmados como para hacerlo abiertamente.

Cometa, a diferencia de este mamífero marsupial de habitudes nocturnas, tenía que regresar a su casa a las siete de la noche o a más tardar a las nueve con permiso especial de su papá, que era al mismo tiempo su amor imposible y la cruz más pesada de su vida.

Rígido profesor de historia en una escuela católica, don Herculano Rodríguez vivía aterrorizado ante la posibilidad de que su hija se pareciera un día a esas descaradas que iban por la vida en minifalda y tacones altos. La infantilizó a tal grado que, llegado el momento, la pobre no supo qué carrera elegir, y le pidió que escogiera en su lugar. Así fue como se encontró atrapada en unos estudios para los que no tenía ni las ganas, ni las aptitudes, y mucho menos el físico adecuado.

Efectivamente, las estudiantes en comunicación teníamos fama de guapas y cultivábamos nuestro atractivo físico. Todas soñábamos con ser animadoras de televisión y para ello trabajábamos nuestro estilo, mientras que Cometa con sus calcetines blancos, sus mocasines, sus faldas escocesas, sus lentes de fondo de botella y sus suéteres de monja, no hacía ningún esfuerzo y de seguro no llegaría ni a servirnos el café antes de las noticias de espectáculos que nosotros presentaríamos en horario estelar y en cadena nacional.

Uno de esos días en que, despreocupadas, tomábamos el sol, se nos acercaron los cuates Wittelsheim. Eran gemelos idénticos, unos verdaderos adonis, altos, esculturales, dorados. Yo era una de las pocas que podía diferenciarlos hasta de lejos porque, de cuando en cuando, alborotaba las hormonas de Sigfrido hasta lograr que se acostara conmigo. Yo estaba loca por él. De puro contemplarlo desnudo sabía que su piel tenia reflejos azafrán, de los que carecía su hermano Tristán, al que también le faltaba simpatía por mí. De hecho me detestaba, me juzgaba demasiado llamativa, poco artística y medio piruja.

Su papá era el director de la filarmónica del estado, su mamá una conocida contralto y cada uno de sus hermanos tocaba varios instrumentos. Una vez al mes organizaban una velada musical en su casa, a la que nunca fui invitada, pues yo sólo sabía tocar *Martinillo* en una flauta de carrizo. Aunque, a decir verdad, tampoco me hubiera gustado frecuentarlos, pues los Wittelsheim eran de lo más *snob*. Se situaban en la cima de la intelectualidad y consideraban poco menos que iletrados a los que, como yo, nunca habían asistido al Festival de Bayreuth. Como si todo lo que contara en la vida se resumiera a visitar pueblos bávaros para escuchar leyendas germanas cantadas a gritos por tenores que dan miedo y sopranos gordas con cascos alados.

A pesar de haber crecido en semejante ambiente, los cuates eran divertidos y extravagantes bromistas. Por eso cuando nos ofrecieron boletos para la rifa de un 'Estuche para Dama', nos preguntamos de qué nueva excentricidad se trataba. Cuando supimos que el usufructo del estuche duraba sólo una hora y que consistía en un muchacho encuerado y una caja de preservativos, cada uno compró un boleto a nombre de Cometa, a la que un *kit* como esos le caería mejor que a cualquiera de nosotras.

Su asombro se tornó en desconfianza cuando le regalamos los boletos sin explicarle en qué consistía el premio. No era para menos, después de todo, siempre habíamos sido desagradables con ella y detrás de tanta amabilidad sólo podía esconderse una sórdida razón.

Por supuesto que ganó, con tantos boletos a su nombre sus probabilidades se multiplicaron, y me preparé a pasar un momento de risa loca. Presté mi casa para la entrega del premio aprovechando que mis papás se encontraban de viaje. Limpié y adorné mi recámara con velas aromáticas, flores y hasta un cesto de frutas como en los grandes hoteles. Estábamos ya reunidos en la sala cuando por fin llegó el premio. Ahí empezó mi suplicio.

Tristán venía solo con una caja inmensa que transportaba en un diablito. Nadie tuvo la delicadeza de avisarme que los planes habían cambiado. Cuando supo quién era la ganadora, el imbécil de Sigfrido decidió reemplazar, él mismo, al modelo de revista que habían previsto contratar y ahorrarse así su sueldo. Estaba seguro de que no tendría nada que hacer, pues al conocer el contenido del estuche para dama, Cometa saldría corriendo aterrorizada ante la perspectiva de encontrarse a solas con un hombre durante una hora.

Efectivamente, la pobre casi se desmaya cuando lo vio surgir de la caja, encuerado, y con la pija disimulada detrás de un moño de seda. Pero para sorpresa de todos, la maldita enana se repuso rápidamente del susto y a Sigfrido no le quedó de otra que asumir su papel de premio. Empujado por los aplausos de todos los presentes, la tomó de la mano y se la llevó a mi recámara.

En la sala se inició la fiesta. Todos reían, comentaban la reacción inesperada de Cometa, y me vigilaban sin pudor para divertirse con mi desesperación mal disimulada.

Cuando pasó la primera hora y no salían del cuarto, me fijaron con más saña aún.

Dos horas después, se presentaron en la sala. Pudimos constatar que Cometa estaba transfigurada: sonrosada y resplandeciente, con el cabello suelto por primera vez, los ojos brillantes y la cuca agujereada... Bueno eso último no lo comprobamos, pero habría que ser bien pendejo para no imaginarlo.

Todavía siguen juntos. Viven en una casa con un gran jardín y me hicieron madrina del primero de sus tres chiquillos, en agradecimiento por haber propiciado su feliz encuentro.

Cometa es igual de zarigüeya que en los años ochenta, me considera su mejor amiga y probablemente lo soy porque acabé por apreciarla. Sigfrido es todavía más guapo que antes, pero ya no le alboroto la hormona, aunque siga loca por él. En cuanto a mí, no he cambiado tanto, soy la misma puta que entonces, pero 27 años más vieja.

Roberto Mansilla

Estados Unidos

Nací en Lima, Perú, en 1969. Vivo desde los 18 años en los Estados Unidos. Trabajo con personas con discapacidades mentales y dicto clases privadas de español.

Tengo en mi haber una mención de honor en el Concurso de Narrativa Poetas y Narradores del ICP de Miami con mi cuento "Viaje Astral" (género fantástico), el cual fue publicado en el 2009 en el libro anual del mismo instituto.

En el 2010 publiqué mi primera novela "Voluntario", bajo el sello La Casa de Cartón, que fue presentada en la Feria Internacional del Libro de Lima 2010, y en Providence, Rhode Island, auspiciada por la biblioteca comunitaria de dicha ciudad.

En el 2011 obtuve el tercer lugar en el Concurso del Instituto de Cultura Peruana de Miami con mi cuento "La Luz" (género fantástico), que fue publicado en el libro anual de dicho instituto cultural.

En el 2012 obtuve el primer lugar en el Concurso Nacional de Cuento Felizh (Huancayo) con mi cuento "La Casona" (género fantástico).

El 2013 publiqué el libro de cuentos "Del Pacífico al Atlántico. Cuentos desde la otra Orilla", con el escritor peruano residente en Virginia, Alfredo Del Arroyo Soriano. El libro fue presentado en la FIL-Lima 2013 y en el Consulado General del Perú en Washington D.C.

La lengua de Barrabás

Mariela y yo estamos desnudos en la cama. Mi perro, Barrabás, nos mira con cara de sueño, echado sobre el piso a unos metros de nosotros. Sus orejas son largas y su hocico puntiagudo.

Marielita dice que soy un loco y a veces creo que tiene algo de razón.

El querer ser cuentista en pleno Boom Latinoamericano donde la novela es la estrella es verdaderamente una locura. Los cuentistas estamos siendo ignorados en estos tiempos. O por lo menos esa es mi sensación. No sé si llamarme escritor. Nadie me conoce. Eso sí lo sé. Y es muy probable que nunca publique. Eso lo tengo claro. Pero escribir cuentos es mi vicio, mi pasión, y nunca dejaré de hacerlo.

No lo he dicho aún pero Marielita es mi amante incondicional. Entre nosotros no hay promesas ni compromisos. Ella es una buena mujer y me quiere a su manera. Nos tenemos confianza y nos tratamos con mucha entrega, o mejor dicho, con mucha pasión y con cierto desprecio, también. Nosotros vemos esto último como parte de nuestro juego, aunque a veces el desprecio es tan real, que nosotros mismos lo creemos.

Mariela cree que estoy loco, como ya dije anteriormente, pero, para ser sincero, yo pienso que ella está algo loca también, porque de otra manera no me apoyaría en mis locuras.

Seguimos ambos desnudos, silenciosos, acostados en la cama.

—¿Lo hacemos, amor? —le digo.

La miro de soslayo y no me contesta. Está con los brazos cruzados y la frente arrugada.

—Amor, ¿lo hacemos? —insisto.

—Hagámoslo, pues, loco de mierda.

Antes que se desanime me destapo bruscamente, bajo los pies al piso y camino descalzo y desnudo hasta mi escritorio. Pongo la silla de lado y me siento. El cuaderno está abierto junto a mi lápiz recién tajado. La noche pronto llegará, y enciendo mi lamparita de escritorio para poder escribir.

Mariela aún sigue en la cama y me mira con pereza, con algo de fastidio y parece estar con frío. Sé que no quiere hacerlo. Sé que no le agrada la idea de servirme de modelo, o de puta, como ella dice.

—¿Por qué no contratas a una mujer de esas? Le pagas y te hará lo que desees.

—No pues, Marielita, amorcito mío, ricura del cielo, contigo es distinto, contigo será mucho mejor.

—¡Puta madre!, loco de mierda. No me palabrees, que bien que te conozco. Tú, con tal de ahorrarte unos soles, eres capaz de lo que sea. Y yo, de cojuda, acepto.

Marielita está enojada porque le he pedido que me haga un cariñito, que me toque la corneta, que me dé un concierto de la gran flauta, para que yo, mientras ella lo hace, pueda narrarlo, escribiéndolo con detalles, gemidos y sensaciones. Este cuento tiene que ser muy real, muy vivible, casi palpable, le explico. Tiene que ser no solo un cuento digno de ser publicado, sino de ser un cuento ganador. A Mariela le parece una bajeza de mi parte que le haya pedido tremendo favor. Se ofende. Y es que ella no valora como yo la creación literaria. Yo he sabido de escritores excéntricos que se disfrazan cuando escriben, según el personaje, para así vivir mejor su relato. Sé de algunos que incluso golpearon o mandaron golpear a cualquier extraño en la calle, solo para observarlo todo, y después narrarlo crudamente tal cual sucedió.

—Ven, amor, por favor —le digo.

Mariela coge una almohada y camina hacia mí. Barrabás se pone de pie y la observa. Ella tira la almohada al piso y se arrodilla entre mis piernas. Empuño el lápiz y la miro hacia abajo, ansioso.

—Ya pues, amorcito. Hazlo, así como te expliqué.

Y ella mira el miembro con fastidio, le da un par de lapos y lo coge con desgano.

—Eso dolió, amor. Y si lo haces así no podré escribir nada bueno —digo.

—Puta madre, me tienes podrida con tus huevadas. Lo único que falta es que un día quieras escribirme un cuento en el culo mientras tiramos, ¡carajo!

Un instante después, Mariela ha dejado de requintarme, y, súbitamente, abre la boca y se lo mete de porrazo, pero lo hace sin emoción alguna. Me siento desmoralizado. Yo no puedo describir esto, no así, porque no va de acuerdo con el cuento que quiero lograr. Yo tengo que escribir algo excitante, lleno de amor y deseo. Pero como veo que ella no cambia su actitud, no me queda otro remedio que hacer uso de mi imaginación.

Ella me mira con desprecio y lo lame muy aburrida, pero yo escribo que me mira con amor y lo lame muy encendida.

Mi perro sigue mirándonos muy atento mientras se le escapa un lamento.

Mariela sigue haciéndolo con total indiferencia, se lo saca de la boca y me dice: «Huevón, te desprecio», pero yo escribo que la sigue chupando con absoluta entrega, y que se lo saca de la boca y me dice: «Precioso bombón, te amo con ternura y devoción».

La habitación ha quedado en penumbra, y Barrabás da unos pasos para mirarnos de cerca. Yo trato de botarlo, pero no lo logro.

—¡Vete, carajo! ¡Que me cortas la inspiración!

La lámpara solo alumbra mi cuaderno. Escribo y me sale horrible la letra, más horrible de lo normal. Nunca pensé que sería tan difícil escribir mientras te tocan la corneta.

Mariela está ofuscada, me clava la mirada y me dice: «¿Cuánto tiempo más tengo que hacer esta huevada?, ¡carajo! Ya me duele la mandíbula de tanto chupar, maricón», pero yo en cambio escribo: «Qué rica la tienes mi amor, y por tenerte así te regalo con gusto mi cuerpo y mi corazón».

Ahora me golpea el estómago y me dice: «Esta vaina está más blanda que las tetas de mi abuela, huevón, y si no se pone dura en treinta segundos me paro y me voy», pero yo escribo: «La tienes de acero como Superman, mi amor, eres todo un Chuchan Boy».

Minutos después logro una firmeza envidiable, y Marielita por fin deja de lanzarme insultos. La siento más cariñosa.

—Ten un poquito de delicadeza, carajo, y cúbreme con una sábana.

Yo me pongo de pie, sonriendo, y camino hacia la cama. Cojo una sábana y regreso apurado, nervioso, y tapo su espalda desnuda. Luego me siento en mi trono y ella vuelve a lo suyo. La sábana le ha quitado el frio y ya no se queja, y ahora parece hacerlo con más gusto. Está concentrada. Mariela lo disfruta y yo más que ella. No me atrevo a interrumpirla, pero le acaricio el cabello en son de agradecimiento. Le digo palabritas de amor. Le digo que la quiero. Todo está perfecto ahora.

Yo sigo escribiendo, con los ojos casi cerrados y la cabeza inclinada. Marielita ahora está realmente encendida, entregada, y esa entrega desmedida me sorprende.

Los minutos corren y mi sangre arde, igual que mi escritura. Me cuesta trabajo escribir, pero lo disfruto al máximo. Me tiembla la mano. Me suda la frente. Y cuando empiezo a sentir que mi relato y yo vamos a llegar a un glorioso final, Mariela pega un brinco y grita muy fuerte.

—¡Todavía no, carajo!

Mariela se pone de pie y me coge por las orejas y me refriega contra sus enormes pechos, abre las piernas, se acomoda sobre mí y baja lentamente.

—Amor, lo que quiero narrar es solo un concierto de flauta.

—¿Qué cosa? ¡Cállate la boca, loco de mierda!

Marielita está desbocada. Pasa sus brazos detrás de mi cuello y me jala hacia su cuerpo. Barrabás ahora me mira sorprendido, mueve su cabeza de lado y suelta un largo lamento.

—Amorcito, así no puedo escribir nada.

Mariela está poseída por algún demonio desconocido y cochambroso. Nunca la había visto así. Suelta gemidos casi diabólicos, desesperados. Yo busco el cuaderno con mi mano derecha y lo encuentro. Agarro el lápiz y trato de escribir a ciegas, pero los movimientos de Marielita son brutales y me salen solo garabatos.

—Amorcito, vamos a romper la silla si seguimos así. Por favor, contrólate.

No contesta. No dice nada. Y en la habitación solo se escuchan los gemidos de ella, el crujir de la silla y los lamentos del perro.

Para suavizar la arremetida de Marielita, me sujeto de mi escritorio con la mano derecha, y con la izquierda la rodeo por la cintura. Pero ella sigue moviéndose como loca, con sus brazos enredados en mi cuello. El escritorio se tambalea. Barrabás se pone de pie y se acerca, pero se ahuyenta cuando la lámpara cae y se revienta contra el piso.

No se ve casi nada, pero esto parece no importarle a Marielita.

—Amorcito, no puedo respirar, me vas a desnucar. Amor, por favor, no me aprietes tanto el pescuezo.

Un fuerte crujido me anuncia un aparatoso final. Una de las patas traseras de la silla se rompe y caemos patas arriba. Yo, de espaldas contra el piso, y Marielita encima mío, con sus hermosas nalgas en pose de bienvenida.

—¡Puta madre, huevón, ayúdame a levantarme! ¡Sirve para algo, carajo!

Estamos atascados. El peso de ella no me deja ponerme de pie. Y mientras seguimos en esta lucha por pararnos, casi a ciegas, en penumbra, solo iluminados por la luz del poste de la calle que entra por la ventana, Marielita suelta un grito muy agudo y ensordecedor.

—¡Perro hijo de puta! ¡Maldito animal! ¡Voy a matarte!

Marielita patalea con furia. Yo volteo la cabeza y veo a Barrabás corriendo muy asustado hacia la puerta, relamiéndose el hocico y con el rabo entre las piernas.

Yadiris Luis Fuentes

Cuba

Yadiris Luis Fuentes (1992, Cuba). Licenciada en Periodismo por la Universidad Hermanos Saíz Montes de Oca de Pinar del Río (la tierra del mejor tabaco del mundo). Egresada del décimo sexto Curso de Técnicas Narrativas del Centro de Formación Literaria Onelio Jorge Cardoso y escritora en ciernes. Lectora empedernida de realismo (aunque gusta de leer cualquier obra inteligente y bien escrita), devota de Gabriel García Marquéz y del periodismo literario.

Cleptomanías

Danae está agitada. Sus ojos pardísimos observan cada detalle: la ventana tapiada, el escritorio de cedro con la caja registradora encima, junto a una montaña de planillas vacías, los dedos toscos del cuidador de turno o la cuidadora porque existe cierta feminidad impuesta en los giros de la muñeca, en el mal trenzando del corto cabello y en el disimulado maquillaje anti ojeras.

No logra ver mucho del cuidador. Está arrellanado en una dura silla y sus extremidades inferiores se pierden bajo todo ese cedro. Danae no sabe si el cuidador podrá correr rápido y alcanzarla en la avenida, por eso necesita ver sus piernas. Por ahora solo se centra en los ojos extraviados en la pantalla de un móvil, que por momentos van de la pantalla a la ventana y así hasta el cansancio, que se torna en aburrimiento. Aunque parezcan dos perlas negras sin brillo, Danae sabe que esa mirada está entrenada contra la gente como ella, por eso con disimulo también le vigila. Encontró este lugar por casualidad. Siempre le sucede lo mismo; sale a andar con el objetivo de despejar, y halla librerías nuevas repletas de libros viejos y encartonados por la humedad de los años; algunos aún conservan un perfecto encuadernado.

Deja de mirar y palpa con detenimiento. Sus manos levantan el polvo que poco a poco se impregna en ellas. Es tanto, que Danae esboza figurillas en las portadas. Dibuja un sol, cuatro nubes, una concha, unos anteojos, una vulva... cada imagen que pueble su mente se materializa en el polvo antes de morir en el soplo lento que brota de su boca.

El bolso descansa abierto, espera. Dentro del precipicio de tela van cayendo uno, dos, tres, cuatro y hasta diez libracos, en dependencia del tamaño y de la edad; muy importante la edad.

Para Danae ese es el rasgo más importante de un libro, su edad y el sabor que le impregnan la suciedad, las muchas manos, las polillas y el encierro, porque al pasarle la lengua a un libro Danae puede saber su historia o por lo menos tejerla en su imaginación: verlo al lado de una mesa de noche rodeado de colillas de cigarro o custodiando la flor muerta de algún jarrón descolorido, también abierto sobre una almohada, tirado en una mesa o en un banco del parque. Los libros recorren muchas rutas y Danae prefiere saberlas todas o al menos inventarlas.

Encuentra uno enorme, editado en 1992 y la boca parece inundársele de saliva. En el 92 ella solo era una mitad de espermatozoide-óvulo inexistente, en pugna por nacer y arrebatarle una vida más a los anticonceptivos. Nunca ha tenido que usarlos, piensa en lo antinatural de introducirse trozos de cobre y plástico con nombre y forma de consonante. No entiende cómo una letra tan inofensiva como la T puede portar tanto dolor. El libro es todo blanco. Ella palpa la cubierta y cierra los ojos para sentir la rugosidad y dureza de la tapa. Piensa que es una obra universal mientras se chupa los dedos polvorientos. Con temor hojea el volumen, el nombre de otra mujer la sobresalta: *Ana Karenina*. Danae siente cómo se le acelera el pulso y su entrepierna comienza a humedecerse. El cuidador, en medio de su modorra, no percibe cómo *Karenina*, con todas sus páginas, cae dentro del bolso y Danae sale con sigilo por la única puerta de la librería.

Al fin está a salvo de miradas. Tras la puerta de su apartamento del quinto piso descansa el paraíso: un montón de libros ordenados por tamaño, porque ella adora los tamaños, los grosores y los encuadernados. Llega al cuarto y saca cuidadosamente los libros robados, los pone encima de su cama. Ve a *Ana Karenina* y vuelve a humedecerse. ¿Por qué siente esas cosquillas? No lo sabe, no quiere saberlo. Lleva su mano derecha bajo la falda y con cierta torpeza se baja las bragas, odia llevar bragas. Sus dedos hurgan entre sus labios mayores, siente el clítoris hinchado. La mano izquierda levanta la blusa, roza con suavidad cada uno de los senos, los pezones se yerguen tras el toqueteo. Está muy excitada, piensa en Karenina, tan rusa, tan blanca, tan clásica.

Los personajes femeninos de los libros la atraen, la hacen arder. Retira la molesta falda y toma el libraco, es grueso y por tanto pesado para sus débiles muñecas. Sentada en una de las esquinas de la cama, se dispone a masturbarse. El ancho lomo del libro acaricia el clítoris rosado. Danae siente la rugosidad del lomo en cada movimiento, su interior se deshace en flujos. Toda su vulva entra en contacto con la blancura rusa. Pero su mano está cansada, pesa demasiado *Ana Karenina*; es frío. Al final no logrará un buen orgasmo.

Mira el librero del cuarto. Todos los volúmenes ordenados y limpios. En medio de tanto orden está *La feria de las vanidades*, su lomo parece desgastado por tanto fluido vaginal. Danae adora esa obra, fue el primer libro en llegar a su entrepierna y sigue siendo perfecto a pesar de su deterioro. Sin embargo quiere probar nuevas cosas. A muchos de sus amantes del pasado los obligó a masturbarla con aquel lomo carmelita. Casi todos la tomaron por loca, quizás por esa razón ya no la visite ninguno.

Se convence de que no va a suceder, no logrará el clímax. Piensa que su día es un fiasco, solo unas bragas húmedas y una muñeca agotada por el peso de *Karenina*. *Cómo odio al puñetero libro, ¿por qué tuve que robarlo?*, se pregunta confundida. En su cabeza todo es frustración. Hace días que buscaba un libro nuevo para deleitarse y justo cuando lo encuentra es inservible.

Molesta, se asoma al balcón. Su pelo rojo ondea al viento, no se percata de su cuerpo semidesnudo. En el edificio del frente, un escritorcillo teclea en su vieja máquina de escribir. Lleva días sin afeitarse y su cabello desaliñado evidencia despreocupación por sí mismo. No resulta hermoso pero Danae ve algo en él, en sus locas manos presionando frenéticamente las teclas. Esas manos escriben y ella adora los libros. Se imagina al escritorcillo más masculino, sin ropas y masturbándose para ella. La mira desde su balcón, le guiña un ojo y se relame los finos y ligeros labios. El pene enorme y repleto de venas a punto de reventar por la tensión. Danae no puede contenerse, lleva sus dedos abajo y descubre cómo sus muslos están embarrados de sus propios flujos vaginales. El escritor sigue deslizando fuertemente su mano por el pene erecto, roza con desafío el glande hinchado y el semen cubre parte de la baranda negra del balcón.

Ha sido solo su pútrida imaginación. El escritor sigue presionando teclas, ni siquiera ha salido de su mundo para percatarse de que en el edificio paralelo al suyo una mujer semidesnuda se toca por él. Lo sigue observando, ya no con la lascivia de antes. Parece atrapada en la imagen, no siente deseos de caminar o hacer alguna cosa. Está exhausta, siempre le sucede lo mismo después de un orgasmo; queda convertida en un manojo de sensaciones inamovibles, de ansias muertas. Necesita algunos minutos, tal vez tres o cinco, para volver a la realidad de su apartamento repleto de "librobjetos sexuales".

Alguien aparece donde el escritor, unos brazos le abrazan por detrás mientras que unos labios gruesos y pintados de rosa claro le chupan el cuello. Este se vuelve y le sonríe a la chica extremadamente delgada y rubia que le mira. Es casi anoréxica, lleva pantalones ceñidos y una camiseta púrpura que acentúa su palidez. Los cabellos rubios le caen sobre la frente. La muchacha es llamativa a pesar de lo fino de su talle, es sensual a los ojos mórbidos de Danae, quien ha vuelto de su ensimismamiento.

La rubita logra alejar al escritor de su trabajo. Lo arroja hacia la cama y sin miramientos le desnuda. Parece apurada, con sus ágiles manos toma el pene y lo acaricia, se inclina y lo desaparece en su boca. Ha logrado su objetivo, retira sus pantalones, aparta las bragas y se introduce el pene erecto del escritor. En cinco minutos logra que eyacule, sus movimientos han sido rápidos y continuos. Lleva una de sus manos a su vulva y toma el semen que le cae en ella y lo sorbe frenéticamente. Luego muerde sus labios y en sus ojos pequeños se advierte la necesidad de más, pero se contiene. Sabe que luego habrá más, siempre que ella lo busque habrá más.

A horcajadas se pone en encima del rostro de su amante. Le pide que abra la boca y deja que aquella lengua hurgue dentro de ella. La lengua recorre los labios mayores y menores, el clítoris irritado por el sexo y lo chupa con fuerza al tiempo que ella se mueve otra vez como si estuviese en la grupa de un caballo. Al fin, llena la boca del escritor con sus fluidos.

Danae no ha perdido un solo detalle. Observa y se siente caliente otra vez, pero no quiere hacerlo siempre sola. La aburre ser su propia amante, no tener a alguien con quien jugar, solo a los silenciosos libros. La chica se para en el balcón a fumar un cigarrillo, lleva la camiseta subida por debajo de sus minúsculos senos de pichón. Levanta la mirada y ve a Danae, esta disimula mirando hacia otra parte, pero la atracción es mucha y sin notarlo termina volviendo sus ojos hacia la rubia que le guiña un ojo y descubre sus senos, aparta el cigarro de la boca y humedece el dedo anular de su mano derecha y se frota un pezón una y otra vez. Danae corre hacia adentro.

Esa muchacha debe estar loca. ¿Qué hace, si su novio está tendido en la cama? ¿Acaso no le importa?

Llega al cuarto y ve sus libros encima de la cama. Está consternada por los recientes sucesos y a la vez despide ira por todo su cuerpo. Coge a *Ana Karenina* en sus manos y arranca las hojas molesta. Le lleva mucho tiempo acabar con tan grueso ejemplar. Busca *La feria de las vanidades* y se dispone a desmembrarlo también, no quiere más libros entre sus piernas, de repente los odia con fuerza. Acaricia por última vez el viejo y arrugado lomo carmelita. Lo abre por la mitad y oye que tocan a la puerta. El toque resulta incómodo para sus oídos. Con cierto disgusto termina de desnudarse y toma un vestido del clóset, se lo pone y camina hacia la entrada de su apartamento.

Ante ella está la rubita. La mira desconcertada mientras la otra le pide permiso para entrar.

Tras ellas se cierra la puerta.

Leonardo Mendoza

Venezuela

Nacido en Caracas, el 1ero de julio de 1987. Narrador y dramaturgo.

Licenciado en Filosofía egresado de la Universidad Central de Venezuela. Formado como director de teatro en las filas del Grupo Teatral Séptimo Piso.

.

Alegato plástico

A ver, una cosa está clara: en aquel entonces no la pasábamos bien. No sé si era una obsesión, una fantasía o una locura. Pero yo quería hacer una orgía con Antonella y sus hermanas. De hecho, cuando hacíamos el amor casi siempre imaginaba que mis cuñadas nos chupaban los sexos, se tragaban nuestros fluidos y se sometían ante todos nuestros deseos. La cuestión rondaba en mi cabeza desde que las conocí en un local nocturno. Recuerdo que aquella noche estaba con Daniel, un antiguo compañero de la universidad. Veníamos de un toque y decidimos ir a bebernos unos tragos. Nos fuimos en su carro hasta un local que él conocía. «Vamos», me dijo, «allí siempre se consiguen putas». «Vamos, pues», le dije. Allí conocimos a Antonella, Patricia y Leonela. Ellas estaban solas, buscando con quién divertirse un rato. Luego de tomarnos unos tragos nos fuimos a casa de Daniel. Yo follé con Antonella y él junto al otro par. Lo de ellos fue una cuestión que se resolvió en una sola noche, pero lo mío con Antonella, quizás por su carácter inocente y poco malicioso (creo yo que soy igual, a decir verdad), se extendió un poco más y al día siguiente fuimos al cine, luego la invité a cenar y pronto le presenté a mis padres. Comenzamos una relación que se fue extendiendo hasta el punto que decidimos vivir juntos. Fue hasta entonces, luego de algunos años, que compartí mi fantasía con Antonella. Ella, como me lo esperaba, no se lo tomó bien. Una crisis vino; nos separamos; luego, volvimos porque nos extrañábamos. «Que nos queremos, que sí, que no me gusta eso, Cristian, por favor no vuelvas a plantearme algo así», son cosas que ella decía.

Un día, tuve algo en mente. Se me ocurrió comprar tres maniquís. No eran para nada similares a Antonella y a sus hermanas, pero se me ocurría que podía disfrazarlas para hacerlas parecer.

Vestirlas, pintarles las uñas de sus manos y pies, al igual que sus labios. A una quise vestirla de rojo, a otra de blanco y a la que restaba, de negro. Ellas eran muy coquetas. Tenían sus bocas ligeramente abiertas, como si estuvieran esperando ser besadas o quizás ser embestidas por diez penes.

Semanas atrás me sentí solo, y aprovechando que Antonella estaba de vacaciones con su familia, saqué a las tres maniquís a pasear por la ciudad. Fuimos a varios miradores donde fumamos y bebimos hasta emborracharnos. Cuando regresamos al edificio donde yo vivo, en el estacionamiento, me aseguré de que nadie estuviera cerca, y las saqué a las tres del carro. Subimos en el ascensor. Entramos al apartamento y les dije: «Hemos llegado, chicas, ¿quieren otro trago?». Serví cuatro copas de vino para luego arrellanarnos en el sofá de la sala. Mi cabeza estaba en el regazo de Patricia y Leonela estaba tirada encima de mí. Antonella estaba sentada lejos, un poco celosa. «Amor, no estés celosa», le dije, «únete a nosotros, ven, vamos a divertirnos». Poco a poco mi pene se fue endureciendo. Había puesto a las tres de espaldas, arrodilladas en el piso, levantando sus culos brillantes hacia mí. «Vamos», me decían, «queremos sentirte, Cristian». Yo les pegaba nalgadas a las tres, luego las besaba y metía mi pene entre sus dedos y hacía que me masturbaran. Quise cogerlas pero ellas estaban cerradas. Fue difícil, así que tuve que masturbarme frotando mi pene contra sus pequeñas y duras nalgas.

Eyaculé.

Cuando terminé, escondí a los tres maniquís. Pensé que si Antonella se enteraba de lo que había hecho seguramente me dejaría o me mataba. Cuando revisé el teléfono leí un mensaje de texto de ella que decía que me extrañaba y que estaba molesta con Patricia y Leonela por ser tan zorras. No le contesté, y lo único que pensé fue que no tenía que decirme esas cosas de sus hermanas. Ella regresaba supuestamente en tres días. «Cuando llegue», me dije, «se vendría al departamento y haríamos el amor». Pero yo no quería hacerlo con ella. Me tiraba las chicas-maniquí unas cuatro veces al día. Ellas eran mucho mejor que la

Antonella de carne y hueso, que no estaba mal: bien tetona, lo cual compensaba su falta de trasero y, por supuesto, sus ojos enormes y azules. Yo solamente quería sexo y estas tres chicas me lo daban cuando yo quisiera sin decirme que no. Era obvio que cuando llegara Antonella tendría que esconderla o botarla a ella y a sus hermanas.

Esa tarde, salí temprano del trabajo y fui a comprarles ropa interior en La Senza, un lubricante y una botella de vino Casillero del Diablo. Cuando llegué, ellas me estaban esperando, sentadas en el comedor. Las saludé y les pregunté cómo estaban. Les dije que les traía una sorpresa y les mostré lo que había comprado. Ninguna me dijo nada, creo que se apenaron por las pantaletas de encajes que tendrían que usar para mí esa noche. Inclusive, creo que me molesté un poco, hubiese querido un poco más de emoción por parte de ellas. Igual tuve que vestirlas. Comenzamos a hablar y les pregunté que cómo habían pasado el día. Las sentí muy excitadas pero quise jugar con ellas un poco, hacerme el cansado o el que no quería acostarse con ellas en ese momento. Igual, no resistí mucho. Nos desnudamos. Luego de bajarnos la botella de vino comenzamos a follar. Paty y Leo estaban arrodilladas chupándome el pene mientras Antonella estaba sentada a un lado, con una mano en su entrepierna. Yo estaba más excitado que otras veces, mi glande parecía que iba a estallar, estaba más rojo que de costumbre, incluso me decía que éste era el mejor polvo de mi vida. El teléfono empezó a sonar pero no le presté atención. Pensé que quizás era del trabajo o quizás era Daniel que quería tomarse unas cervezas y probar suerte en algún lugar. Cuando estuve a punto de eyacular me alejé de Paty y Leo y me acerqué a Antonella. La empecé a besar y le decía: «Gracias, Anto, gracias por esto», y le chupaba los pezones, «no sabes cuánto te amo, no lo sabes, vamos a coger, sí, vamos a coger, voltéate, vamos a cogerte por el culo, para eso te abrí el hueco, déjame untarme el lubricante». Ellas gemían plásticamente, y le dije: «Mira a tus hermanas, las puse una encima de la otra, se están chupando, y lo disfrutan, sí, ¿no te gusta?, vamos, responde, di que te gusta, Antonella».

No sé si estaba muy excitado o qué pero no había escuchado la puerta. Antonella había entrado y presenció buena parte de mi orgía. Sus ojos azules estaban muy abiertos, como dos huevos fritos, observándome. Yo la vi cuando solté la última gota de semen en la cara de Antonella-maniquí. Ella estaba muy callada, no se creía lo que estaba viendo. «¿Terminaste?», me preguntó, y, al escucharla, sentí cómo mis órganos se comprimieron por un momento. «¿Terminaste?», repitió, y yo volteé, empalidecido, y le dije que todo tenía una explicación. Yo estaba desnudo junto a los maniquís y ella temblaba. «¿Qué demonios te pasa, Cristian?, ¿qué es toda esta mierda?», me preguntó, alterada, lo sabía por su tono chillón y entrecortado. «¿Qué quieres decir con toda esta mierda, cariño?, tú no quisiste que hiciéramos una orgía con tus hermanas y bueno, tuve que cumplir mi fantasía de una u otra forma». Su rostro parecía paralizado, estaba más pálida que de costumbre y yo continué: «Ven, te las presento: ella es Antonella, ella Paty y esta otra es Leonela; tú las conoces». Intenté disimular, como si aquello fuese algo absolutamente normal. «Dios, estás enfermo, necesitas ayuda», me decía, pero yo le dije que no, que sólo porque tenía sexo con ella y sus hermanas no quería decir que estaba loco. «Esas cosas pasan», le dije, «es más, ¿por qué no te desnudas y lo hacemos tú y yo y las chicas?», le pregunté, pero no quiso y más bien tomó la botella de vino ya vacía y me la lanzó. Ésta se estrelló contra la pared, explotando en cientos de pedazos. Es más, creo que si me la hubiese pegado me mataba. Y yo quise acercármele pero ella no me lo permitía. «Aléjate, Cristian. Aléjate o no respondo». Al decirlo, parecía enajenada, y prosiguió: «No sé cómo puedes tirarte a esas mierdas». En seguida, se acercó, pero no a mí, sino a los maniquís, y empezó a llorar. Yo quise consolarla pero me manoteó y luego cogió a las tres chicas y las destrozó una a una, mientras yo la observaba, atónito, desnudo. Luego, ella se fue corriendo del apartamento y yo la perseguí; bajó por las escaleras y yo detrás, quería alcanzarla para explicárselo todo, decirle que yo la seguía amando, que ellas no significaban nada para mí.

Así fue que cuando salí a la calle me vieron unos policías y me detuvieron. Me dieron una paliza y me metieron preso... Bueno, quisiera preguntarles algo: ¿por qué a todos ustedes se les nota tan pasmados? En fin, no me interesa: bueno, eso es todo lo que tengo que decir, señor juez. Pregúnteselo a mi psiquiatra y verá que no le estoy mintiendo. Ustedes no pueden volver a meterme preso.

ReeSe von Herder

España

Mi nombre es Sandra. Soy psicóloga, orientadora profesional y autora del blog www.lamalvalila.wordpress.com.

Mis dos pasiones son viajar y la literatura, a las que dedico la mayor parte de mi tiempo libre.

Empecé a escribir relatos con cuatro años y posteriormente poesía y novela, obteniendo mi primer premio en un concurso del colegio a la edad de siete años.

De entre mis obras, el microrrelato *La última persona* recibió una mención especial en el VIII Festival de Microrrelatos de Terror y Gore Molins de Rei (España); el microrrelato *El Piano* ha sido publicado por el diario gallego *La Voz de Galicia* en sus versiones digital y en papel en agosto de 2014, mientras que *Cenizas* fue publicado en agosto de 2015. *Saturnalia* aparece en la revista digital del blog *El Diván del Escritor*, *La sonrisa de Mario* en la antología en papel *Valores Humanos, de* Letras como espada y *El anillo de Marcos* en la antología *Amor y Poesía* de la misma editorial. Los relatos *La ola* y *A flor de piel* fueron publicados por las editoriales Diversidad Literaria y Carpa de sueños, respectivamente.

Humo en el espejo

Dos de mis dedos estaban dentro de su boca cuando escuchamos el inconfundible sonido del motor del Lamborghini de Cris. Se acercaba a la casa a gran velocidad, los neumáticos chirriando sobre el asfalto. Me estremecí de placer sólo de pensar en él pero su padre se detuvo, temeroso, y apartó su boca de mi mano, arrancando con los dientes un trozo del esmalte rojo. Sus ojos centelleaban miedo y vergüenza e incluso me pareció percibir, en la escasa iluminación del dormitorio, que su piel —naturalmente morena— se tornaba pálida.

«Cristóbal…», murmuró temblando, e hizo ademán de levantarse pero afianzando las rodillas sobre la cama y las manos sobre sus hombros lo retuve; todo el peso de mi liviano cuerpo sobre él. «Todavía no», le susurré, y aumenté el ritmo de mis movimientos. Su deseo era tan superior a su miedo que no se resistió. Recorrí con mi lengua sus labios, el interior de su boca y su barbilla, mientras el coche se detenía y apagaba el motor.

El placer llegó de repente, como solía ocurrirme con él. Conseguí reprimir el primer gemido pero el segundo se deslizó inevitablemente desde mis entrañas, subiendo por la garganta como si de un torrente de aire cálido y perfumado se tratara, haciendo sonar, al final de su recorrido, las cuerdas vocales. Fue él quien ahogó el sonido con una mano, mientras con la otra me apretaba más contra sí. La puerta principal se abrió y se cerró y escuchamos la voz de Cris llamar a su padre y a su hermana. Su padre, duro ex militar de las fuerzas armadas, se revolvía bajo mi cuerpo, temblando como un adolescente ante la posibilidad de que lo descubriesen, sudoroso y excitado, a punto de estallar con el placer prohibido.

Los pasos ascendían por la escalera. Por un momento estuve a punto de desistir —¡era demasiado arriesgado!— pero la voz de Olga detuvo el ascenso y los hermanos comenzaron a hablar mientras, unos metros por encima, su padre alcanzaba el cielo con un ángel revestido de encaje negro, pegado a la piel con saliva y sudor. Esperé varios segundos hasta que dejó de temblar y me deslicé silenciosamente hasta el cuarto de baño, enganchando uno de los clips del liguero que se había soltado antes de cerrar la puerta tras de mí, para permitirle ver una vez más la silueta de mi cuerpo semidesnudo. Encendí uno de los cigarrillos que su mujer escondía en un cajón y observé, entre una nube de humo, mi reflejo en el espejo. Después me puse el impecable Valentino blanco que Cris me había regalado la noche anterior, por nuestro aniversario.

Cuando regresé a la habitación, él ya no estaba. Arrojé el cigarrillo por la ventana, abrí la puerta muy despacio y escuché. Su voz se había unido a la de sus hijos en el piso de abajo. Con mi mejor pose de naturalidad bajé las escaleras y me reuní con ellos. Todavía tenía las mejillas ruborizadas y las ingles palpitantes cuando Cris se inclinó sobre mí para besarme. Una de sus manos se deslizó furtivamente bajo el vestido y vi un destello de fogosidad en sus ojos al percibir que no llevaba bragas. Olga reparó en el gesto y sonrió con picardía. El recuerdo de aquella tarde en la piscina me golpeó poderosamente. Me había provocado hasta el extremo, deshaciéndose del bikini y recostándose en la tumbona con las piernas entreabiertas. Eso había ocurrido mucho después de que empezara lo mío con su padre.

Cris murmuró una disculpa y subimos a la habitación. Sus dedos recorrieron la carne y supe, por su engreída sonrisa, que pensaba que aquella humedad era obra suya. Sin preocuparnos mucho por el ruido que ocasionábamos, hicimos el amor salvajemente, con el recuerdo del esbelto cuerpo desnudo de su hermana en mi cabeza.

Juan Carlos Esquivel

México

Nació en Ciudad Juárez, México, en 1971. Publicó en 1988 *Jacaranda*, una novela por entregas en la sección *La Obra*, del periódico *El Fronterizo*. Su trabajo literario se ha publicado en dos antologías: *Norpaisaje*, Antología del taller literario del INBA en Ciudad Juárez, y en *Dosis Letradas*, antología para celebrar los 35 años de la Universidad Autónoma de Ciudad Juárez (UACJ). Fue seleccionado para participar en el Segundo *Virtuality* Literario "Caza de Letras", organizado por la UNAM y Editorial Alfaguara. Ha publicado también en las revistas *Blanco Móvil, Semanario, Paso del Río Grande del Norte* y *Arenas Blancas*, de la NMSU. Finalista en 2007 del Primer Concurso de Relato Corto "Rodeo de Palabras", organizado por *Periódico Expresso* de Hermosillo, Sonora; finalista en 2014 del Segundo Concurso Internacional de Relatos Pecaminosos Contacto Latino, y en 2015 del Tercer Concurso Internacional de Relatos Pecaminosos Contacto Latino, ambos de Pukiyari Editores, Estados Unidos.

El Padrote

Todos en el barrio sabíamos que el papá de Armando era muy estricto. Pero no era esa la palabra que empleábamos en nuestro léxico de púberos. Más bien, decíamos que don Manuel era bien culero; castigaba a su primogénito de la manera más salvaje que podíamos imaginar. Bueno, no tanto, pero así nos lo parecía a los chavos del barrio: hacía que se quitara la camisa, lo obligaba a colocar sus manos en la nuca, y le daba en la espalda con el cinturón. No en las nalgas, como hacían nuestros padres con nosotros, con más o menos frecuencia, con más o menos dureza y según la travesura; sino en la espalda, donde más duele. Algunos llorábamos, otros gritaban como si los estuvieran matando y otros, los menos, recibían el castigo sin chistar, como si no tuvieran lágrimas, convirtiéndose por eso en los "favoritos temporales" de toda mamá que pega a sus hijos:

—¿Ya viste a Lalito? Él no llora.

—Aprende de José: él sí es hombrecito.

Y esas eran las dolorosas comparaciones que hacían los seres que más nos aman, siempre con el afán de que saliéramos perdiendo.

Nunca vi llorar a Armando, pero eso no significa que quizá no lo hiciese cuando le pegaba don Manuel. Tampoco sabía si, puertas adentro, su papá trataba con la misma dureza a Angélica o a Joel, a quien por ser el menor apodábamos "Bebé"; aunque pinche mocoso ya tuviera nueve años. Se decía que a Angélica también le daba con el cinto, pero le tenía cierta consideración por ser niña, sólo la azotaba en los muslos o en las posaderas; la mayoría de las veces por haber cometido la gravísima falta de irse a jugar a la vuelta de la esquina, sin permiso y, peor aún, sin llevar al Bebé como chaperón.

Mi hermano y el Bebé eran de la misma edad. Muchas veces, mientras cuidábamos de ellos, Angélica y yo nos poníamos a platicar. Ella era un año menor que yo, así que existía cierta identificación entre nosotros. Mientras nuestros hermanos jugaban, nosotros contábamos alguna película que habíamos visto, o decíamos chistes, cuentos de fantasmas y experiencias sobrenaturales que nos inventábamos al momento sólo por tener un tema del cual platicar. Todo eso hasta que aparecía el carro de su papá doblando la esquina. Entonces el Bebé paraba de correr y como consecuencia mi hermano lo alcanzaba para "contagiarle la roña", o Angélica volvía a montar en su bicicleta y se disculpaba por dejar de platicar conmigo para luego irse a su casa. De los tres, ella era la que más se alarmaba al verlo llegar, pues su padre le tenía prohibidísimo jugar con niños, incluso si Armando jugaba con nosotros.

—De tanto cuidarla, se les va a ir pronto de la casa —dijo mi papá cuando le platiqué.

Angélica a veces iba sola a La Garantía, la tienda a la vuelta de la esquina, pero sólo cuando su padre estaba ausente. Su mamá le permitía salir, necesitada con urgencia de tortillas, leche, o cubos de consomé para el caldo. Armando, el mayor, era el único que acudía solo a cualquier hora. Tenía trece años, casi cumplía los catorce, y se llevaba pesado con Lázaro, el tendero, quien a manera de broma le arrojaba con violencia la mercancía al mostrador:

—¡Oh, cómo chingas, Armando! ¡Ahí'stá ya tu pinche papel pa'l "yo-yo"! Ahí me dices si quieres que le ponga el cordón —le decía, cogiéndose la entrepierna.

Armando a menudo se entretenía platicando en la tienda con otros amigos, y Angélica tenía que ir a encontrarlo e insistirle en que su papá ya quería que se metiera, que ya había andado mucho en la calle, ándale, apúrate, se va a enojar. Casi nunca tenía éxito, incluso ella misma también se tardaba si por casualidad se encontraba conmigo y nos poníamos a platicar. Entonces, don Manuel, ante la tardanza de sus vástagos, abría la puerta de reja con mosquitero de su casa, entresacaba su cuerpo y, cual soldado dispuesto a tocar una orden con el clarín, tomaba aire, inflaba su pecho y emitía un largo y sonoro chiflido:

¡Fiuuuuu-iiiiiiiiiiiiiiiiiiiiiiiiiiiiiiiiiiiiiiiiiiiiiiiiiiiiiiiiiiiiiiiiiiiii…

Estuvieran donde estuvieran, Armando, Angélica y Joel acudían presurosos al singular llamado del padre. Yo nomás los veía doblar la esquina corriendo, mientras el silbido languidecía como el sonido que en las películas hacen las bombas de artillería cuando caen:

…iiiiiiiiiiiiiiiiiiiiiiiiiiiiiiiiiiiiiiiiiiiiiiiiiiiiiieeeeeeeeeeeeoooooooooo ouuuuuuuuuuuu!

Cierto día, frente a la tienda, comenzó a operar un negocio de videojuegos, a los que nosotros llamábamos "maquinitas". Lo atendía Isabel, una señora como de cuarenta años. Estaba sola, tenía hijos pero ellos no estaban ahí, vivían en otra colonia y rara vez iban al negocio. Se decía que era viuda.

Solía vestir blusas negras, ajustadas, que contrastaban con su piel blanca y resaltaban su busto. A veces se teñía el cabello de rubio. Casi siempre la veíamos con unos vaqueros completos, aunque a veces usaba cortos al estilo de Daisy Duke en la serie *Dukes of Hazard*, muy de moda entonces. A las vecinas les parecía mal que usara pantalones tan cortos para atender un negocio frecuentado por niños y adolescentes, a diferencia de los vecinos, quienes estaban encantados; sobre todo Lázaro, el tendero, siempre pendiente de su llegada, quien a sus veintisiete años se sentía lo suficientemente hombre como para pretenderla. Nosotros estábamos más interesados en jugar, aunque su atractivo tampoco nos era indiferente. Nos gustaba verla, pero sabíamos que era mucho mayor. Y sí, estaba muy buena, pero al menos yo, prefería fantasear con Angélica.

La década de los ochentas contaba su tercer año, y los juegos más populares eran *Pac Man, Defender, Popeye, Kangaroo,* y *Donkey Kong.* Las marcas líderes eran Nintendo y Atari. Jugábamos a diario, varias veces al día, con tal de superar el mayor número de niveles posible en los videojuegos. Y lo superamos: yo duraba horas en el *Kangaroo,* alucinando que era el campeón indiscutible, Armando era un as en el *Donkey Kong* y algunos *heavymetaleros* del barrio disputaban el liderato en el *Defender,* accionando frenéticamente las palancas de mando y los botones de rayos láser. Pero la gloria de escribir nuestras iniciales en el registro de récords duró poco. Primero, Isabel dejó de vendernos fichas para nuestros juegos favoritos, en atención a algunos niños impacientes y quejumbrosos que no querían esperar a que terminásemos de jugar; y segundo, nuestros padres dejaron de darnos dinero, hartos de que lo invirtiéramos en nuestra ludopatía.

Casi todos logramos ajustarnos a lo que nuestros poco dadivosos padres nos daban. Pero no Armando. Él iba a la tienda al anochecer, y en vez de comprar lo que le encargaban, aprovechaba para irse a las maquinitas. Al llegar tarde a la casa, con las compras y el vuelto incompleto, explicaba a su papá que lo había perdido.

—De seguro se te atravesó una maquinita Atari, ¿verdad? —preguntaba don Manuel, con su característico tono socarrón, listo para blandir su cinturón sobre la espalda de su hijo.

Días después, Isabel nos pasó chance de jugar a Armando y a mí, gracias a que sólo había un cliente en el lugar: el Agapo. Era este un chavo orejón, bajito y con lentes, de apenas ocho años. Fue testigo de la plática que ella tuvo con nosotros, cuando empezó a decirnos cosas que no estábamos acostumbrados a escuchar, como qué muchachos tan guapos, han de tener mucho pegue en la escuela, van a tener muchas novias, se están poniendo bien machines, al rato van a estar como Arnold… a mí me halagaba recibir todos esos cumplidos, pero no me animaba a seguirle el juego. Como dije: estaba buena, pero no era de mi edad.

Además, como que Isabel se sentía más atraída por el cabello corto y lacio de Armando, peinado con partidura en medio; por su piel morena y los ojos rasgados que recordaban más a un filipino o malasio que a un chino o japonés. Su rostro todavía lampiño no daba la apariencia de suciedad como el mío, poblado por una incipiente barba. Pero lo que quizá más le llamaba la atención, era esa espalda que había comenzado a ensancharse.

Isabel intentó pasar su mano por el dorso de Armando, pero éste se sobresaltó, en un espasmo de dolor.

—¿Qué pasó, mi'jo? ¿Te lastimaste?

Armando apenas buscaba qué respuesta inventar cuando intervino el indiscreto Agapo:

—Es que su papá le pega.

—¡Hey! ¡Usted cállese! —protestó Armando, avergonzado.

—¿En serio? ¿Y por qué lo hizo?

—No se crea, señora, no es cierto. No le haga caso a ese pinche mocoso.

Pero el Agapo insistió:

—Le pegó porque se gastó el dinero del mandado aquí en las maquinitas.

Armando sintió un enorme deseo de darle un coscorrón al Agapo, pero desistió. No quería que nada lo distrajera de esquivar los barriles que el gorila *Donkey Kong* arrojaba contra *Mario*.

—¡Ay, pobrecito! —agregó Isabel, atiplando la voz, al tiempo que le acariciaba la nuca y acomodaba un mechón de cabello suelto sobre la oreja—. Pero no te agüites, puedes venir a jugar cuando quieras, yo invito.

Apenas dicho lo anterior, el Agapo salió del local y cruzó la calle para ir a la tienda. Seguimos en los videojuegos un rato más, hasta que Armando se despidió de Isabel, agradeciéndole por las fichas gratis. Su padre aún no le silbaba, pero quería evitar problemas.

Apenas salimos a la calle, salió también Lázaro, el tendero.

—¡Ese Padrooteeeeee!

Armando y yo volteamos hacia todos lados, sin saber a quién se dirigía.

—No te hagas güey, Padrote, te estoy hablando a ti.

Seguíamos sin comprender.

—¿Ahora qué, ya vives de las mujeres? Dime cómo le haces, no seas cabrón... Ya me enteré que tienes fichas gratis en las maquinitas.

Méndigo Agapo, comprendió Armando, quien pidió al tendero que no le llamara así. Pero Lázaro no le hizo caso. Siguió gritándole Padrote, hasta que desaparecimos al dar vuelta a la esquina.

A los pocos días, todo el barrio sabía del nuevo sobrenombre.

Mis amigos de la calle:

—Se está poniendo buena la hermana del Padrote, ¿verdad?

Mi mamá en la casa:

—"Padrote" es una palabra muy fea.

Algunos vecinos despistados:

—¿Por qué le dirán "Padrote"?

Y sobre todo Lázaro, quien seguía propagando el apodo:

—¡Oh, cómo chingas, Padrote! ¡Ahí'stá ya tu pinche papel pa'l "yo-yo"!

Armando odiaba ese mote, pero al final terminó por tolerarlo. Éramos adolescentes, estábamos en la edad de la camaradería, las reuniones en la casa de alguien para ver películas porno, la de nuestros primeros cigarros, nuestros primeros tragos, la persecución de chicas, las burlas hacia quienes les engrosaba la voz o les salía bigote y la invasión a las ruinas de una casa abandonada para descubrirnos el vientre y competir sobre quién la tenía más grande o estaba más peludo.

—Oye Angélica... ¿a tu "elotito" ya le salieron pelitos?

No sé cómo se me ocurrió hacerle esa pregunta tan grosera. Era una noche tibia, con un viento ligero que acercaba hasta nosotros el aroma de las lilas, y en la que Angélica aún vestía el uniforme de su escuela. Por primera vez en mucho tiempo traía su cabello suelto, en capas. Recuerdo que se le hizo tarde platicando conmigo a la vuelta de la esquina, movía inquieta sus piernas mientras hablaba, ora erguida, ora recargada en algún carro, metiendo y entresacando sus pies en el calzado. Sus ojos brillaban, parecía que toda su cara sonreía.

Pero lo que más recuerdo de esa tarde-noche, son sus calcetas blancas, pintadas por los zapatos rojos que había estrenado.

—¿Cómo? ¿Cuál elote? No te entiendo.

Tuve suerte de que no haya captado el doble sentido de mi pregunta.

—Olvídalo, estaba pensando en otras cosas.

La noche era perfecta y no había nadie cerca de nosotros.

—Lo que te quiero decir, es que esta noche te ves muy bonita. ¿No te gustaría que tú y yo...

¡Fiuuuu-iiiiiiiiiiiiiiiiiiiiiiiiiiiiiiiiiiiiiiiiiiiiiiiiiiiiiiiiiiiiiiiiiiiiiiiiiiiii...!

¡Pinche viejo culero!

—¡Híjole! Es mi papá. Ya me voy.

—Te acompaño...

—No, mejor espérame. Si me ve contigo, se enoja. Deja voy primero, y luego vas tú, ¿OK?

Me quedé un rato ahí, resignado, lamentando el silbido impertinente, cuando recordé que Armando estaba en las maquinitas. ¿Por qué motivo no salía, si ya habían cerrado el negocio? Él mismo me lo contó después. Isabel le había pedido esperar al cierre, pues quería darle una pomada para la espalda.

Él siguió jugando con las fichas gratis. Al dar las nueve de la noche, cuando todos los niños y demás viciosos de los videojuegos ya habían dejado el local, Isabel llevó a Armando a un pequeño cuarto que funcionaba como oficina y lo ayudó a quitarse la camiseta. Las marcas de los cintarazos casi habían desaparecido, pero ella de todos modos tomó un poco de ungüento en sus manos y lo esparció en la espalda de Armando, quien sonriente, se dejó hacer.

Mientras tanto, Lázaro, el tendero, recién había cerrado La Garantía, y se encontraba presto para admirar a la vecina cuando saliera de los videojuegos. Las luces de afuera ya estaban apagadas, así que ella no tardaría en salir y abordar su carro. Pero pasaron los minutos e Isabel permanecía adentro. Corrió entonces a asomarse por la ventana. Si había algún problema que él pudiera resolver, esa sería la oportunidad perfecta para quedar bien con ella.

Desde la calle, el lugar estaba en penumbras. Sólo la luz de la oficina estaba encendida, y la puerta interior abierta, quizá por descuido. Lázaro se asomó y vio en el suelo las piernas blancas de Isabel entrelazadas con unas piernas morenas que de momento no pudo reconocer, y que apoyadas con fuerza sobre sus rodillas, se movían en un vaivén frenético. Observó por unos instantes más, hasta que las piernas de ambos temblaron, tensándose, para luego desfallecer juntas en el piso de cemento.

¡Fiuuu-iiiiiiiiiiiiiiiiiiiiiiiiiiiiiiiiiiiiiiiiiiiiiiiiiiiiiiiiiiiiiiiiii...!

Armando se levantó rápidamente al escuchar el silbido de su padre, sin saber que con dicha acción revelaba su identidad al fisgón. Lázaro apretó los puños y labios al reconocerlo, y lleno de celos y coraje, se retiró de la ventana, dispuesto a ir con don Manuel a contarle lo que había visto. Pero a medio camino, en la esquina, se detuvo. Agachó la cabeza, meditó un poco la situación y, reconociendo su derrota, decidió dejar las cosas como estaban.

—¡Híjole, tú sí te *vienes* a chorros, ¿eh?! Vas a tener muchos hijos con todo eso que avientas... —le dijo Isabel a Armando, mientras con un movimiento de la mano lo invitaba a no vestirse, a permanecer desnudo, a seguir con ella.

Él obedeció y se recostó de espaldas en el frío suelo. Isabel se colocó de hinojos frente a él, recorrió con sus manos su pecho, su abdomen, su sexo. La erección no tardó mucho en volver.

—¿Quieres un *guagüis*? —preguntó mientras lo masturbaba.

Antes de que el adolescente pudiera contestar, la mujer se metió el miembro en la boca, al mismo tiempo que se volvía a escuchar el silbido de don Manuel.

Armando ignoró el llamado de su padre, concentrado en lo que hacía Isabel, quien siguió chupándoselo por varios minutos. Luego, ella decidió montarlo.

—Ahora te voy a regresar todo lo que me echaste.

Ambos terminaron después, exhaustos pero satisfechos. Para entonces, Armando había perdido la noción del tiempo, pero no le importaba. Si volvía a escuchar el chiflido, lo volvería a ignorar, ebrio todavía de gozo. Tras algunos minutos de descanso, se vistieron e Isabel lo despidió con un beso en la mejilla.

—Gracias por esta noche.

El muchacho salió del negocio sonriente, radiante. No quería llegar a su casa aún, sino que deseaba contar a alguien más lo que acababa de vivir, gritarle a todos que por primera vez había estado con una mujer. Isabel pasó frente a él en su carro, y tocó el claxon a manera de despedida. Armando correspondió con una señal de su mano y siguió con su mirada las luces posteriores del vehículo hasta que éste se perdió al dar vuelta en una calle lejana. Se detuvo entonces en la esquina donde yo había estado platicando con Angélica, se sentó en la banqueta, y ahí, repasó en su mente cada sensación, cada imagen, cada recuerdo inmediato. Así permaneció durante al menos un par de horas más.

Y hasta ahí. Eso fue todo lo que quiso contarme. Del resto yo me había enterado aquella misma noche, con sólo asomarme por la ventana.

—¡Qui'húbole, mi'jo...! ¿Qué le pasó? —Lo recibió su padre al volver a casa, con el cinto en la mano—. Le estuve hable y hable y usted ni cuenta... ¿pos' dónde andaba...? Pásele... ya es muy noche...

Don Manuel se dio algunos golpes leves en la palma de la mano para comprobar la dureza de la vaqueta y asegurarse de que doliera.

—Véngase, vamos a jugar al Atari...

No estoy seguro si don Manuel castigó a Armando como siempre, o si éste se rebeló y nunca más dejó que le pegara. Lo único que sé es que ese día supe lo que era sentir envidia: mientras mi primer romance se malograba antes de comenzar, Armando gozaba por primera vez de una sesión de sexo salvaje con una mujer experimentada, y por mucho que le haya pegado su padre, si es que lo hizo, seguro es que no le importó, pues por estar con una mujer como Isabel bien valía la pena recibir todas las chingas del mundo y de la vida.

Marina LS

Argentina

Nací el 10 de octubre de 1994 en San Fernando, provincia de Catamarca, Argentina. A los 19 años me mudé a Buenos Aires, capital federal, e ingresé a la Universidad Nacional, en donde curso la carrera de Edición.

Participé en diferentes concursos internacionales obteniendo menciones destacadas en el Primer Concurso de Relato Breve FILBo (Colombia) participación en la antología Microcuentos (España) antologías poéticas como Carpa de Sueños (España) y siendo finalista en el Primer Certamen Mundial de Excelencia M.P Literary (EE.UU.). Actualmente me hallo trabajando en mi primera novela.

La noche de la serendipia

No había estado de acuerdo en desviar mis planes de una cómoda velada en compañía de las majestuosas obras de Woody Allen y mis potes de helado de chocolate blanco hacia una escandalosa fiesta, un evento de élite, algo que no podría permitirme con regularidad y que sinceramente no me atraía, pero había llegado a un punto en el que las súplicas de Tony y sus interminables frases como «Nunca haces nada por mí» o «Una relación es de a dos» me habían colmado la paciencia. Accedí solo para que dejara el teatro melodramático que hacía tiempo venía usando muy a menudo.

Cuando mi novio me dijo que se trataba de una fiesta de disfraces estuve a punto de volver a negarme, yo no era del tipo que disfrutaba semejante despliegue innecesario, perfecto para las zorritas que ansiaban mostrar sus perfectos atributos sabiéndose protagonistas de las más morbosas y fogosas imaginaciones de quienes las veían sin ser juzgadas y para losególatras que deseaban enseñar sus bíceps y sus trabajadas tablas de lavar para subir la temperatura de las solteras y conseguir un ligue fácil, pero no lo hice, pensé que en mi lugar Annie Hall habría accedido, sosteniendo que no vendría mal romper con la monotonía de los últimos meses.

Mi novio era un dolor de cabeza, histérico, prejuicioso y su sentido del humor se había quedado dentro del útero de su madre. Con frecuencia me preguntaba qué rayos hacía yo con un hombre como él, siendo todo lo que yo detestaba en el sexo opuesto; pero había ciertas ocasiones, como verlo esa noche en su disfraz de hombre cavernícola, que me daban las respuestas. Tony era un adonis, tenía una espalda ancha, tersa y suave y yo adoraba dejarle mis rasguños marcados, sus piernas estaban tonificadas y nunca se quejaban a la hora de levantarme y tomarme estando de pie, y esa lengua que tenía, sí, era un músculo habilidoso y ágil, como de otro mundo, el dueño de mis orgasmos más intensos. Tragarme sus monólogos negativos basados en todo lo que lo rodeaba valía la pena si cada noche él y su lengua traviesa me esperaban en la cama.

No podía controlar mi mal humor, una cara fría e inexpresiva se había plantado con fuerza en mi rostro. Me arrepentía de estar allí, usando un ridículo disfraz de pirata, en lugar de estar disfrutando del orgasmo que Tony me había prometido la noche anterior. Todo el grupo de amigos estaba inmerso en una estúpida conversación, Tony parecía un experto en decoración de interiores, su ojo crítico había pasado por las alfombras que, según él, desentonaban con el resto de la ambientación hasta por las posibilidades que teníamos todos de morir si una de las arañas eléctricas caía sobre nuestras cabezas. A mí me parecía todo muy bizarro pues la fiesta tenía como objetivo recaudar fondos para una obra benéfica y, sin embargo, allí estábamos todos hablando sobre el nuevo video prohibido de Paris Hilton y el último celular de la marca líder, bebiendo champán en nuestras copas llenas hasta el tope. Internamente me reía de todos ellos, preocupados por su imagen y por no equivocarse al alardear sobre la cantidad de ceros en los cheques que donarían, pero lo que me idiotizaba era ver la desesperante forma en la que intentaban mostrarse mejores que el otro mientras que en mi mente el solo hecho de intentarlo transformaba todo ese circo en una competencia para saber cuál de todos era el peor.

Aunque claramente la fiesta no estaba del todo mal, cientos de cuerpos iban y venían, mis ojos saltaban de un abdomen duro y definido cubierto por una fina capa de vello aparentemente suave y sedoso a un par de pechos redondos y adornados con purpurina. Todos eran atractivos y candentes como salidos de una peli porno, de esas en las que un par empieza a darse placer y a los minutos toda la escena se ha convertido en una masiva orgía, ruidosa y sobreactuada. No pude controlar el sentirme excitada con la imagen y entonces la inapropiada idea de esconderme en el baño para evitarme esas incoherentes charlas y darme el placer que quería recibir apareció, y, pues no dudé mucho. Me disculpé con todos ellos, besé los labios de Tony para llevarme la sensación de su lengua encima de la mía y me marché con la libido subiéndome a pasos agigantados.

El lugar se había llenado de gente muy deprisa y los roces sin intenciones que recibía mientras intentaba abrirme paso me provocaban temblores en el cuerpo, algo pujaba en mi interior y amenazaba con salirse ahí mismo, rubios y castaños, blancas y morenas, todo era altamente seductor. Caí en cuenta de que a pesar de estar en pleno invierno había empezado a sudar.

Llegar a destino y encontrarme con el baño atestado de hermosas y atractivas mujeres, vistiendo diminutas prendas, preocupadas por la pérdida del alisado de sus cabellos y con sus banales conversaciones sobre maquillaje me generaron dolor en todas mis zonas erógenas, necesitaba fundirme en aquel calor, dejarme consumir y liberarme o enfriarme rápidamente, y ver a ese grupo no me ayudaba en lo más mínimo.

Sin control sobre mis pasos y mi dirección, llegué a la terraza del edificio, hacía mucho frío y eso justificaba la soledad del lugar, la música retumbaba y se hacía coreografía con las luces de la ciudad frente a mí. Apoyé la espalda en una de las paredes y me subí la falda hasta la cintura, tenía la respiración acelerada y el cuerpo entero me tiritaba reclamando caricias. En cuanto rocé mi carne por debajo de la ropa interior dejé escapar un gimoteo lastimoso, sentía que ya todo me quemaba y aún así deseaba sentirme una hoguera en su máximo esplendor. Mantenía los ojos cerrados presa de mi propio placer, la boca se me secaba de tanto en tanto, las extremidades me hormigueaban y en una de mis más intensas caricias enderecé mi cabeza deseosa de contemplar mi cuadro pero me detuve en aquellos ojos celestes, no muy lejos de mí, que me miraban expectantes. Me paralicé sin ser capaz siquiera de quitar los dedos de mi interior, la escena era hipnótica y, como si una fuerza ajena a mí me hubiese poseído, volví a tomar ritmo sin apartar mi vista de aquel desconocido, desde mi ubicación podía notar sus labios entreabiertos y eso hacía que me excitara aún más. Saberme vista en uno de mis momentos más íntimos lograba ensalzar la adrenalina que sentía. Mis parpados me pesaban y amenazaban con caer pero yo no quería dejar de verlo, de sentirme única, de saber que yo era quien lograba esa expresión en su rostro, luché arduamente contra la opción de perderme en la oscuridad y me vencí, eché la cabeza hacia atrás e inundé todo con mis gemidos, admiré el cielo nocturno y mordí mis propios labios, estaba tan cerca, solo necesitaba una mirada más de sus ojos. Volví a aquel desconocido esperando encontrarlo en su posición pero esta vez lo tenía frente a frente. Tenía una máscara negra cubriéndole casi todo el rostro pero sus celestiales ojos y ese par de labios carnosos estaban libres. Sentir el peso de su mano en mi cintura me llevó un paso más cerca y verlo adoptar su nueva posición de rodillas frente a mí me volvió una brasa ardiente en vida. Sabía que estaba mal, que mi novio aguardaba por mí en el interior del edificio, que cualquiera podía estarme viendo en mi estado más vulnerable, que incluso este desconocido podía ser un amigo más de Tony, pero no tenía fuerzas para luchar contra los impulsos y no lo detuve cuando sentí su lengua en mi piel. Estaba tibia y era suave y esponjosa, un jadeo se escapó de entre mis labios y sentí los músculos de mi vientre contraerse anticipándome. Sabía cómo hacerlo, parecía que me conocía y sabía exactamente lo que yo ansiaba, cómo quería que me besara y acariciara, sus movimientos se aceleraban y podía percibir su desesperación. Lo veía venir, me aferré de su corto pelo y clavé mis uñas en la piel de su cuello, delineé la curva de su mandíbula y sentí que llegaba, giré en un espiral profundo y exploté en su boca aún pegada a mi feminidad. Dejé que el clímax me abrasara y que colmara cada parte de mí. Sus manos subieron a mis pechos y los presionó, rodeó mis pezones y los pellizcó suavemente haciendo que aquel orgasmo se prolongara y que yo temiera llorar de tanto placer. Bajé la cabeza sintiendo que me pesaba una tonelada, lo vi por encima de mi busto y distinguí su mano saliendo de su pantalón.

Luego, todo pasó muy rápido, subió hasta mi rostro, relamió sus labios y me besó impregnándome con mi propio sabor, acarició la sensibilizada carne de los míos con su pulgar, su tacto suave y delicado me provocó una serie de agudos espasmos y sin necesidad de palabra alguna lo sellamos todo como un secreto.

Volví a la fiesta y me acerqué a Tony rogando que no se percatara del rubor de mis mejillas, claro indicio del mejor orgasmo de mi vida. Él solo me sonrió y traté de devolverle el mismo gesto pero no pude, un rostro familiar cubierto por una máscara negra se alzó a mi vista: labios carnosos y ojos celestes. Mi fisionomía entera tambaleó y creí perder mis luces, Tony se dirigió a aquel desconocido y supuse lo peor, lo sabría, el desconocido me pondría al descubierto. De repente se quitó la máscara y me vi envuelta en la sorpresa y la fascinación. Tony nos presentó sin saber que ese acto generaría futuros encuentros pasionales y clandestinos. «Ella es mi novia», dijo mirándome. «Mi amor, te presento a mi jefe en edición. La talentosa Emma Díaz». *Sí. Tiene talento*, pensé mientras estrechaba su mano y nuestras miradas volvían a conectarse.

Paul Hermann

Ecuador

Escritor, editor y periodista.

Se ha desempeñado como editor de las revistas *Letras del Ecuador*, *La Casa* y *Casa Palabras*. Editó la sección Cultura del diario *El Telégrafo*. Ha colaborado con publicaciones como *CartónPiedra, Gkillcity, Labarraespaciadora.*

Ha ejercido las cátedras de preceptiva literaria y de redacción periodística en la Escuela Politécnica del Ejército y en la Facultad de Comunicación Social de la Universidad Central del Ecuador.

Ha publicado *Puntos de fuga* (Cuentos, 2001); *Cazador de brujas* (Cuentos, 2008); *El Danubio Azul* (Novela, 2012), y *Patente de corso* (Entrevistas, 2012). Cuentos de su autoría forman parte de diversas antologías. Ha participado en las ferias del libro de Ceará, Brasil (2009), Caracas (2010), y de Quito (2013). Actualmente cursa una maestría en Literatura Hispanoamericana en la Universidad Andina Simón Bolívar y prepara la edición de su libro de cuentos: *Balada para tu muerte.*

.

Estrategias de venta

Cuando la iglesia estaba reservada, los padrinos confirmados y las invitaciones entregadas. Cuando tenía el vestido, el velo, e incluso el *babydoll* en el armario, papá me dijo que le faltaba dinero para pagar la comida y los licores.

—¿El Julio podrá ayudar con algo...?

—¡Ay papá! Cuando el Julio vino a pedir mi mano te dijo: «hagamos algo íntimo, lo que gano en la editorial corrigiendo textos no me alcanza». Pero vos, necio: «¡Cómo se le ocurre, yerno! ¡Mi única hija tiene que casarse como Dios manda!». Y hasta le ofreciste un casimir para que se mandara a hacer el terno...

—¡Pero hijita, yo qué iba a saber que saldría tan caro! —trató papá de devolverme el bajo golpe que le había propinado. Y aunque exhaló un suspiro de desconcierto y se desplomó en una silla, dos minutos después, tras beber un poco de agua, volvió a ponerse en guardia—: ¿Tu jefa, la Doli, no podrá hacerte un préstamo? Después de todo es tu madrina...

—¡Pero si la Doli me está regalando la luna de miel! —le recordé que me había reservado, por tres días con sus noches, la mejor suite de Mar Serena, el resort de su familia en el que trabajo desde hace dos años como subgerente de mercadeo.

—¡Ya sé hijita, ya sé! —se desesperó papá. Pero tras pegarle una profunda chupada al cigarrillo que acababa de encender, trató de calmarse y de hacerme comprender que era menos vergonzoso recurrir a ella que a alguien de la familia.

Y puesto que tenía razón, terminé por decirle que lo intentaría, aunque no hacía una semana que había pedido un adelanto para comprar los condimentos con que necesitaba sazonar mi cada vez más desabrida vida sexual: revistas y videos de parejas en su noche de bodas; un vibrador de látex que me recordó al combado pene de mi primer novio y, el ingrediente especial, una crema de dilatación anal que permitiera a Julio gozarme por detrás como Dios manda. Y es que siempre que lo intentábamos, al entrar en contacto con su espléndido sexo, mi esfínter se contraía y mis músculos se tensaban como cuerdas de violín y terminaba al borde de la cama y de un ataque de histeria.

Así que a la mañana siguiente, lo primero que hice al llegar al trabajo fue irrumpir en la oficina de Doli.

—Hola mi amor, ¿cómo van los preparativos de la boda? —me saludó de lo más sáfica.

—¡Ay Doli!, precisamente de eso quería hablarte —le dije sentándome frente a ella.

Doli contrajo sus depiladas cejas y me instó a continuar con un ligero movimiento de cabeza.

—Lo que pasa es que ayer, haciendo números, me di cuenta de que aún me falta plata para la fiesta. ¿Sería posible que me hagas un préstamo hasta fin de mes?

—¡Ay mi vida!, bien sabes que estamos atravesando un mal momento —me respondió Doli moviendo negativamente la cabeza. Tras lo cual chupó concentradamente su cigarrillo y continuó—: Pero si logras motivar a las encuestadoras y a las telefonistas y llenas la sala de ventas con clientes calificados que compren, por lo menos, una membresía de seis mil dólares, agilito tu préstamo y hasta te doy una bonificación.

—Voy a hacer todo lo posible —le dije sin demasiada ilusión, pues cuando el país aún no estaba dolarizado, sacarle a alguien seis mil dólares era más difícil que encontrar, entre los milicos, un premio nobel de la paz.

—Bueno pues, haz tu trabajo lo mejor que puedas y mañana, antes de que te vayas, pásate por aquí para ver qué tal nos fue —terminó Doli la reunión.

Nunca antes me mostré tan audaz con las voluptuosas colombianas que hacía poco habíamos contratado para que se disputaran con los mendigos y los tragafuegos, los vendedores y los lavadores de parabrisas, los lujosos autos que se detenían en los semáforos de las principales avenidas de la ciudad.

«Ya saben chicas, sonrían, caminen sexi, coqueteen con los clientes», les dije, al tiempo que les cambiaba sus camisetas con el logo de la empresa, por otras de tallas más pequeñas.

Y nunca me puse tan agresiva con las telefonistas encargadas de decirles a los imbéciles (imbéciles que creyendo participar en un sorteo les daban sus teléfonos a las colombianas) que gracias a su colaboración y suerte se habían hecho acreedores a una estadía por dos días con sus noches en el resort Mar Serena de Esmeraldas y que serían bienvenidos por la noche para hacerles entrega de su premio.

«¡Emoción chicas, emoción, están entregando un premio! ¡Si no le ponen emoción, los clientes se van a dar cuenta de que los estamos invitando para venderles algo!», les recordaba, al borde del paroxismo, a cada momento, e inclusive me ponía al teléfono para demostrarles que una cosa era vender, y otra, muy diferente, la hojarasca que aprendemos en las facultades de mercadeo e ingeniería comercial.

Y no obstante, dos días después, según me dijo el mejor vendedor de la empresa, no habíamos vendido absolutamente nada. Al contrario, un periodista había exigido su premio amenazándonos con difundir nuestro engaño con título en rojo. Así que opté por olvidarme del préstamo, tomar la cartera, pasar de largo frente al tarjetero y salir con la esperanza de encontrar un taxi afuera de la empresa. Pero en el preciso momento en que estaba despidiéndome de mis compañeros, Doli me mandó a llamar con el guardia.

Entré a su oficina de caoba abrazada a mi enorme bolso de la empresa y, para mi asombro, me invitó a sentarme con una de esas sonrisas suyas que derriten a todos los trabajadores de la compañía.

—Aunque soy tu madrina y me gustaría ayudarte, estos dos días no hemos sacado ni para pagar a los empleados, peor para hacerte el préstamo.

—Claro Doli, no te preocupes —le dije con resignación.

—No, no, no hace falta que me expliques nada —interrumpió Doli mi atropellada excusa. Y tras encender un cigarrillo y apagar la cerilla agitándola como si de secarse las uñas recién pintadas se tratara, prosiguió—: Yo sé que tu departamento está llenando la sala de ventas con clientes de lo más calificados, pero debido a la imposible situación económica que vive el país, la empresa se ha visto obligada, más que a ganar clientes, a conservar los pocos que aún le quedan. En este sentido, te pido que me acompañes a Esmeraldas a tratar de convencer a un matrimonio amigo mío que renueve su membresía. Yo sé que debes estar súper ocupada con los preparativos de tu boda, pero no hay nadie en la empresa, desde que Rebeca, mi asistenta, renunció, que a más de presencia, tenga tu formación.

Me sentí honrada de que Doli hubiese pensado en mí y deseosa de experimentar los placeres que me depararía el viaje, aunque fuese de negocios. Y sin embargo, temí perder el poco tiempo que me quedaba para ultimar los detalles de mi boda y lo que pudiera decir Julio, y en lugar de indicarle que contara conmigo, le pregunté:

—¿Y cuándo saldríamos?

—Mañana viernes por la mañana. Y volveríamos, a más tardar, el sábado a mediodía. Si logramos conservar a estos clientes te doy el préstamo, te subo el sueldo y prolongo tu luna de miel en el resort...

Dinero de por medio, mis machistas padres se volvieron repentinamente liberales y me dieron permiso, no sólo para viajar, sino también para que fuese a hablar con Julio, que vivía solo, sin ponerme hora de regreso.

Y aunque en principio a Julio no le agradó la idea de que viajara con "la tortillera" —que era como llamaba a Doli desde el día en que, le conté, había traicionado a su esposo con su antigua asistenta—, después de hacer el amor se relajó y comprendió lo necesario que era el dinero si queríamos casarnos y hasta me ayudó a hacer la valija.

Al día siguiente, Doli se presentó con un vestido amarillo que combinaba espléndidamente con cada uno de los colores que había usado para maquillar su rostro de muñeca; y que pronunciaba hasta la perversión las redondas líneas de su cuerpo, lo cual hizo que me sintiera repentinamente ridícula dentro de mis desgastados vaqueros azules por más apretados que me quedaran.

Después: siete horas de curvas y ballenatos que no escuché en la medida en que Doli se puso filosófica y se soltó a hablar sobre el amor con más persuasión que Erich From y, siguiendo los consejos de Poncela, sin haches:

—¿Cuántos años llevas saliendo con Julio?

—Seis.

—¿Y todavía lo amas?

—Doli, me caso con él en unos días…

Doli me miró de soslayo, sonriendo con sorna. Y continuó:

—Sí, pero eso no tiene nada que ver. El amor, entendido como ese deseo de estar junto a otra persona mirando los atardeceres, escuchando música, leyendo poemas, dura tan sólo cuatro años. No es el amor ni la pasión lo que mantiene unidas a las parejas después de este tiempo, sino la costumbre y el miedo a la soledad. Y si dentro de este lapso una pareja se casa, definitivamente no será el amor lo que los mantendrá unidos, sino los muebles, el carro, la casa, los bebés, la estabilidad económica y emocional que la vida en pareja ofrece y que se necesita para que la especie subsista… Piensa en los modernos matrimonios que conoces: todos, o casi todos, se separan a los veinte o treinta años, cuando el perro ha muerto y los hijos se han ido. Y los que no se separan, es porque tienen o han tenido amantes.

—¡Amantes!

—¿Por qué te admiras?, los seres humanos no somos, como nos ha querido hacer creer la iglesia, animales monógamos, sino polígamos. Es por eso que nos cuesta tanto ser fieles. Fíjate en las chicas casadas que trabajan contigo, la que menos tiene un romance dentro o fuera de la empresa.

—Pero no podrás negar que también hay mujeres que no tienen ojos más que para sus maridos.

—Desde luego. En la excepción radica la regla.

—Pues entonces seré la excepción que confirme esta regla —le dije con cursilería, un tanto molesta, no sólo de que intentara sacarme de mi telenovela, sino también y, sobre todo, de que en el fondo tuviera razón: si el amor no se acababa, ¿qué había ido a comprar a un *sex-shop*? Si éramos monógamos, ¿por qué un año atrás, mientras Julio me engañaba con una de sus amiguitas, esta servidora gozaba dejándose manosear en un auto estacionado a pocos metros de casa, por un tipo al que apenas conocía?

Nos detuvimos en Las Palmas, ante un portón de madera, y tras arreglarnos el cabello y pintarnos los labios, nos presentamos ante un portero eléctrico con cámara de video.

—¿A quién bugca? —nos preguntó un mujer con marcado acento esmeraldeño y registro de corista de blues negro.

—A Ramiro Campusano.

—¿E parte e quién?

—De Doli Alvarado.

—Siga po favo. Lo señore lo egtán eperando —cantó la mujer presionando el botón que abría la puerta.

Siempre en silencio, empezamos a caminar por un pasillo de cemento que separaba en dos un jardín con alberca y que conducía a una casa blanca, de dos plantas, con numerosos techos rojos y amplios ventanales de vidrio ahumado.

—¡Hola Doli! —Salió a nuestro encuentro un hombre de aproximadamente cincuenta años de edad, cabello castaño obscuro, ojos azules y piel bronceada, que se había vestido, para la ocasión, con una camisa celeste y un pantalón *beige*.

—¡Hola Ramiro!, ¡qué gusto verte! —Saludó Doli besándole la mejilla. Te presentó a Marcela, mi nueva asistenta.

—¡Mucho gusto! —Le extendí la mano.

—¡Encantado! —respondió Ramiro, pero en lugar de darme la mano, se inclinó hacia adelante y, tomándome del brazo, pegó a la mía su mejilla recién rasurada, olorosa a bálsamo de maderas exóticas.

—¡Vengan! ¡Pasen! —Nos invitó a ponernas cómodas en un salón decorado con alfombras y butacas rojas, candelabros de plata y pinturas de arte pop.

—¿Y Sofía? —le preguntó Doli por su esposa en el preciso momento en que ésta empezaba a bajar las escaleras.

—Ahí baja. Estaba terminando de arreglarse —dijo Ramiro mirando hacia arriba. Y puesto que lo imité, vi aparecer, calzados con unas sandalias completamente transparentes, unos pies que ya los habría querido usar Restif de la Bretone para ilustrar su *Antijustine*, libro que años atrás había tomado de la biblioteca de Julio. Y después, unas pantorrillas delgadas; el diagonal borde de un vestido celeste; una rodilla redonda; un interminable par de piernas, y una cadera, una cintura y un busto formados como con corsé.

—¡Hola Doli! —Saludó a mi madrina de espaldas a mí, lo que me dio tiempo de reparar en su cabellera color tabaco, lacia y larga como la cola de una potra salvaje.

—¡Tú debes ser Marcela! Doli me ha hablado mucho de ti —me dijo inmediatamente después, frotándome los brazos, pasándome revista con las canicas verdes que tenía por ojos y que resaltaban espléndidamente el tono cobrizo de su piel.

—Mucho gusto —le contesté con una voz ronca que apenas reconocí, sorprendida de que Doli le hubiera hablado de mí y, sobre todo, del detenimiento con que me miraba.

—La mesa está servida —la sacó de su ensimismamiento la mujer que nos había atendido al citófono.

—Muchas gracias —dije de lo más avergonzada, pues me pareció que a nosotras nos correspondía invitarlos a comer a un restaurante para que renovaran su membresía.

Pero las brillantes miradas y disimuladas caricias que mi jefa y mi anfitriona intercambiaron camino al comedor me demostraron que su relación no era simplemente comercial... Y ya no me resultó tan extraño saber que había sido Sofía, y no su sirvienta, quien había preparado los mariscos que acompañamos con un vino rosa tan afrutado como embriagador.

—¿Qué les parece si vamos a la sala a conversar y a tomar algo? —propuso Ramiro en cuanto terminamos de comer.

Antes de que pudiera comprender lo que ocurría, Ramiro ya se encontraba detrás de la barra preparando escoceses con agua y hielo, Sofía poniendo un disco en el estéreo y Doli en el sofá, con las piernas cruzadas y un cigarrillo entre los dedos.

Los primeros tragos de la tarde los escanciamos oyendo el pianoforte de Yanny y hablando sobre lo mucho que, según Ramiro y Sofía, se había dañado el club.

—¡Imagínate, Doli! —dijo Ramiro indignadísimo—, la última vez que fuimos, no nos pudimos meter a la piscina: estuvo llena de unos tipos ordinarios, gritones, tatuados con cristos y coronas de espinas...

—Sí, Doli —ratificó Sofía—: y de unas viejas barrigonas y sin gorros de baño.

—Esos nuevos ricos del club —continuó Ramiro después de escanciar su güisqui de un solo trago—, son verdaderamente detestables; en cuanto llegan, guardan sus discos de música rockolera y ponen Bach; ordenan langosta y vino pero echan de menos la guatita y la cerveza. Alaban Roma cuidándose de añadir que en la medida en que eran incapaces de comer espagueti con cuchara y tenedor, no hallaban la hora de volver a sus aldeas, hablan de libros y de películas que no entienden y no salen sin bañarse en protector solar por miedo a adquirir el color de sus abuelos...

—Bueno Ramiro, debes entender que debido a la difícil situación que está atravesando el país hemos estado siendo muy poco selectivos. Pero te prometo que todo va a cambiar, pues lo que menos queremos es perder a personas como ustedes, que a más de clientes son amigos —los suavizó Doli desesperada.

—No Doli, no tienes que prometerme nada. Toma lo que te he dicho como un consejo y no como una crítica —dijo Ramiro al notar lo preocupadas que nos habíamos puesto. Y para terminar de relajarnos, añadió—: Mañana, antes de que se vayan, renovamos la membresía. ¿Porque se van a quedar a dormir, no?

—¡Claro! ¿Cómo se van a regresar a esta hora? —respondió Sofía por nosotras. Tras lo cual vació su vaso de un solo trago, se levantó del sillón como impulsada por un resorte y, tomando a Doli de la mano, la sacó a bailar *Ya eyaculé,* la salsita de Joaquín Sabina que había empezado a inundar la estancia.

Lo mismo, aunque sin tanta brusquedad, hizo Ramiro conmigo.

Los primeros versos de la canción: «Vístete de putita, corazón, / vuélveme loco. / Ponte aquellas braguitas de nylon / y luego, te las quitas poco a poco», los bailamos, al igual que Sofía y Doli, separados y dando volteretas, pero a media canción, Ramiro se adhirió a mí como un molusco y puso uno de sus tentáculos entre mi cintura y mi cadera.

Por un momento pensé empujarlo bruscamente aunque perdiera el dinero del negocio y posiblemente el empleo, pero pudo más el güisqui y el calor y el balsámico olor del enmarañado vello del pecho de Ramiro y permití que me sobara un poco.

Cuando la canción terminó y volví a mi asiento contemplé una escena que a más de una mujer parecería totalmente incómoda, pero que a mí me pareció infinitamente más excitante que la de cualquier película pornográfica: sentadas en el sofá con las faldas recogidas, Sofía y Doli se besaban y acariciaban los senos y las piernas.

Fue entonces que Ramiro, que se había sentado junto a mí, metió la mano bajo su cinturón y sacó, con toda la naturalidad del mundo, un inmenso pene blanco, combado hacia arriba, de glande rosado.

—¡Bésamelo! —me pidió mirándome lascivamente, presionando ligeramente mi nuca.

Tras ver a Sofía y Doli frotándose los clítoris, le tomé la raíz del tronco, me incliné, le pasé la lengua por la punta, hice saliva y empecé a chuparlo con el vigor con que se chupa, no un helado, sino un caramelo.

—¡Eso, sí, sigue, sigue, qué rico…! —gemía Ramiro hundiéndolo cada vez más adentro, acariciándome las nalgas, tratando de llegar (pese a lo apretado que me quedaba el pantalón), a mi sexo cada vez más húmedo y dispuesto…

Pero bueno, por excitada que esté, no puedo hacerle esto a Julio, no puedo dejarme tomar por un hombre al que apenas conozco, me dije al comprender que de un momento a otro Ramiro querría pegarme una buena templada. Y como tampoco podía dejarlo con dolor de testículos, quise hacer que se corriera de una vez por todas aunque no tuviera tiempo de sacármelo de la boca.

Casi podía sentir en mi paladar un espeso y pegajoso estallido, cuando me apartó con el brazo, me sacó los zapatos acariciándome los tobillos, se arrodilló ante mí y empezó a bajarme el *jean*.

Al principio lo impedí abriendo un poco las piernas, manteniendo las nalgas pegadas al sillón, pero me gustaba tanto y estaba tan caliente, que me puse de pie y me quité el pantalón y las bragas al mismo tiempo.

Lo mismo hizo Ramiro. Tras lo cual, me puso a gatas sobre el sofá, lubricó su espléndido pene con saliva, colocó una mano sobre mi cadera y me lo metió por detrás tan repentinamente, que no tuve tiempo de contraer el esfínter.

Pensé, por el insoportable dolor que sentí, que me había provocado un desgarre y que de un momento a otro empezaría a sangrar, y grité e intenté liberarme, pero Ramiro lo impidió hundiéndomelo más, clavándome al sofá como si fuese una mariposa.

Tan pronto dejé de aletear convirtió mi cuerpo en un violoncelo y empezó a interpretar con su arco, en compás de 2/4, ritmo *moderato*, una sinfonía sádica hecha con gritos y resuellos, crujidos de dientes y bufidos, ante las ocasionales miradas de las mujeres que se retorcían como esculturas de madera al fuego.

Su largo y grueso instrumento me resquebrajaba la piel al entrar y me succionaba la entraña al salir, y tal vez porque en ese momento era un objeto, me sorprendí pensando en Pinky, una androide de hentai que al experimentar lo mismo que yo experimentaba en ese instante, imaginaba que sus engranajes interiores se desviaban y sus componentes más frágiles se partían y oxidaban.

Las lágrimas que se me habían escapado no se secaban todavía cuando sus caricias en mi espalda y en mi cintura, sus apretujones en mis nalgas y el roce de sus piernas velludas en las mías me excitaron; mi esfínter se relajó y hasta empecé a disfrutar que hubiera pasado del *moderato* a un *allegro* contundente.

Fue entonces que llegué, por detrás, al mismo placer al que se llega por delante. Él lo notó y se abandonó a su delirio y empezó a violarme con confianza, pues una cosa era chupárselo y otra, muy distinta, permitir que horadara mi culo hasta hace poco virgen, tomándome además de los cabellos, como si fuese una potranca a la que era necesario amansar.

Me concentré entonces en los detalles: el golpeteo acompasado de sus grandes pelotas en mi vagina; sus ásperas caricias en mi nuca; sus masajes en mis senos; sus pellizcos en mis pezones; el pie y la pantorrilla de Doli en el brazo sillón; la expresión de complacencia de su bellísimo rostro; la cabellera castaña de Sofía en su centro...

Y mientras recibía de un desconocido el placer que Julio tantas veces había querido darme, Sofía y Doli colocaron sus aromáticos y rezumantes coños ante mi rostro. Empecé con tímidas lamidas, continué con largos lengüetazos en sus labios vaginales y terminé hundiendo mi boca y hasta mi barbilla en sus rosadas cavidades, disfrutando de sus jugos como si fuesen licores.

Y aunque jamás pensé que podría experimentar dos orgasmos en una misma sesión, y mucho menos por detrás, sentí que una de las chispas que Ramiro le sacaba a mi ano saltaba a mi columna y se extendía a lo largo de ella como si le hubieran vertido gasolina.

«¡Termino!», gritó entonces Ramiro, y sentí que su capullo se abrió en mi interior como una flor, y después, mi esfínter dilatado y complacido, su abundante esperma buscando una salida, recorriéndome, espeso, los muslos, causándome escalofríos.

Cuando nos recuperamos, hicimos una variación sobre el mismo tema, y finalmente nos quedamos dormidos.

Aunque sin nudistas saliendo en tangas de un pastel, fue la mejor despedida de soltera que pude haber tenido.

Al volver de mi luna de miel, Doli me anunció con un guiño y una sonrisa de complicidad, que me había doblado sueldo.

Desde entonces gano bastante bien, pero casi todo va a dar, sin que Julio se entere, a una cuenta corriente. De esta forma siempre falta dinero y tengo que seguir acompañando a mi jefa a sus viajes de negocios...

¿Y si el banco, como suele ocurrir en nuestro país, se declara en quiebra y el gerente se larga al Caribe con la plata de los ahorristas?

¡Arrivederci é buona fortuna! Que no se olvide de llevar bronceador...

José Rodríguez Menocal

Cuba

José Rodríguez Menocal. Nacido en Colón, Matanzas, Cuba, en 1949. En 1974 me sumo al movimiento de Talleres Literarios y a partir de 1981 miembro de la Cátedra de Literatura de la Casa de Cultura Municipal "Julio Reyes Cairo" de Colón, donde laboro como Instructor de Arte. He obtenido premios en narrativa y teatro en diferentes concursos en mi país y resultado finalista en certámenes de relato breve y microrrelatos en España. Cuentos de mi autoría han encontrado espacio en revistas y otras publicaciones periódicas. Aparezco en *La hora 0, antología del cuento en Matanzas,* Ediciones Aldabón 2005 y con Ediciones Matanzas los libros: *Variaciones de claroscuro* (cuento) 2005; *Del otro lado del patio* (noveleta para niños y jóvenes) 2009 y *En el lenguaje misterioso de tus sueños* (novela), en 2011. Próximamente, también con el sello editorial Matanzas, aparecerá un volumen de cuentos bajo el título *Refugios de silencio.*

Secreto silencio

Cada tarde, al término de clases, nos juntábamos en grupitos de esquina, éramos muchachos de barrio en disputa por la mínima novedad capaz de anular la rutina. Se cumplía la edad de ansias irrefrenables por el sexo, deseo y fotos de revistas haciendo las delicias de las masturbaciones. Época de quiméricos romances con Silvia Pinal, ideal lúbrico de las pantallas del cine o Virginia y Maryloli, hembrotas como ninguna en la secundaria, todas culpables de aquellas lujurias a la postre satisfechas en la autocomplacencia solitaria o en la vulva sonrosada y accesible de la chiva o ternera de ocasión.

Ninguno tenía novia ni sabía buscarlas; soñábamos con la madurez juvenil, seguros de que los cuatro bayú que franqueaban las entradas del pueblo serían las rutas menos espinosas entre una mujer y nuestras penurias sexuales; pero a la sazón del 59, el pudor de la Revolución cortó los hilos de la ansiada esperanza. Nacía un país de transformaciones radicales, sin lastres ni vicios: lo pasado muerto y nosotros a enterrarlo, el sabor de la nostalgia quedaría para quienes nos superaban en edad. Sin otro destino carnal, el consuelo de la imaginación nos compensaría.

Puchito el gordo jamás se arriesgó en los furtivos safaris.

—¿Será que la tuya es muy chiquita? —Y Toribio Bola de Teipe y Manguera, los pichigrandes de la pandilla, nunca superados en la competencia de chorros de orine, reían orondos—. Si de una vez no mojas el bizcocho se te encogerá más, y eso que no has visto menearse a la puerca de Goyito.

No obstante, él seguía haciendo oídos sordos:

—Las puercas y las terneras les ponen la cabeza echa agua. Busquen en los libros de biología y sabrán que el contagio con cualquier enfermedad es más fácil que tomarse un vaso de agua. Parecen unos burros: terminan y ni siquiera se lavan el bicho, luego no lloren si uno de estos días el rabo les amanece idéntico a un chayote.

Era el portal de la casa del gordo otro de los lugares preferidos por las invariables invitaciones a limonada y de paso quedarse a unas briscas de compañeros, "pura pérdida de tiempo", según Pascual, si con la "suerte" de las barajas marcadas, a Puchito y su pareja nadie les ganaría. Y el gordo, indignado, retaba a un cambio por la brisca española de Lino o entonces una canasta...

—No, canasta no, son juegos de mujeres y marilocas —era la respuesta a coro.

—¿Y parchís...? ¿y un dominó...?, ¿tampoco...? —preguntaba alguno. Y tras un pase de vistas nos encogíamos de hombros, yo más que los otros, disimulón, sin pensar en nada que no fueran las piernas, los ojazos y las nacientes pechuguitas de Nancy, la hermana de Puchito, bandeja en mano y manteniendo el equilibrio de los vasos rebosantes.

Varios días llevaba Toribio de intrigante, una, muy, pero muy buena, nos guardaba.

—Suéltala ya, negrito —le espoleábamos sentados bajo la luz del poste. Toribio se moría por aflojar la lengua, los ojotes resplandecientes. Hacía tiempo la idea le daba vueltas, media sonrisa:

—Mañana, mañana, se van a caer pa'trás...

¿Si no era una de las maldades cojonúas en la barriada, como la pica-pica en el culo al perro de Ramón el ciego, mirarle huecos a Chabela o robarse los mangos en la arboleda del capitán, qué sería...?

—Mejor, mejor, de ésta se quedan locos...

A pesar del desfile de muslos y de las excitantes triangulaciones de las entrepiernas, a las cuatro y media, escapamos de la educación física y a lo largo del portalón de la bodega del moro Salomé nos sentamos a esperar. Puchito anticipó no meterse en ningún enredo, ¿por qué era tan pendejón?, sin todavía saber con cuál se bajaría el Bola y ya las regordas nalgas le temblaban.

—Ni falta hace, yo no quiero líos. Me voy.

Pascual se interpuso:

—Aguanta un poco, debe estar en camino...

A eso de las cinco y pico, con sonrisita pícara y cara de misterio, apareció el Bola: se irían a otro lugar donde nadie los oyera. Ni dejaba la intriga ni terminaba por aflojarla.

—Oye, no jodas más... —Y acabamos en el muro de la línea del ferrocarril, porque esto, ni si su abuela Victoria resucitaba podía enterarse.

—¿Entienden? —advirtió.

—A mí me sacan de ese potaje —soltó el gordo, y nada más Toribio puso el punto final, se levantó y Manguera se le paró delante:

—Pareces medio mariconeado, por ser tan bótico desde chiquito ahora te sale la chernería y peor con la juntera del Cubitas ése, el blandito de séptimo, venido de La Habana. —el flaco Manguera lo quiso agarrar por la solapa de la camisa y el gordo se le encaró:

—Piensa lo que te dé la gana; pero conmigo no cuenten.

—Coño, gordi, deja la flojera de piernas, no te rajes, así ya no tendremos que darnos tanta muñeca, ¿no te aburres con la mano?, no cojas miedo, no se te pondrá como un chayote.

—No me prestaré para nada de eso, ustedes son unos cabezas huecas. —Y se fue.

¿Y ahora …?, si el gordo se iba de lengua estábamos fritos. Puchito tan terco, ¿quién lo entraba en razón? A alguien debía ocurrírsele, menos Manguera, a punto de retorcerle el mantecoso pescuezote de gallina gorda. Rieron.

—Convéncelo, Lino —me pidieron. A ti te oye.

Por nada del mundo nos perderíamos la oportunidad de la vida.

Ningún domingo se perdía mi madre la misa de ocho y de ahí derechito a la casa de mi abuela y por lo menos hasta las dos no aparecía. A partir de las nueve a mi padre, metido en la valla, nada más le interesaba beber y jugar gallos, y a hasta eso de las cuatro o las cinco no daba señales de vida, ya con media juma o juma y media y directo a la cama. La madre de Pascual vivía y moría detrás de la máquina de coser. El abuelo inválido de Manguera mudado con ellos. Donde vive Toribio ni hablar, entre hermanos y primos, en la casa, andaban cerquita de los quince y en el solar el día entero no paraba el entra y sale. Puchito se había arratonado, quedaba la mía. ¡Mi casa!, recapacité y los demás en el portal a jugar dominó, parchís, damas chinas y ni pensar en salirme. En qué clase de rollo me había metido, Puchito tenía razón.

Aunque secuelas de unas fiebres afectaron el habla y dejaron cierto despiste, sin Carmita el barrio no era barrio: mandados, entretener niños, pasearlos por la acera. ¿A quién no ayudaba? Debía rondar los dieciocho, nunca dijo palabra alguna; sin embargo, solo de mirarla sonreía con el jugueteo ingenuo de sus pupilas.

Si alguno de los va y viene de Carmita incluía un descanso en la puerta de la cuartería de Toribio, el Bola le soltaba preguntas ni siquiera por ella misma imaginadas, como si le gustaban los caramelos, los mangos, las galletas y sin pensarlo, asentía.

—¿Y pan con dulce guayaba? —Y la cabeza repetía contenta el sí—. ¿Y el caimito? —también—. ¿Todo te gusta…? —Sí… asentía sonriendo, poco faltaba para no saber, entre los dos, cuál era más bobalicón, le reprochábamos de rato en rato.

Nunca fue tan anhelado un domingo, y llegó.

—No tengas miedo.

—No tengo miedo, Manguera.

—Eso dices, mírate. Lino, estás cagado. Oye, no pasará ni pitoche.

—Ya les dije: no tengo ningún miedo —y para borrar el mínimo asomo de dudas pregunté—: ¿Por fin empezamos o no...?

—¿Y el primero...? ¿Quién se atreve...? —Y nerviosos e interrogantes uno a otro se buscó.

En el comedor, Carmita, frente a un plato de rodajas de piña, era puro disfrute. Por fraguar el plan, a Toribio, con su miel de abejas, le concedimos la primicia y el ruego de que no fuera a demorarse un siglo. Nosotros, en el portal, de lo más aparentes pero inquietos, sin perder la cuenta de cada minuto de vigilia. Apresurados por sabernos a punto de sacar la mejor partida del reñido turno y de tan solo imaginar la magnitud del placer, la irrefrenable calentura nos delataba.

Toribio se acomodó en el banquito, hizo señas a la muchacha y ella, sin soltar su rodaja de piña, se sentó en el piso frente a él. Avivado por el deseo, el formidable pene, erguido en su total dimensión, cabeceó portañuela afuera. Toribio sacó la botellita de miel, el chorrito espeso fue cubriendo la verga hasta quedar lustrosa. Ella mantuvo impasible el semblante. Solo los ojos inquietos indagaron ante la novedad, consumió el último pedazo de fruta y limpiándose la boca con el dorso de la mano, hundió la cabeza entre las piernas, un tanto temblorosas, de Toribio.

Poniendo su toque de gusto cada uno se dio a experimentar. Pascual mostró su lata de leche condensada, Manguera prefirió embadurnarse de almíbar con canela, y yo de chocolate, esencia de mantecado o de coco, también le procurábamos mangos, polvorones, coquitos, dulce de leche, refrescos. A Carmita cualquier cosa le venía bien, y si en tales circunstancias lamer o chupar endulzaba un poco más su vida y de paso contribuía a matarle el hambre, mejor.

Por un tiempo nada alteró el rutinario transcurrir de las mañanas del domingo. Muy escondida en su silencio, Carmita se relamía gustosa y nosotros puntuales con ofertas tan variadas, yendo desde casquitos de guayaba con galletas, confitura de fresa, una jaba con mangos o un suculento tamal, hasta la más roja y jugosa tajada de melón en compañía de un cartucho de gofio.

Puchito se alejó, haciéndose espacio en otros grupos de la escuela, desapareció de los conciliábulos de las tardes y de las noches bajo el redondel amarillento que iluminaba la esquina. En uno de los recesos se me acercó en la cafetería:

—Verdad que ustedes son unos mente sucia y Cubitas es medio primo mío, vino a vivir un tiempo acá, porque la madre se dio candela y todavía no se recupera de lo que vio.

La única vez que avistamos a Puchito pasando frente a la casa, ni siquiera echó una ojeada, Manguera se congració con un: "Eh, gordito, ¿no te embullas?, arriba, te cedo mi puesto". "Y yo", se burló Pascual. Él miró y nada más siguió. "Un día de estos nos chivateará", vaticinó Toribio.

—Él quiere mucho a Lino —insinuó Manguera con una muequita y entre risotadas los mandé al carajo:

—Déjenlo tranquilo, él no se mete con nadie.

Aquel domingo fui segundo, seguía Pascual. Con tal cara de susto asomé al portal que, apresurados, los cuatro volvimos al comedor: Carmita, entre contorsiones, yacía en el piso. La conmoción por su mirada fija, se completaba con el sobresalto por aquella especie de gruñidos sobrecogedores. Sus manos se crispaban temblorosas. Por la boca contraída manaban espumarajos mezclándose en la barbilla entre chocolate, saliva y semen. "¡Cojones!", soltó Manguera, y quedamos parados en seco. Qué hacer, y nadie sabía. Encontré un pedazo de cartón y sobre Carmita aventé el aire posible. Pedí un vaso con agua, sin dejar de airearla los apuré y al voltearme estaba solo. Por suerte no demoró mucho en recuperarse.

—¿Te sientes mejor? —Como de costumbre asintió, aunque con los ojos apagados y lívida. Le limpié el rostro, le di agua y la ayudé a incorporarse—. ¿Seguro estás bien...? —Apoyándose en las paredes la vi alejarse y el corazón se me apretó—. ¡Son una partida de pendejones! —les endilgué en cuanto nos vimos—. Flojos de mierda, me dejaron embarcado y paticas pa'qué te quiero, si le sucedía algo cargaba yo la culpa, ¿verdad? Ni se lo sueñen, esto no va a seguir. Pa'la mierda, se acabó.

Una semana quedó atrás sin asomar por los sitios de costumbre. En la escuela les daba el esquinazo y Carmita, de paso, nada más miraba y seguía. Me enviaron a Pascual: sondeo, disculpas, mucha diplomacia y darme vaselina. Al otro día ni me dejó pagar la merienda, tocante al tema ni una palabra y mucho menos permití brecha abierta a cualquier esperanza. A mediados de la segunda semana regresé a la tertulia: un par de abrazos e incluida una alegría desbordante y presta a cobrar adeudos. "¿Y entonces...?", preguntó Toribio, enfilábamos rumbo a la barriada. Se detuvieron y enfrenté la persistencia.

Volvimos a las andanzas; pero la tensión y la angustia apenas permitían concentrarme. Y preferí parar. Un sábado de aquellas noches de incansables vueltas al parque solté el bombazo:

—Yo creo que la cosa se va a joder...

—¿Qué...?

—Lo de Carmita...

—¡¿Cómo que a joder?!

Los semblantes se alargaron, hubo suspiros, impaciencia, consternación de una mirada a la otra.

—Alguna lengüilarga le fue con el chisme a mi madre y preguntó qué hace tanto Carmita en la casa —mentí convincente.

—¿Y ahora qué...?

—¿Ahora qué...?, que se jodió todo, a buscarse novia en las revistas o a seguir metiéndonos en el guayabal de Castellanos, las terneras y yegüitas se pondrán locas de contento en cuanto nos vean llegar, sino en la casa de alguno de ustedes...

—No te hagas el chivo loco, tú sabes que en la de ninguno de nosotros se puede.

Los intentos de negociaciones no resultaron: adiós al bayucito en mi casa, y fue tal el berrinche que ni me buscaban (y tampoco me di por enterado) para atornillarnos a la Marilyn Monroe o a la Sofía Loren que, para infortunio de las terneras, nos deshacían en suspiros y cerrados los ojos. Si en su trayecto Carmita se detenía, le alcanzaba algo de comer y afloraba la sonrisa, aunque de mi parte ni la más velada insinuación y solo me permitía verla seguir de largo. Uno de esos días Pascual la vio tumbada en el portal, entró, yo andaba por el patio.

—Por algo ni te vemos, te la has cogido para ti solo —me dijo—. ¿Están de novios...?, seguro le metes el dedo. ¿Se dan besitos?, qué buena mierda eres, Lino. No se olviden de invitarnos a la boda —susurró al oído de Carmita y se fue.

Pero nada suplía al corrillo y retorné, ahora nos involucrábamos en ensayos de quince, las "descarguitas" se hicieron frecuentes y la proximidad de las muchachas propiciaba nuevas motivaciones. Los vistazos melosos entre Nancy, la hermana de Puchito y yo, eran parte de las chanzas: "¿Qué tú esperas, Lino...?".

De repente la práctica andariega de Carmita cesó, la falta de aquel ir y venir sonriente causó extrañeza y de la noche a la mañana la ausencia se convirtió en noticia: a Carmita, algún degenerado hijodeputa o cabeza-fofa por su estilo, le hinchó la barriga. Y con ese cerebro infeliz, la pobrecita, ni siquiera acusar podía al pervertido para mandarlo tras las rejas.

Una mañana del séptimo mes se armó el corre-corre con Carmita. En medio de convulsiones llegó al hospital con un parto augurio de contratiempos, y a su mirar de pajarito inocente se le borró el resplandor. Por fortuna, a la muerte cruel sobrevivió el consuelo de Milagros.

De la pandilla nadie asomó por el velorio en la casita de

techumbre baja y caliente de zinc. En el cementerio, Puchito y yo nos tragamos un lagrimón. El sonido sordo de los paletazos sobre el ataúd desapareció en la medida que la tierra lo cubría y únicamente los lamentos ahogados de la madre se impusieron al silencio.

Y pese a tantos años, aquel golpe de luz, como dos llamitas encendidas en los ojos de Carmita, perdura en mi memoria.

Durante nuestras transgresiones lujuriosas Carmita se limitó a cumplir su parte, nunca consideré la posibilidad de iniciativa propia alguna, hasta que un domingo la vi entrando al portal y continuar el trayecto de costumbre.

—¿Qué quieres? —le pregunté bloqueando el acceso. Quedamos de frente, hubo un cruce fugaz de pensamientos. Quise dar un paso atrás antes que los dedos de ella alcanzaran mi mano y la llevara a su sexo. De un jalonazo rechacé el contacto, sentí el rebuscar de sus pupilas dentro de mis ojos—: ¿Qué te pasa?, ¿estás loca...? —Retrocedí—. Mira, mejor te vas.

Tres días anduve confuso, negado a convertirme en rehén de mis deseos, más si la experiencia con animales superaba el éxtasis de la masturbación, si en los desafueros con Carmita, el estímulo de los labios y su lengua experta procuraban el alcance máximo de satisfacción, cuánto no lo sería en el goce total del sexo. Llegó el sábado y no demoré la búsqueda.

—Mañana vas igual que antes; pero ni Manguera ni Toribio ni Pascual te pueden ver, ninguno lo puede saber, ¿comprendes? Nin-gu-no. Nadie, Carmita. Nadie.

Tan temeroso como cauto esperé a que entrara. Simulando indiferencia, eché una última ojeada y cerré la puerta.

Entre besos frenéticos, retozos y manoseos prescindimos de la incomodidad de las ropas y paramos en la cama, le derramé encima casi un pomo de colonia. Carmita me miraba con los ojos blandos de goce. Calladamente, no dejaba de mirarme. Había llegado la hora de crecer.

***

Milagros es una mujer hermosa y con hijos, solo sabe que nació de la Providencia. Verla y recordar la mirada de Carmita me estremece, con tal celo protegió la identidad del padre que jamás se supo algo. En contraste con el bronceado de su piel, resaltan los ojos azules y el toque rubio, inequívocas marcas, persistentes, delatoras.

Edwin Cuperes Vélez

Puerto Rico

Edwin Cuperes Vélez (1962) es un escritor puertorriqueño. Escribe su primera novela, *Épicas de la Candelaria*, que publica por sus propios medios en 1994. En 1996 publica una novela corta: *La beatificación del santo*, editada por la Editorial Plaza Mayor. En 1999 publica una memoria: *Dahiana, víctima dos veces*, libro resultante de una entrevista de dos meses a Dahiana Pérez Lebrón, la joven secuestrada por Toño Bicicleta en 1988, a la edad de catorce años, y que convivió con el forajido hasta la muerte de Toño, en 1995. Este libro lleva tres reimpresiones, y es usado por los departamentos de Criminología de muchas universidades del país. Su último libro de edición de autor fue una colección de cuentos: *La muerte de las perras,* en 2001.

En 2003 obtiene un grado de maestría en Estudios Hispánicos en la Universidad de Connecticut. En 2008 escribe *El conjuro de Yahaira*. Esta novela fue ganadora, en 2009, del Premio Internacional de Novela del Instituto de Cultura Puertorriqueña. En 2013, Cuperes es galardonado nuevamente por el ICP, esta vez en el género del cuento, por su libro *Cuentos Cuánticos*.

Cuperes Vélez ha cultivado, además de la novela y el cuento, el teatro, la poesía, el guión para cine y televisión, y la composición.

.

Censo 2155

La casa estaba cerrada, pero tenía cuantiosas fisuras por donde se colaba el aire; y con el aire, el ruido, el olor, la temperatura de las mujeres de las que se escondía. Don Joaquín Balbuena era un hombre común, pero en esta época sobraba ser común, pues bastaba ser hombre. Tocaron a la puerta. Fue un toque perentorio, autoritario, sin la sutileza ni los buenos modales de antaño.

En 2133 todavía se respetaban las buenas costumbres, recordó, mientras enfilaba los muebles de la sala para reforzar la barricada. *Los hombres ligaban a las mujeres con los rabos de los ojos, con una parquedad irrisoria. La lujuria se mantenía vedada en el corazón para que, en el Juicio Final, Dios se encargara de juzgarla. En caso de que la fémina correspondiera a los reclamos del macho, se efectuaban los consabidos ritos de invitaciones a cenas, al cinematógrafo, a un toque de copas, y una conversa reiterada enfilada hacia una relación mancomunal, de satisfacción mutua,* se dijo con añoranza.

A falta de amigos, de amigos varones, don Joaquín Balbuena había aprendido a hablarse a sí mismo, y con un cultiparlismo idealizado que no correspondía a su realidad, con frases tomadas de las novelas del siglo diecinueve, cuando el protocolo de los amantes ostentaba, según su opinión, la gravedad y el decoro que suponían las intenciones de intimidad y la querencia de hijos. En otra época se hubiera dicho que estaba loco. Pero la guerra absurda que se libraba en el mundo era no sólo una locura total, como todas las guerras, sino la más natural de las guerras, que es la de la lucha por la sobrevivencia de las especies, descubierta por Dalton, confirmada por Darwin y aderezada con lo peor del psicoanálisis de Freud.

Otra vez, las paredes empezaron a sonar. Era una rumba de manos flamencas. Se escuchó un «¡Olé!» de sabor español y luego un tumulto de pesadas pisadas, como de tropel de soldados, se allegó de lejos. El alboroto se hizo mayor cuando la puerta fue impactada por un tronco de sauce que doce mujeres del escuadrón de infantería cargaban de sus ramas recortadas. Por el hueco primario, colmado de astillas, don Joaquín Balbuena pudo ver una melena de mujer. La identificó como Marisol Salce, que había sido su vecina toda la vida, una mujer ordinaria, de escasa belleza y cuerpo frágil, sobreviviente a uno de esos matrimonios absurdos que en los años setenta la música disco puso a disposición de sus desvaríos de muchacha. Recordó que Tony, el sinvergüenza que había sido su marido, la obligaba a quitarle sus pesadas botas de policía cuando llegaba del patrullaje, y ella había confesado públicamente el infierno que vivía, hasta que Tony se fue a vivir con una mujer que lo mantuviera mejor, acorde a sus caprichos de hombre guapo. Cualquiera hubiera dicho que luego de ese fracaso matrimonial Marisol Salce viviría una vida de desprecio para con los hombres. Y así fue. Hasta que, cumplidos sus cuarenta, se la empezó a ver transformada, con una altivez de cuerpo y una voluntad de mujer que ameritaban una vuelta de cuello cuando paseaba al perro, vestida en ridículos *shorts* de quinceañera. Pues por esos años la congestión de mujeres jóvenes todavía era un caviar delicioso para el apetito de los varones, y, pese a sus atrevidos manoseos y sus descarados coqueteos de mujer madura, Marisol Salce no logró saciar su sed de mujer.

Fue por ese motivo que la metieron presa. Su primera víctima fui yo, Bartolomé Restrepo, el recogedor de basura de la municipalidad de Hato Viejo, que ya por esos tiempos estaba hastiado, no de recoger basura, que me encantaba, sino de la mirada de cinismo de los que me las arrojaban por los balcones cuando me acercaba a los cubos repletos de la inmundicia humana. En los caseríos de tres y cuatro pisos de altura la basura caía como nieve y se tardaba en llegar al suelo árido del verano. En Villa Real las mujeres respingonas me llamaban con el dedo y me obligaban a desalojar de cachivaches los cuartos en desuso. Pocas veces se me agradeció la excelencia de mi labor, hasta que Marisol Salce posó sobre mí sus ojos de tigresa.

Me fue a buscar a la extensa siembra de guineos de la finca Gorjios, en la Sabana Grande que principia la avenida hacia Lajas. Las hileras de tallos deshojados se convirtieron en un laberinto insalvable, y pronto me vi asolado por la desesperación. Había dejado yo el automóvil en un pastizal anegado de barro humedecido por un manantial que brotaba del interior de la tierra y entraba en multitud de hileras de agua hacia las cuadrillas de los frutos menores, así que ella persiguió en el suelo un hilito escapado de la vertiente original del pozo para encontrar mi camino y amparo.

El enfrentamiento fue inevitable. Me siguió bajo la penumbra sombreada por la hojarasca, camuflada en su cabello pintado con Clairol Spezzelanz, que le daba a cada hebra un color similar al de la caña dulce, embutida en un mameluco de hombre que hacía más temible la pasión de sus instintos. Tras su detención, acusada de violación múltiple, las redes sociales colapsaron ante la incontenible avalancha de mujeres solas. No fueron voces anónimas las que clamaron por la libertad de Marisol Salce, sino mujeres de grandes apellidos las que dijeron que ya estaban hartas del papel pasivo que la sociedad les atribuía, cuando la verdad era que se morían por tener a un hombre en la cama que las hiciera sufrir. Fueron ellas, las altas y volubles mujeres de Hato Viejo, las que, amparadas por la ley, organizaron las patrullas de asalto que empezaron la guerra.

A don Joaquín Balbuena y a mí, los dos últimos fugitivos del bastión de Calichoza, solo nos queda el pasado. Recordamos con nostalgia cuando los hombres éramos hombres de trabajo diario y caza nocturna, cuando las mujeres nos las hacían de rogar antes de brindarnos la fruta que desde los tiempos de Adán nos nubla el entendimiento.

La historia de don Joaquín Balbuena es muy diferente a la mía. Resulta que cuando doña Gibranda Igartúa, viuda de Balbuena, murió, en toda Villa Real hubo desolación y tristeza, pues moría una mujer virtuosa, una de las últimas señoras de las familias de los acaudalados terratenientes que a principios de siglo fundaron aquel bastión de tradición y cultura, tenedora de las buenas costumbres y donde la Iglesia tenía a sus más acendrados defensores contra las depravadas influencias de esos tiempos. Su hijo Joaquín heredó, además de los bienes materiales, la obligación de perpetuar el buen nombre de los Balbuena.

Don Joaquín Balbuena, sin embargo, estaba harto de esa vida. A sus treinta años, ni su dinero ni su apellido le servían de nada. Desde su nacimiento su madre lo había protegido contra lo que ella llamaba las concupiscencias de este mundo. Él no supo bien lo que significaba aquella palabra tan larga, pero se acordaba que su madre se la repetía al oído cuando iban al mercado a comprar vegetales. La misma tarde de la muerte de su madre fue a donde Dorito, una vendedora que no vendía nada, aunque siempre la había visto allí, en el mercado, esperando clientes. Era claro que no vendía mucho, pues a Joaquín le parecía que era la muchacha más flaca que había visto en su vida.

—¡Pobre Dorito! —se dijo—. Voy a pagarle bien para que me diga qué significa eso de concupiscencia.

Ella no se lo dijo, sino que lo llevó a la trastienda de la vendedora de flores y a pesar de que don Joaquín Balbuena era todo un caballero lo trató con ánimo concupiscente. El encuentro entre el señorito Balbuena y la flaca Dorito fue muy comentado. El cura intercedió, y no se le volvió a ver a joven de tan excelsa familia por los rumbos de las flores. A donde sí se le siguió viendo fue en el mercado de los vegetales, donde cada día iba a comprar las verduras más frescas de Villa Real.

Ahora Dorito es una de las coronelas del ejército y está encaprichada con su primer amor, don Joaquín Balbuena, no tanto por caballero y señor de las comarcas de Hatillo, como por esa femineidad que vuelve locas a las mujeres de estos tiempos. En la calle su cabeza tiene un precio alto, pero don Joaquín Balbuena ha tenido suerte de encontrar a un recogedor de basura como yo, que aún lo trata con la desdeñosa deferencia de los pobres para con las clases pudientes, trato que él no sólo acepta, sino que reclama, porque le recuerda la época en que el mundo funcionaba de acuerdo a la costumbre de nuestros primeros padres, que era un mundo regido por los hombres y organizado según la casta social. A veces, en medio de las refriegas más adversas, cuando apenas podemos contener a las fuerzas de Las Peludas, como la Resistencia llama a las mujeres bellacas, esgrimimos una queja multitudinaria en la que más o menos decimos que cojan ahora, denles trabajo, concédanles el derecho al voto, firmen leyes contra la discriminación de género, permítanles que les den la teta a sus bebés en los lugares públicos, cojan ahora, que ahora ellas son las que mandan. Tanto grito no sirve de nada, pues no hay hombre que nos oiga, apenas quedamos dos en todo el panorama de Hato Viejo, y ellas no escuchan voces de esclavos, que es en lo que nos hemos convertido desde que se empezó a notar que éramos pocos.

Fue en 2133 cuando los periódicos publicaron la noticia de que el nacimiento de varones era tres cuartas partes menor que el de las hembras, y que si seguíamos así habría de ser necesario permitir la poligamia, pues las mujeres se enfrentaban a un futuro sin hombres. Las cosas empezaron a suceder sin que nos diéramos cuenta. De pronto las caras que veíamos a nuestro alrededor no eran las de nuestros queridos amigotes de juerga, sino de mujeres desconocidas provenientes de otros pueblos donde ya no había hombres para escoger, de manera que llegaban de lejos, no hacían fila en las discotecas, sino que en plena calle nos encaraban, seduciéndonos con sus encantos de mujer, y fue aquella una época de ensueño tanto para los lindos como para los feos, pues las mujeres se conformaban con todos, y eran felices en la cama, y hacían travesuras de niñas en el cuarto de baño, hasta que los hombres empezamos a cansarnos de tanta vaina sexual, a sentirnos como objetos de sus asquerosas obsesiones. En 2155 los hombres reclamamos nuestro derecho a decir que no. Fue entonces que la marcha multitudinaria convocada frente al Capitolio hizo notar que apenas éramos unos cuantos miles de hombres cansados diseminados entre dos millones y medio de mujeres ansiosas. La Gobernadora, la Presidenta de la Cámara, la Presidenta del Senado, la Presidenta del Tribunal Supremo, la Secretaria de Estado, la Secretaria de Justicia, la Jefa de los Fiscales y la Superintendente de la Policía procuraron para ellas mismas un hombre, dejando consignada a partir de entonces la Ley de Emergencia Poblacional, que estipula que en virtud a la escasez de hombres en el país las mujeres tienen el derecho de requerir a cualquier hombre en contubernio y a tratarlos como moneda buena para el intercambio mercantil. Asimismo, se permitió la poligamia, obligando que los niños varones que nacieran de cualquier relación fueran enviados al CEGUCEH, (Centro Gubernamental Contra la Extinción Humana), donde se les cuidará y alimentará hasta la edad de reproducción, cuando se los mantendrán en cautiverio, en función de padrotes.

Es por esto que nos escondemos, que vivimos encerrados, que huimos en la oscuridad de la noche. Cuando hay tiempo y el peligro no acecha, vemos películas de zombis, toda la serie de *El planeta de los simios*, nos reímos del poquito miedo que generan monos humanizados y muertos putrefactos en comparación con las tribus de amazonas que se meten por las ventanas a exprimirle las tiras de espermatozoides a los pocos *Homo sapiens* varones que quedan en el planeta.

La puerta acaba de ceder. Hay una enorme refriega en la calle contigua, como de pelea de gallos. Dorito, la antigua vendedora de verduras convertida en coronela, entra a la estancia. Don Joaquín Balbuena le besa la mano. La teniente Marisol Salce le sigue. Yo le beso la suya. Atrás, las mujeres se animan por nuestro olor de machos, y enarbolan los rifles al aire, en señal de victoria.

www.ingramcontent.com/pod-product-compliance
Lightning Source LLC
Chambersburg PA
CBHW020053180626
46812CB00006B/2304